携着灵魂去闲逛

赵国英 著

云南出版集团
云南人民出版社

图书在版编目（CIP）数据

携着灵魂去闲逛 / 赵国英著. -- 昆明：云南人民出版社, 2023.4
ISBN 978-7-222-21575-7

Ⅰ. ①携… Ⅱ. ①赵… Ⅲ. ①散文集－中国－当代
Ⅳ. ①I267

中国国家版本馆CIP数据核字(2023)第072581号

项目策划：马　非
责任编辑：何　娜
责任校对：李奕扬
责任印制：窦雪松
装帧设计：傅韶晖

携着灵魂去闲逛
赵国英 著

出　版　云南出版集团　云南人民出版社
发　行　云南人民出版社
社　址　昆明市环城西路609号
邮　编　650034
网　址　www.ynpph.com.cn
E-mail　ynrms@sina.com
开　本　720mm × 1010mm　1/16
字　数　252千
印　张　19
版　次　2023年4月第1版第1次印刷
印　刷　云南金伦云印实业股份有限公司
书　号　ISBN 978-7-222-21575-7
定　价　52.00元

云南人民出版社微信公众号

如需购买图书、反馈意见，请与我社联系
总编室：0871-64109126　发行部：0871-64108507　审校部：0871-64164626　印制部：0871-64191534

初识国英，在其故乡，即有着雄伟的高黎贡山的腾冲，有着中国远征军国殇墓园的腾冲，也是国英魂牵梦绕不绝依恋的腾冲。

依稀记得，那是2004年，一个万物葱茏的秋天。一年一度的全国广播电视报年会在滇举行，国英作为东道主的代表，陪同我们游览腾冲。

真诚，直率，热情，这是国英当时留给我的印象。而且，这种印象十多年未变。

文如其人。读国英的游记散文，亦是这种印象。非真诚，不足以爱之真切；非直率，不足以直抒胸臆；非热情，不足以洋洋洒洒。

国英曾是一个报人，有着报人独具的新闻眼和观察力。其观察之细致，可谓无微不至；其背景之交代，可谓上下几百年。无论是一个城市、一个地区，还是一处景物、一个点位，都是那么翔实，那么丰富。读罢其文，你就完整地了解了那个地方的景物与人文，现实与历史。

国英曾是一个文学青年，有着深厚的文学功底。好的散文优美流畅、立体可视，犹如慢慢展开的画卷；好的散文可默品、可诵读，朗朗上口，犹如平仄顿挫的诗歌。国英的游记散文，即是舒展的画卷，可诵读的诗歌。

结识国英，是我人生的幸事；读国英的散文，亦是我之幸事。

——陈克学

资深媒体人

曾任《北京青年报》副总编

曾任《北京晨报》副总编

曾任《北京广播电视报》社社长、总编

国英老师在翠湖边上班。

翠湖的天光水色、四时阴晴折叠起来，像一张时间充足的回程车票，安心地放在身后的行囊里……国英老师又开始了充满趣味的行走，一边走一边将孑然独行的灵魂放进或宏大或微小的历史现场。

作为行走中的观察者，触及美的表象是愉悦轻松的，而深入一块土地的厚重甚至沉重的历史，才能到达此时此地的根脉。

腾冲的天很蓝，蓝天之下的回声亦沉重有力。在腾冲通透明朗的田园风光与村庄的宁静后面，依然有卷起的历史长卷。透过茂密的松柏洒下的阳光很明亮，但似乎没有温度。国英老师的目光凝视着那些光斑闪烁的、整齐的墓碑。在中国军队经过浴血奋战、全歼日军而获得解放的城市里，和平是如此宝贵。“天降缟素，大风悲歌。国民党元老、大书法家于右任晚年有一首题为《天的悲歌》中有这样的句子：‘天苍苍，野茫茫，山之上，国有殇。’”

当年访腾冲国殇墓园，感慨于腾冲爱国县长张问德《答田岛书》：“余拒绝阁下所要求择地会晤以作长谈，而将从事于人类之尊严、生命更为有益之事。痛苦之腾冲人民，将深切明了彼等应如何动作，以解除其自身所遭受之痛苦。故余关切于阁下及其同僚即将到来之悲惨末日命运，特敢要求阁下作缜密之长思。”铮铮铁骨，浩然正气。在这块土地上，中国人骨子里的不屈精神绵延至今。

今时的我们，身处五光十色喧嚣热闹的世界，面对历史的真实，无疑需要勇气。国英老师的书写刚柔并济且深情。所以她会在保山的端阳节想起屈原的绝笔之作《怀沙》；会想起近400架飞机在保山百姓头上猖狂的往昔；会看见“冬日，金色阳光洒满街巷的每一个角落。走在上巷街、下巷街和小北门等街巷，被冬霜染黄的梧桐叶，悠然飘落，纷纷扬扬，擦肩扑怀，浅铺路面……”这情景与昆明早年的金碧路、南屏街何其相似？苍生大众，在天地间最安宁的日月是平常而朴素的。

云南如是，江南如是。

“乌衣巷，一切似乎都很普通，大约两百米，不过是一条典型的江南小巷而已。我在巷子里徘徊了很久，无论如何都难以想象她曾经的繁华与荣耀。”这样的感受，是谢安在“未若柳絮因风起”里的捻须会意，是李香君“亏了俺桃花扇扯碎一条条，再不许痴虫儿自吐柔丝缚万遭”的决绝。有的时候，我们在一个旧居里，某一株老树前恍然失神，仿若旧识。这些远离自己生活之地的“彼处”，充满陌生且熟悉的诱惑，药引子也许就是学生时代的一句诗句、一幅插画。成长以后，当“彼处”成为伸手可及的“此处”，才会发现那么多人、那么多事，在自己未来之时缓缓发生过。这“我”无法触及的历史现场，但是“我”确实又看了许久，隔着毛玻璃似的一丝清冷，用手摸上去，就印上去了自己的体温和掌纹。

“袅晴丝吹来闲庭院，摇漾春如线”……游园、惊梦、夜巷、昆曲，是另外一个场景里的遇见。在这里“我要了一壶茉莉花茶，怀揣一颗远离尘世喧嚣的心，在词曲婉转间，等待那场惊世的风花雪月”。平江路旁的河流缓缓向前，月影投印，又有岸堤上的灯光和人影，荡漾形神间，走进的人莫不恍惚，自己也着了长衫，簪了珠翠。人入戏，戏如人。

从昆明的文脉之地翠湖到平江河，逆流交错，一种文化，一个地域，总是生发别样根芽。有幸让灵魂跟随肉身，或是肉身被灵魂带领，来过，见到。

壬寅年的寒冬，疫情弥漫。闭门在案头煮着热茶，有幸拜读完国英老师的新作，我也随着她的文字游历着，弥补这一年不能随性出行的遗憾。

相识经年，每年见上几面，但时时能见她笔耕不辍。多年的媒体工作经验让国英老师的视角总能抽丝剥茧般，把所到之处的特殊气质从表象中抽出来，织成细腻而大气的篇章。书写的意义，或许就是在一个个历史现场自由出入，“万花丛中过，片叶不沾身”。

——王迎新

作家
中国人文茶道、人文茶席创始人
著名茶人

2012年的北京初秋，在中央社会主义学院第28期民主党派干部培训班有幸和国英成为同学，并一起编辑过四期《学习简报》，因而有机会欣赏到她理性又感性、充满魅力的文字。确切地说，从那时起就开始期待着这本书的问世了。

一直以为，敢于“行走”并敢于与别人分享行走感悟的女子，一定是坦荡、智慧、热情而又自信的，一定是有思想、有内涵、有深度、有胆识的。更何况她是携着灵魂去行走的。

三年疫情肆虐，蜗居家中，身心倦怠已久。于是，可以静心品读她的文化散文，跟随她的文字一次一次地行走，从风景到风情，从历史到现在，从国内到国外；从桨声灯影里的秦淮河到曾经被血雨腥风洗礼的高黎贡山；从断垣残壁的泰国大城遗址到神圣又世俗的尼泊尔加德满都；以及不惜浓墨重彩渲染的“难以释怀的俄罗斯情结”和“挥之不去的魂牵梦萦，始终无法告别”的柬埔寨吴哥……

在她的游记散文里，你读到的不仅仅是自然山水、名胜古迹、历史文化，乃至风土民情，还有字里行间所描绘的她灵魂行走的轨迹，每一步都是感悟，每一步都是修行。她去过的每一个国家、漫步的每一座城池、游历的每一处风景，甚至经过的每一棵树，都是一次精神与情感的寻访，都是一种与灵魂达成的默契。

有些地方是她灵魂深处的执念，“走近，没有释怀；离开，没有忘却”。所以，即便她身处翠湖东岸的办公室，或春城一隅的自家宅院，在午后柔和的阳光下，煮一壶普洱茶，翻一卷闲书，灵魂依然可以走走停停，或近或远。没有彷徨，也从不迷失。

——李洪远

南开大学教授

生态学、风景园林学领域知名学者

打开书页，那些文字，如同时间之雨从高处坠下，打落那些轻描淡写的客套、俗套，轻轻触动你藏在记忆深处的那丝温柔，唤起你隐隐的喜乐、淡淡的哀怨……

这是一本好书应有的特质。

《携着灵魂去闲逛》，在书名中有一个关键词——“灵魂”，这个词代表生命的一种重量，告诉聪明的你，作者是认真的，没有在玩弄、堆砌文字，每个字都由心而发，言之有物。

用“脚”的丈量对生命做着一次次突围；

用“走”诠释着灵魂深处的激情与欲望……

国英的行走从故乡保山腾冲开始，那里是南方丝绸之路——“蜀身毒道”的要冲。

这是一种隐喻，在无限的时间中，我们从故乡出发，穷尽一生的时间，总在寻找可以摆放灵魂的家园。

人生如旅，众人行色匆匆，熙熙攘攘，眼鼻耳色身意，如风吹云动，奔腾不息。国英小心翼翼，一门心思，想守住那份如赤子的情怀。

马帮的铃声，民族迁徙的记忆，被距离抹杀的牵挂，被岁月湮没的英雄……行走于天地间的女子，形单影只，眼中的景色却无比苍凉厚重，有家国天下的情怀，有委婉温柔的情调，更有一片冰心在玉壶的真诚。

灵魂是神圣的，文字是指月亮的手指，打开书页，触摸一个有趣灵魂的年轮，不要错过一本好书。

——文 剑

云南广播电视台新闻中心高级编辑

读国英的文章，犹如看到一个在点滴时光中收集历史、在思考中漫步人生的灵魂行者。

——赵　伦

中国作协会员
云南省作家协会网络分会副主席
网络小说科幻分类领军人物

国英的散文，文思细腻，言语优美，给人身临其境的感受，仿佛真的就融了进去，带着灵魂在书里漫步。

——王露可

云南省作协会员
云南省纪实文学学会副会长
网络小说著名作家

羡慕国英老师的洒脱，用脚步丈量过那么多地方，用朴素而真挚的语言轻而易举就让我们心驰神往，身临其境。你有多久没出发了？如果可以，带上你的灵魂，是对人生最华丽的奢侈，也是最灿烂的自由。不要再说我哪里有时间，就问问你青春还有多少年？

——吕　丽

云南省作协会员
云南省作协网络作协分会理事
都市言情小说著名作家

翻开《携着灵魂去闲逛》，看见出发迎朝阳，归来有落霞，听见被安放的寂静，在喧嚣里清唱。国英每一次远行，都是去叩拜山水，为灵魂配一对翅膀。

——艾傈木诺

著名德昂族诗人
“骏马奖”获奖作家

作为媒体人和作家，国英没事便喜欢“闲逛”。作为画家，“闲逛”是我主要的工作乃至生活方式。欣闻国英“闲逛”的散文集要出版了，作为老友，无以言表，特寄几幅在云南“闲逛”时的速写以示祝贺。其实，好的文章犹如无线的画卷，好的绘画犹如无字的美文。我们表达的方式虽然不同，但“心意”，却是相通的……

——王首麟

教授
硕士生导师
中国美术家协会会员
中国画坛“百杰”画家
中国线描艺术研究会副会长
中国画艺术委员会主任

目录

天地，有大美

——腾冲北海湿地散记

从腾冲城出发，驾车到北海湿地，大约需要 20 分钟时间。

7 月，边城腾冲一泻千里的绿。那绿透出的生之消息，让人不由自主地头晕眼花，有种陈年佳酿由心底浮上来的阵阵醉意。而北海湿地的绿，像是在天地之间随风飘荡，绿到天边、梦边。

时是上午。天，蓝得极尽温柔，阳光穿透云层投射在清澈的水中，直晃人眼。

湿地是生物物种保护地及自然历史遗迹保护地，同时还是地理学、地质学等学科的重要研究基地。腾冲北海湿地面积有一千余亩，漂浮状苔草厚度和湖水深度为全国罕见。

顺着人工搭建的木走廊走进湿地，见一群妇女守着一大堆五颜六色的长筒雨鞋，一边织毛衣、编竹帽，一边说说笑笑。心中正纳闷，几个大嫂围了上来：“租双雨鞋踩草去嘛，才五块钱一双。”“踩草好玩得很，来北海不去踩草就像没来一样。”她们说的“踩草”，是指穿了雨鞋去踩那些漂浮状苔草。据说，那是很过瘾的一件事。

据到过湿地的朋友介绍，到北海湿地不去吃北海烤鱼、踩草、划草，玩个浑身湿透，就等于没有到过湿地。可看着已被游客踩踏得几乎没有了草只剩光秃秃的泥地的那一片湿地，记者心里突然觉得有些不舒服。那一片没有草的湿地，远远看过去就像湿地身上一块大大的伤疤，与花草丰茂、生机盎然的整个湿地极不协调。脚下留情吧，记者颇费了些口舌，才终于摆脱一群体态健硕的大嫂的围堵。

湿地中央是一片大大的水域，据说，要坐上当地农民自制的猪槽形小木船，到水域中央去“散散步”，才能真正体味湿地的美。撑船的是位皮肤红黑的圆脸壮汉，白衣黑裤，腰间系了条红布带，头上包块白毛巾，很像老电影《地道战》中的某位人物。一打探才知道，其实，他就是附近村子里的村民。

“坐好了嘎！”壮汉话音刚落，木船便悠悠荡开了。

坐在船上放眼瞭望，水草丰茂得无法无天，紫色、淡蓝色、粉红色的小花，星星点点，缀在绿的汪洋中。不时，有不知名的水鸟从草丛中扑着翅膀起落。远处是与蓝天白云连接的绿的山冈。北海边缘和山冈交接处，是散落在丛丛竹林中的村庄。闲笔乱点似的村舍上空，有袅袅的炊烟升起；缓缓飘动在天边的白云，似是由村舍上空的炊烟生成。

在画一般的草地与绿水间徜徉，是有福的，那水清澈得让人有种想纵身下去畅游一番的欲望。水里不时发现小渔网，伸手拉起一个来看，里面真有几条活蹦乱跳的鱼。

一群大呼小叫的游客在踩草，几位面目安详的当地人在垂钓，几只叫不出名的水鸟在水面上起起落落，悠然飞翔……

在湿地中央用棕树叶搭建的亭子间，跟一位居住在附近的“闲人”聊天。

他说：“冬天的时候，那才叫美呢。成千上万的候鸟都会飞来这儿，在那一片产卵，一直要到来年开春前才离开。”

顺着他手指的“那一片”望去，是开阔的水域，有零星的苔草一块一块飘浮着，几只雪白的鹭鸶慵懒地在碧绿的草丛中踱着步，若有所思的样子，显得形单影只。

鹭鸶是滇西随处可见、体态优雅的鸟儿，数年前曾一度消失，近些年又渐渐多了。但在天地之间，能够让这些高贵而优雅的鸟儿悠然栖息的处所还是不多。

见三三两两的女孩子挽着裤腿在草丛间寻找什么，走近了才发现，她们是在采摘野花。她们背着斗笠赤着脚，水将她们的大半截裤管浸湿了。细细一看，她们的手中都拿着两到三个野花编成的花环。

“买吗？两块钱一个。”

“是学生吗？”我们问前来拉生意的一个女孩。她点点头。

见有游客将素雅的花环戴在头上，倒也不觉有什么不妥。掏钱买下两个花环，女孩脸上原本有些漠然的神情，顿然转为了淡淡的笑……

北海湿地草丰美、鱼肥嫩，最著名的吃食是铜锣锅煮北海鱼打蘸水，外加洋芋火腿锣锅焖饭。湿地门口有十几家小食馆，大多是经营铜锣锅煮北海鱼和锣锅焖饭的。走进一个简陋但干净的茅草屋，没多大工夫，那鲜美的鱼汤和香喷喷的锣锅饭就上桌了。

席间，几位猫儿转世似的家伙大快朵颐，吃相似乎有辱斯文，但满脸满嘴透着幸福和满足……

天地，大美！

2005年7月写于昆明

曾刊载于当年的《云南广播电视报》

原稿与文剑、夏羽合作

保山：人闹花香醉端阳

“粽子香，香厨房；艾叶香，香满堂。桃枝插在大门上，出门一望麦儿黄。这儿端阳，那儿端阳……”

又见端阳。

端阳，又称端午，为每年农历五月初五，本是南方吴越先民用于拜祭龙祖、祈福辟邪的节日。

五月，南方古称“恶月”，每到这个时节，南方许多地方潮湿闷热，蛇蚊出没，阳光炽热，百毒齐放。为避邪驱瘴，家家户户想方设法，或煮食大蒜、臭参；或采集艾蒿等香料，做成“艾人”，悬挂于门楣；或用五彩花布缝织成虎羊猪狗之类可爱的香包，佩戴于胸前耳后。

后来，因传说战国时期的楚国诗人屈原，在五月初五投汨罗江自尽，人们亦将端阳作为纪念屈原的节日。据说，那年，秦国率兵攻破了楚国的都城郢，屈原得知消息，写下绝笔之作《怀沙》后，投汨罗江殉国。为了不让江里的鱼虾吃掉屈原的身体，伤痛的人们纷纷把糯米抛入江中。后来，为缅怀这位爱国诗人，每到端阳，人们包粽、食粽、挂菖蒲和艾叶、赛龙舟、喝雄黄酒，文人骚客吟诗唱和，以此纪念。

于是，因了“恶月”，端阳，有了几分鬼魅；又因了与诗人屈原壮烈的牵挂，端阳添了些许悲壮。

然而，在祖国西南边陲的保山，鬼魅悲壮的端阳，却因了“赶花街”，成为一个隆重程度超过春节的芳香四溢、柔美浪漫的节日。

其实，保山的芳香柔美，不仅仅在端阳；保山，也不仅仅柔美和芳香。

从保山的别名——兰城，到那一条条被各种花草树木环绕的街道、“三坊一照壁、四合五天井”的民居、抗战时期的腥风血雨、茶马古道上幽幽回响的驿铃声、古哀牢的遗风神韵，保山，都有着别样的魅影与风情。

藏有故事与沧桑的城池

保山是坐落在莽莽横断山脉间一座有着一千二百多年历史的城池。一千多年来，它犹如遗失在茫茫林海中的一粒宝石，在沧江怒水的冲刷中，裹挟着历史的血雨风霜，默默闪耀着不事张扬的光彩。

——保山，每一扇陈旧的门窗都藏有一个古老的故事；每一面现代的砖墙都是一首希冀的诗章。

沿着保山城不算宽阔但却整洁有序、几乎都呈井字形格局的街道游走，便如同阅读一部写满辛酸与骄傲的古城历史，如同谛听一代代保山人的追求与渴望。

当高黎贡山的清风缓缓掠过，无言地抚慰保山古城中残存的深宅老院墙壁上斑驳陆离的苔藓衰草；当金红的夕阳默默地温暖那些漆色剥落、凄绝精美的古老雕花门窗；当太保山的层层翠峰携着痴痴绿梦从历史深处奔涌而来；当易乐池的绿柳轻扬青春的躁动深深浅浅荡动情波万千；当文笔塔饱蘸龙涎把一方豪情挥向长空；当玉皇阁雾轻烟柔禅释人生的兴衰荣辱、

悲欢离合……保山，那封存在历史记忆深处的许许多多神秘而传奇的故事，便仿佛在迷蒙中游荡。

前天，这里是静卧在大山深处的一片高原坝子。往西走上几天，便抵达缅甸。成群结队的马帮穿过城池，高原崎岖的山道上，马帮悠扬的铃声和赶马人苍凉的歌声，不绝回响。一代又一代被称为“大肋巴”的保山人，肩挑马驮，翻山越岭，在古老的商道上，用生命、肋骨和汗水叙写着这片红土高原远古的历史；用“脚”的丈量对生命做着一次次突围；用“走”诠释着灵魂深处的激情与欲望。

昨天，日本鬼子的刺刀在这里闪动罪恶的魔光。近 400 架次的飞机在保山的蓝天上肆虐猖狂，近千枚炸弹将保山城撕扯、烧灼得满目瘀疮，尤其是 1942 年 5 月的连续大轰炸，让整个保山城“烟雾蔽天，血肉横飞，死尸充街盈巷，城南的上、下水河全被血水染红，许多尸体无人收殓，城内臭气熏天，以致引发霍乱，死伤近 3000 人，全城棺木奇缺……”

今天，高黎贡山扬起溢满瑟笙乐曲

的手臂在欢呼，沧江怒水舒展被束缚了亿万年的歌舞在呐喊，被唤醒的保山城，在欢腾中雀跃。曾经埋葬死难者的墓地，盖起了挺拔的高楼；街上穿着时髦的少女，如清风杨柳，飘然而行；身着各式民族服装的人，行色怡然。

储满阳光与芳香的街巷

如今，保山城的街巷总是储满灿烂的阳光与芳香。

徜徉小城，有的街道梧桐翠绿，有的街道玉兰怒放，有的街道樱花灿烂，有的街道海棠垂丝，有的街道桂花飘香。

一年胜似一年的花街，不仅繁荣了保山的市场，更成就了保山人那一份恋花、养花的习性。随便走进一个居家庭院，几乎没有哪个庭院没有花香。来到保山城，不论你是登上临街的阳台，还是步入幽深的小院，到处都能看到常青的兰花、如火的山茶、雪白的栀子、带血的杜鹃、金黄的缅桂、苍劲的青松；听到鹦鹉的牙牙学语、菜子雀的悦耳啼叫、八哥的饶舌鸣唱。

在保山，没有哪个季节不滋生柔情，没有哪个季节不萌动生机。春有攀枝花的艳丽，夏有梧桐树的新绿，秋有兰花的幽香，冬有野樱花的绽放……无论冬天，还是夏日，走进保山城的街巷，总有一种温热、一种清新、一种凉意、一种亮丽、一种洁净。

春日，山绿了，水绿了，小城街道两旁的梧桐树也绿了。一阵雨水过后，绿叶上滚动着晶莹的水珠，透出清新、洁净。走在雨后的街道上，心里便平添几分恬静、几分柔情、几分安详。

冬日，走在上巷街、下巷街、北门街，金色阳光洒满每条街巷。被风霜染黄的梧桐叶，纷纷扬扬，悠然飘落，擦肩扑怀，浅铺路面……梧桐叶美丽生命的凋零，在惹人愁绪、让人伤怀的同时，那随遇而安的潇洒，又让人生羡。

徜徉保岫西路，却有别样的景致，火红灿烂的冬樱花，在寒冬里恣意燃烧，仿佛一把火烧到了你心里，让你即便在寒冷的冬日，也有一种释然、舒展、温馨的感觉，不自觉便循着一路花香和绚烂，去遐想春的浪漫。

在梧桐掩映、花草簇拥的街巷，到处都可以看到来自上海、浙江等沿海城市的小姑娘、小伙子开设的服装店和理发店；沿海地区涌来的商品散布大街小巷。摆摊儿的大爷、大妈、村姑，还没有结束那羞涩的叫卖声，保山城又唤来了现代化的超市、商场。

一栋栋颇具时代特色的建筑，落落大方地跻身于传统建筑群中，不断刷新着这座质朴小城的模样。记得在采访刚刚开业的三星级的保山兰都饭店时，曾看见三个头挽发髻、身穿浅蓝色大襟姊妹装、脚踏三寸金莲、浑身上下收拾得干干净净的老太太，小声嘀咕着，东看看，西望望，在金碧辉煌的大堂里，小脚颠颠地徜徉。她们神色中的那一份惊喜、那一份张皇，叫我至今难忘。据说，饭店建盖之前，这里曾是她们祖祖辈辈居住的老房。

保山，默默嚼碎昨日的凄苦，在现代化的交响曲中，古老的心曲从没停唱，高楼大厦总在思忖中演奏出新的乐章。

花海人潮迷醉的端阳

节日，总会让人们感念、怀恋些什么。尤其是端阳。

在端阳，透过粽子，透过龙舟，拂去历史的烟尘，极目楚天 ，仿佛总能听到屈原披发行吟、自沉汨罗前“疾王听之不聪，谄陷避明，邪曲害公，方正不容”的悲唱。

诗人随流水去了，而千百年来，生命的美好与价值，在诗人死后幻化为汨罗的清泪，在历史的天空下随江水、随天风，无止激扬……于是，端阳，这个触摸诗人与百姓灵魂的日子，永远留在了一个民族的心房。

历史上，没有一个英雄人物的死，会像屈原的死一样，被演绎成一个民族盛大的节日。依托这个节日，一年又一年，百年，千年，代代子民不厌其烦，重温着同一个故事，一个忠于生命、忠于故国的故事。

那是一个任何水位都淹没不了的地方，那是百姓特别给这位不朽诗人留出的安息的天堂。

但悲壮不该是生命的本质。

或许，因了许多的缘由，对于保山人来说，端阳，却总有许多的不同。每年一度的“端阳花街”便在这个节日绽放。

保山气候宜人，阳光、雨量充沛，适宜各种花卉生长，是云南历史上开发较早的地区之一。公元前四五世纪，途经保山前往缅甸、印度的南方丝绸之路即已形成。公元前 122 年，即西汉元狩元年，这里便设置了县级行政机构。此后，不断有中原及江南移民迁入。公元 69 年，汉王朝便以保山为中心设置了永昌郡。以后，历代官兵、学士、商贾、移民接踵而至，他们在带来内地灿烂文化的同时，也带来了内地移花接木的技术。天时、地利、人和，栽种花木、培植盆景，作为保山人文化生活的一部分，随之蓬勃发展起来。明末清初，保山即是“满城皆花”。当时，园艺水平较高，已产不少名花。据张志淳作永昌《二芳记》中记载：“载茶花有三十六种，杜鹃花有二十种，皆永昌所产。”城内外出现了不少大花园，“春时，群花竞放，凭高望之，满城皆花如锦如云，极为佳丽”。徐霞客在其《徐霞客游记》中，也记载了永昌马氏、闪氏等大花园。

根据史料，保山花街作为市场，大约形成于清咸丰年间，迄今已有 100 多年的历史。追溯端阳花街的历史，与保山的沧桑过往有关。

据社会调查和有关史料记载：清咸丰末年（1861），保山遭兵乱，全城大火，毁坏殆尽。兵乱平息后，人烟稠密、市容繁华的保山城，残垣断壁，时有瘟疫流行，城内一片荒芜凄凉景象。重修家园，均需药治病、花植园（不少花亦入药）。时值端阳，四乡藉民入城聚市，花药皆多畅销。花药需要的增加，促进了花药交易，花药交易遂成街市，曰“赶药街”。

以后若干年，随着兵乱平定，人口繁衍，城市复苏，逢端阳节，花木、药材盈市。但曰“赶药街”感觉不雅不吉，遂改称“赶花街”。往后，口碑相传，约定俗成，相沿成习至今。

“花街时兴，风流所被，花木园艺更有发展。县城内专事艺花者，历代大有其人。有名园如徐家花园、柳家花园，今尚有故地可寻……”

年复一年，花街规模渐大，特别是改革开放以后，不仅传统花市繁荣，其间的商品交易，亦随之兴旺昌盛。如今，保山形成了以花陶冶情怀、以花繁荣市境的习俗，“端阳花街”亦成为保山隆重的传统节日。

每年端阳节，在包粽子祭奠爱国诗人屈原的同时，或政府组织或群众自行发起，花街都成为保山集商业、文化、旅游和民俗为一体的系列活动和盛大节日。端阳节前后三天，各种商家摆摊设点，个体、私人纷纷自觉来到街市，展出、售卖自家培植、栽种的花木、盆景、药材、奇鸟、虫鱼，满城满街，长在深山、生在丛林、养在庭院、育在温室的所有或名贵或平常的花草、药材都涌来了。屋檐下鹦鹉学语，八哥饶舌；街市上万种花、千种树、百种草，花药虫鱼，一应俱全，争奇斗艳。每一条街巷，花簇成海，药材成山，连街塞巷，如海如潮，令人叹为观止。

成千上万的人，摩肩接踵，笑语喧哗，汇入花潮中。街，成了缓缓流动、揉缠着馥郁芬芳、欢声笑语的河床。

保山醉了，醉在花海里，醉在人潮中。

迷失在花海人潮中的端阳，醉了。

游走在保山的端阳，怎能不醉?

1999年6月写于昆明
曾刊载于《保山日报》
原稿与沈向兴合作

山之上，国有殇

——拜谒腾冲国殇墓园

远远望去，同腾冲城边缘的许多山丘一样，这个位于城西南来凤山北麓的小山丘，不过是一个满目浓郁、葱绿的普通山丘。然而，当你循着火山青石铺就的林荫小道慢慢走近，才发现，这不只是一座山丘。

在浓密挺拔的松树、柏树掩映下，不大的山丘上，9000 余块一尺见方的墓碑，一个挨着一个，以山顶上的纪念塔为中心，呈辐射状，排得整整齐齐满满当当——“中士班长唐文之墓”“一等兵李成文之墓”“陆军中将抗日烈士寸性奇将军之墓”……

许多墓碑上长满了浅绿的苔藓，历经风雨的沧桑，墓碑上的许多名字已经模糊，要仔细辨认才能猜个大概。墓碑周围，种满了开着朵朵紫色小花的兰草，微风吹过，伴随着哗哗的松涛声，山丘上便荡满兰花淡淡的幽香。

时是盛夏。

腾冲的天，很蓝，蓝得彻底，水洗过似的，干净、通透。偶有絮儿般的白

云飘过，悠悠的，淡淡的，不断幻化着形状，给蓝得有些单调的天空添了几分趣。

阳光不晒，只觉很暖，暖得人懒懒的，犹如夏梦。避开日光，寻得树荫进得屋内或凉风吹过，便也就浑身清凉舒爽了。

腾冲，地处南方丝绸之路——“蜀身毒道”的要冲。南方丝绸之路在腾冲出境，而今还有不少深陷着马蹄印的路段，在诉说着丝路数千年的历史。这里集大陆气候和海洋性气候的优点为一体，冬春天气晴朗，气候暖和，夏秋晴雨相兼，凉爽宜人。龙川江、大盈江、槟榔江穿境而过，火山、地热遍布，山川秀丽，物阜民丰，就连游遍名山大川的徐霞客都曾被这方山水吸引，将腾冲作为旅行的最后抵达地。

据史料记载，早在石器时代，腾冲境内就有先民繁衍生息了，商代晚期已进入铜器时代。先民筚路蓝缕，以启山林，发展着这一地区的经济文化，部落与部落之间进行着广泛的交流。在秦汉时期，这里已是一个商贸重镇。唐代南诏国“畤壤沃饶，人物殷凑”，筑腾冲城，成为云南西部重镇。元明以后，随着汉族人群的大量迁入，汉文化在腾冲这块土地上生根成长，四处传扬，与少数民族文化杂糅，形成文化上既相互影响、相互交融又各袭传统的多样性特点。由于紧邻东南亚诸国，又处于现代国际通道——滇缅公路上，腾冲在成为侨乡四布、多种商业集散地的同时，铸就了包括东南亚、南亚以及西方外来文化和深厚的汉文化传统以及少数民族文化的多样性文化形态。

这座美丽、精致的小城，历代都是西南的重要门户，兵家必争之地。曾享繁盛与荣耀，也曾弥漫硝烟与战火，据记载，明永乐元年（1403 年）置腾冲守御千户所，隶金齿军民指挥使司。明正统年间的三征麓川之役，以腾冲为战略基地和管制边境土司的触角，各路大军云集腾冲。明万历年间岳凤之乱，平叛大军从腾挥戈收复三宣。清光绪年间，抗英的“马嘉理事件”和“甘稗地之战”在腾冲爆发。清宣统三年（1911 年），以张文光为首的革命党人，发动了推翻清王朝的武装起义，在腾冲建立了云南第一个资产阶级革命政权——滇西军都督府，出兵占领了整个滇西，促进了辛亥革命在云南的胜利。

据有关资料，1942 年 5 月，为了切断当时国际援华物资的唯一通道——滇缅公路，日本侵略军从东南亚反抄中国的大后方，自缅甸侵入滇西，占领腾冲城，企图攻占云南，威胁重庆，迫使中国就范。

5 月 5 日，中国军队及时炸毁了怒江之上的惠通桥，才将沿滇缅公路进犯的日军阻截在了怒江西岸。从此，两军在怒江东西两岸对峙，而腾冲人民配合抗日军队，坚持抗战达两年之久。

1944 年 5 月，为收复滇西失地，打通滇缅公路，中国远征军在腾冲、龙陵发起了滇西反攻战。第二十集团军以 6 个师的兵力强渡怒江，仰攻高黎贡山，血战南北斋公房。接着又在盟军的配合下，围攻腾冲城。

腾冲城是滇西最坚固的城池，兼有来凤山作为屏障，两地互为依托。日军经过两年多的据守，在两地筑有坚固工事及堡垒群，准备了充足的粮弹。要攻克，实属不易。血战 44 日，经过无数次的冲锋之后，中国远征军、地方游击队和盟军官兵阵亡将士 9182 名，终于于 9 月 14 日将日寇全部歼灭，光复腾冲。

战斗结束，古城腾冲成了一片瓦砾场，全城找不到一间完好的房子，许多火山石砌成的断墙，弹痕累累。作为中国抗日战场上第一个依靠中国军队浴血奋战、全歼日军而获得解放的城池，腾冲军民用生命和鲜血，捍卫了中华民族的尊严，谱写了彪炳史册的光辉篇章，在世界战争史上留下了辉煌的一笔。

腾冲光复后，时任国民政府委员兼云贵监察使的辛亥革命元老、爱国人士李根源倡议：兴建陵园，以祭悼阵亡将士。1945 年 1 月在腾冲人民的捐助和华侨的援助下，开始修建墓园。7 月 7 日，墓园正式落成。李根源根据《楚辞》中的《国殇》一篇，为之起名为“国殇墓园”。国家，是他们的主祭者。这是对阵亡将士最隆重、最高级别的祭祀。

如今的腾冲，虽是一座新城，但繁华中处处得见清幽古朴的余韵，仿佛历史沧桑中那些哀伤与美丽永远纠结在一起，最终却都归隐了这遥远的西南“极边之地”。

漫步腾冲城，安静、祥和，繁盛中透着闲适。许多中原式建筑，粉墙黛瓦，骑墙林立，整体建筑风格接近徽派。小城随处建有绿地，栽有花木，除葱郁的香樟、小叶榕等行道树外，最多的要数桂花树。恰逢桂花盛开的季节，小城空气中到处弥漫着沁人心脾的芳香。

走进腾冲名人故居，走进一座座明清古寺和清幽古老的院落，漫步一道道石板小巷，你会在一种特别的文化氛围中受到震撼。如果没有国殇墓园，人们恐怕是很难将足下这片美丽的热土同60余年前的那场焦土抗战联系起来的。

而今，当人们在古建筑的廊柱上抚摸累累弹痕和俯仰国殇墓园的时候，无不唤起一种深沉庄严的历史感。9000余块墓碑，可是承载着9000多个曾经鲜活的生命啊！他们曾经是一群风华正茂的年轻人，如果不是那场战争，他们今天过的该是儿孙满堂、颐养天年的日子。可是，历史选择了他们，60余年前那场惨烈的正义之战，让他们年轻的生命永远定格在了时光深处，定格在了这些墓碑上。60余年来，有多少个月朗星稀的深夜，不知他们是否会穿越时间和空间的屏障，在溶溶的月色里，与左邻右舍的战友拉拉家常、唠唠嗑，谈谈他们未曾了却的愿望与理想？

作为专门纪念抗日战争阵亡将士的圣地，国殇墓园不论从建筑规模、布局结构，还是从文化内涵来看，都具有一种强烈的震撼力，是我国目前规模最大、保存最完整的抗战时期正面战场阵亡将士纪念陵园。因此，它被国务院列为全国重点文物保护单位，被中宣部批准在此建立滇西抗战纪念馆，被云南省人民政府定为爱国主义教育基地。

墓园所处地形如一口巨钟，取警钟长鸣之意。步入庄严、肃穆的墓园大门，循着林荫便道走近百米，首先映入眼帘的是一个高台，高台正中，“碧血千秋”四个大字赫然夺目，为蒋中正题、李根源书。高台之上便是墓园主体之一的忠烈祠。忠烈祠为重檐歇山式建筑，上檐下悬蒋中正题“河岳英灵”匾额；祠堂正门上悬国民党元老、大书法家于右任手书的“忠烈祠”匾额，祠内外立柱悬挂何应钦及远征军二十集团军将领的题联；走廊两侧有蒋中正签署的保护国殇墓园的“国民政府军事委员会布告”，二十集团军总司令霍揆彰的“腾冲会战概要”“忠烈祠碑”等碑记。祠内正面为孙中山像及遗嘱，两侧墙体嵌阵亡将士题名碑石，共9618人。忠烈祠里，陈列着祭文、张问德答田岛书、抗战情况概要、纪念品等，祠中有一个祭台，祭台前面，摆放有海内外人士前来祭拜时敬献的花圈、花篮。

忠烈祠后为相对高度31米的圆锥形小团坡，坡顶立有高10米的纪念塔，外形为方形柱式，用腾冲特有的火山岩雕砌而成。塔身正面镌刻着霍揆彰的题书“远征军第二十集团军光复腾冲阵亡将士纪念塔”，塔基正面刻有蒋中正题、李根源书“民族英雄”四个蓝色大字，其余三面为腾冲抗战纪要铭文。以塔为中心，辐射状地把坡体分为六个等分，每个等分都代表一个师，自上而下密布着墓碑。墓碑上书阵亡将士的姓名和军衔，碑下葬有烈士的骨灰……整个烈士冢共立墓碑3346块，其中包括战死的援华美军人员。

墓园管理所原所长毕世铣先生介绍说，每年清明前后，腾冲人、台胞、海外侨胞及大洋彼岸的国际友人都会纷纷来到这里，祭奠亡灵、敬献花圈。当面对满当当一山丘的墓碑时，许多人的血液凝固了。有人感慨，9000余名赤诚男儿，站起来是森林钻天的刚强，倒下去是一片血溅山河的悲壮！这些年轻的生命，为了民族大义，舍生忘死，将短暂的生命熔铸成了一部厚重、悲壮的史书。

天降缟素，大风悲歌。

伫立于军阵一样的墓碑前，我的耳畔仿佛传来他们的喊杀声，9000多个年轻而充满激情的声音汇聚在一起，该是怎样的气壮山河！这些长眠于地下的七尺血肉之躯，是我们的民族之魂，大国之魂。

在毕世铣先生提供的资料中，我们找到腾冲和顺乡的清代举人张砺在墓园落成时，为腾冲全县民众祭阵亡将士所撰的诔文：“荣誉齐江流而随永兮，江有竭兮誉无穷。凤山岧峣兮松翠葱葱，扶舆孕毓演而为邱兮，宜众烈之幽宫……”诔

文中“早上相伴的有鸟鹊，晚上相伴有栖鸦”这样凄婉悲凉的句子，吟来让人肝肠寸断。

腾冲的盛夏，多雨。

当我们从青松翠柏的掩映里来到山顶的纪念塔脚下时，一片乌云携来豆大的雨点。一行人连忙跑回忠烈祠前避雨，却见已有十余人挤在祠前檐下。一打听，大多是外省的游客。和我们一样，他们也是不远万里来拜谒长眠于斯的英烈的。

在避雨的人群中，一位白发苍苍的老人操着腾冲方言在给几个十几岁的孩子讲解忠烈祠前的几副对联，过去搭讪得知，她是位退休老教师。“孙子从小在贵州长大，孙女如今考上大学了，趁放假，我带他们来这看看。”说起那场战争，老人显得有些激动，“侵腾日军，罪恶滔天。现在日本有些人还声称，只要是战争，双方都会有伤亡，是正常的，似乎就不要再计较了，尤其不要对下一代人造成影响。这简直是睁着眼睛说瞎话。是你小日本打到了我家门前来的，给我们国家、民族制造了那么多的灾难，今天却来说这样轻松的话，真是无耻至极。”

雨过天晴。太阳出来了，碧草之上雨珠晶莹，成片的野花在每一块墓碑前静默地吐着芬芳。老者拄着拐杖，和她的儿孙们朝着纪念塔方向拾级而上。

在墓园，有一块特别的纪念碑——盟军抗日阵亡将士纪念碑。关于这块纪念碑，墓园管理所的同志说：“在收复腾冲的血战中，中美军队相互支援，密切配合，是反法西斯阵营同一条战壕中的战友。有 14 名美国空军和陆军顾问团的官兵牺牲在这片土地上。”

墓园大门一侧筑有“倭冢”一座，这是腾冲人民为侵腾日军指挥官藏重康美大佐及桑弘、太田大尉掩埋尸骨的地方。抗日战争结束后，日本曾要求将这几具日军尸骨运回日本，但腾冲人民不答应。

毕世铣先生说：“在中国文化中，对入侵者特别痛恨，往往是要让其死无葬身之地的。但在这座墓园中却为这些死有余辜的异国亡灵留了一席之地，这是我中华泱泱大国的风范。还有一层意思，那就是让他们为我们的英烈守墓，给我们的将士陪葬。”

毕先生告诉记者：“前些年，墓园的管理人员曾经发现‘倭冢’前有香烛、纸钱，大家很奇怪，这可是从来没有过的事情，我们的同胞和任何一个热爱和平的人，是绝对不会来祭奠这些侵略者的。后来我们逮到了两个来中国‘旅游’的日本人。他们当时上完香后手中正捧着从‘倭冢’上取下来的黄土。我们当即让他们把土放回原处，并言正声厉地告诉他们：‘你们来中国旅游我们欢迎，但你们要知道这里是我们的国家，这儿的每一粒尘埃都是我们的，如果有人胆敢来犯，他的最终结果就是倭冢里的孤魂野鬼。’次日，两人灰溜溜地离开了腾冲……”

拜谒国殇墓园，我们没有携香烛鲜花，但带着一颗崇敬的心。

从墓园出来，有鸽群鸣响着鸽哨，从我们头顶上的天空掠过。恍然想到于右任先生《天的悲歌》中有这样的句子：“天苍苍，野茫茫，山之上，国有殇。”

雨后的天，很蓝。

鸽哨，久久萦绕在青山、绿水、蓝天之间……

2005 年 7 月写于昆明

曾刊载于当年的《云南广播电视报》

原稿与文剑、夏羽合作

碧色的火车

许多年前，看过一部电影，名叫《卡桑德拉大桥》。本来，那是一部以火车为故事发生载体的灾难片，但我印象最深的，不是灾难，却是火车，是索菲亚·罗兰和理查德·哈里斯在火车上发生的爱情。后来，又看过《周渔的火车》，广阔的原野、蓝色的天空、清澈的湖水、淳朴的乡镇，还有穿着一袭碎花连衣裙、纯情、清雅、美丽的女子。影片弥漫着“闷骚”“迷幻”的情绪，火车嘶鸣着穿梭往来、贯穿全片的场景，是这种情绪的主旋律。

于我看来，这些文艺作品中的火车，不仅仅是一种交通工具，更是一个开放、现代的“观念”，是一个摆脱令人生厌的日常、有无数种开头、无数种情节、无数种结尾、无数种可能的“故事”。

这些“故事”，总带着莫名的忧伤和致命的浪漫。

我想，人生也像坐火车。过往的景色虽然很美，让你流连忘返，可你总是需要前进。你告诉自己，我以后一定还会再来，但事实上，往往你再也不会回去。退后的风景，邂逅的人，终究渐行渐远。

而未来，也许，会更好，也许，没有。

怀揣着关于火车的种种臆想来来往往，大半生的旅途，却一直没有机会坐火车。2018 年初夏，我终于坐上火车，开始了一次随心所欲的旅行。

那是一场蓄谋已久、等待了许多年、盛满了无数美好与期许的倾情约会。

从昆明到红河的火车，是绿皮的碧色火车，时速不到一百公里。火车的铁轨延伸到越南的胡志明市。据说，不久即将停运。

这条有着厚重历史的铁路，被叫作滇越铁路，是中国的第一条国际铁路。

1910 年的一天，这条最初源于法国人觊觎云南的丰富矿藏资源而修建的铁路开通。

那天，呼啸的小火车喘着粗气，鸣着汽笛，孤独，然而所向披靡，从昆明一座炊烟袅袅叫作前卫营的小村庄出发，从高原奔向大海，从此改写了云南山间“铃响马帮”来的交通历史。这声汽笛，在拉开云南早期工业化帷幕、开启云南现代文明先河的同时，成为云南对外开放史上的一块里程碑。近代史中的云南，开始了与世界的对话。

铁路虽然只有 1 米宽，但因了这条铁路，高原人民的生活和思想观念发生了巨大转变。云南早于内地许多地方接触了西方现代工业文明；云南大锡产量迅猛增加，个旧“锡都”的美名，沿着铁路传播到了世界各地；1913 年，云南选送去欧美的留学生，全部取道滇越铁路。

沿线物产资源源源不断运出运进的同时，也带来了外部世界的新思想和生活方式。昆明街头有了法式建筑的医院、教堂、商店；电灯、电话、自来水、汽车进入了一部分人的生活；看电影、穿西装、男女同校成为时尚；人们见面鞠躬礼代替了跪拜礼……

因了这条铁路，打开了沿线山民与外部世界接触的通道。火车经过的山谷，成了当地山民赶集的最好去处。山乡里出现了颇有西洋韵味的小教堂；穷乡僻壤的碧色寨，有了云南最早的洋酒吧；河口的老太太，有了劳作后喝一杯咖啡的风雅……

时光如水，日月如梭。恍然间，滇越铁路走过了100多年的历史。如今，时速350公里的高铁，已经遍达中国大地的许多城市，许多运行缓慢的绿皮火车，早已被具有自动驾驶系统、干净整洁、座椅舒适宽敞、运行平稳、减震隔音效果好的“复兴号”取代。而滇越铁路，虽几经改道、重修，但始终穿行于滇东南的

崇山峻岭之中，这绿皮火车仍然承载着百年过往沧桑，日夜不停，在古老的轨道上安然运行。

血色河口

滇越铁路在国内的终点站是河口口岸。

从昆明到河口，大约500公里的旅程。经玉溪、建水、蒙自、屏边，到河口，火车要走6个多小时。墨绿色的车身、座椅，白色的标牌，一路走一路停，旅客上上下下，有时还需为其他车让路而半路停车。与高速列车相比，车行缓慢、设施陈旧的绿皮火车，满足了我关于火车的所有臆想。

铁路在崇山峻岭间延伸。上了年纪的火车，沿着铁轨，翻山越岭，慢慢走着，穿过无数个隧道、峡谷和山岭，“黑夜”和“白天”在车厢里交替反复。

天空有些阴郁，眼看快要下雨。但从坐上火车的那一刻开始，心就明亮了，身体的每个细胞都溢涌着暖，还有种种无尽的畅想、幸福和美好。

铁路两边，或层林或杧果树或芭蕉叶织就的风景，美如画卷，还有零星的青瓦白墙人家和随着袅袅炊烟飘荡的人间烟火……景致气象万千。

敞开呼吸，可以嗅到森林中树叶腐烂的气味；瞭望窗外，可以看到阳光普照大地、云蒸霞蔚的意蕴；秉心静气，可以听到清风吹过漫山绿野的欢畅、热带雨林蓬勃之歌的回荡。

“铿嗤铿嗤”，摇晃六个多小时后，在太阳即将落山之际，碧色的火车终于抵达河口车站。

车站坐落在绿色山谷里，群山环抱，空气清新，风景优美。走出车站大门，

有许多出租车，随便打一辆，十几分钟十多块钱，就可以到达河口镇上。

河口镇位于河口瑶族自治县南端，地处红河与南溪河汇合处，最低海拔 76.4 米，是中国西南海拔最低的城镇，和越南就隔了一座桥，与越南老街省省会老街市和谷柳市隔河相望。

河口面积不大，却承载着太多的历史和现实，也承接着过去和未来的荣辱兴衰。

由于地处边防要塞，从东汉以来，历代王朝都在此设置过郡、县或特区，派有重兵把守。河口不仅有着悠久的历史，而且有着各民族光荣的斗争传统。1885 年，在苗族首领项崇周的领导下，曾以长矛、大刀，把武装侵略马关至般头一带的法国侵略者打得焦头烂额。1908 年，孙中山命令黄兴等人在此发动了有名的“河口起义”。在七八十年代的边境冲突中，河口各族人民又积极响应号召，踊跃支前，做出了卓越贡献。

第一次听说“河口”，是在 20 世纪 80 年代。

1984 年初夏，大学即将毕业，我和班里的几个同学被分配到红河州的开远县实习三个月，住在一个靠公路边的企业招待所里。招待所的走廊面对公路敞开。公路是一条国道，弹石路面，坑坑洼洼，白天来来往往的车辆很多，很是吵闹，晚上车少了，还算安静。

突然有一天开始，每到晚上半夜三更，就听见公路上轰轰隆隆不停有汽车路过，搅得人无法安睡。连续三四个晚上都是如此。原以为是拉货的大货车，觉得很烦，每天清晨起床后，大家都会抱怨晚上没有睡好。

有一天晚上刚睡着，又被轰轰隆隆的声音吵醒。天气很热，实在烦闷，我便起身想到走廊上走走。打开门，借着路边的路灯，恍然看见公路上长龙似的解放牌汽车，一辆接一辆在行进。有的前面车厢被篷布捂得严严实实，覆盖着绿色伪装网，后面挂着大炮；有的敞篷的车厢里，满是全副武装的解放军战士，战士们头戴钢盔，荷枪实弹，定定坐着，安静肃然。

我被那场景震蒙了，感觉做梦似的，摇摇头清醒过来，发现是真的。像是窥见了不该知道的国家秘密，我被吓着了，慌忙转身进屋关上门，回到床上。

那晚，迷迷糊糊一夜睡不踏实，战士们头戴钢盔、荷枪实弹的场景一直在我的脑海里缠绕。

第二天那秘密憋得我难受。到下午，我实在忍不住了，把看见的事情悄悄告诉了同学老王。老王是当了几年工人以后才考上大学的，年龄比我大好几岁，在我眼里算是一个有见识、有阅历、管得住嘴的可靠人。听完我的陈述，老王却没有我想象中听见秘密的那种惊骇，只是淡淡地说，那些士兵是被拉到河口去打仗的。我不知道河口具体在什么地方。老王说，河口是从中国到越南的一个口岸，距离开远县城两百多公里，不到半天的车程。

战场竟然离我们如此之近？！战争几乎就发生在我们身边？！我很是诧异。那是我第一次听说河口，而且是和战争联系在一起。

那时候，信息不发达，消息闭塞。在学校，只有大礼堂里有一台电视，逢有重大新闻或者诸如女排比赛直播的时候，学校专门管理的人才会去打开让同学们看一会儿。个别条件好的同学，能够有一个收听广播节目的小收音机，已经算是非常奢侈了。作为普通学生，听收音机的机会都不多。而且，外出实习两个多月，看报纸也很不方便，很难知道正在发生的各种新闻。只零星听人议论中国和越南打仗了，可具体什么情况却不知道。大家似乎觉得打仗的事情属于国家机密，平时也不敢随便打探、议论。

我们实习工作的开远县城里风平浪静，无论是机关还是企业，每个行业似乎都在改革开放初期热效应的催化下，欣欣向荣、热火朝天。我们每天在导师的带领下早出晚归，今天到机关，明天到工厂，忙着实习，忙着准备毕业论文，忙着谋划毕业分配的事情。哪想到，就在两百多公里之外，残酷的战争正在进行，无数年轻的生命，每时每刻都在接受着生与死的考验！

对于在和平时期长大的我来说，虽然从小到大看过许多关于打仗的小说、电影，但概念中的“战争”一直是极为抽象的，意识中甚至常常把战争臆想成一件带有浪漫主义色彩的事情，有点遗憾自己没能生在战争年代，不能成为《林海雪原》中的小白鸽、《苦菜花》中的冯秀娟。

突然之间，来不及准备，来不及思考，真实的战争就发生在身边！实在有些无措，有些发蒙。自那以后，我总在臆想河口的样子，臆想河口正在发生的一切。

那天以后，轰轰隆隆的声音又持续了好几个晚上，但我再也没有感到聒噪，甚至觉得那声音神圣，仿若悲别战士出征的战鼓。每天晚上躺在床上，听着那轰轰隆隆的声音，想象着那一个个和我年龄相仿的年轻士兵，跨过河口，奔赴战场，接受关乎生命残酷拷问的一个个场景，内心便有些惭愧，有些内疚，有些悲怆。

十几天后，实习结束，我们离开开远。

两个多月后，我大学毕业，参加了工作。而中越的战事还在持续，每天报纸的头条几乎都和战事有关。

同事老寇的丈夫是个军人，也参加了作战。每天上班，老寇都紧张地盯着报纸关注战况，同时，适时给我们通报那些她从各种渠道打探来的小道消息。我们的心，每天也被牵挂在战场上。

有一天，单位组织去政府大礼堂听报告。做报告的是军分区的一位首长，他的两个儿子都在战场上牺牲了。

突然又有一天，老寇接到通知，让她赶到河口去，说她的丈夫牺牲了。

看着老寇悲痛欲绝的样子，想着那些如军区老首长一样痛失儿女的父母的伤痛，那一刻，我才彻底感知到，真正的战争不是电影、不是戏剧、不是小说、不是故事。

后来听老寇说，河口有几处烈士陵园，里面安葬着作战牺牲的600多个烈士，她的丈夫也长眠在那里。

从那以后，对于我来说，河口，不再只是一个地名，而是包含了许多复杂内容、蜗居在灵魂深处一个悲怆的情结。

许多年过去，我终于有机会来到河口。那是一次文学笔会采风。也是夏天。

记得坐的是大巴。汽车在缠缠绵绵的盘山公路上绕来绕去，然后顺着一个峡谷前行。峡谷里种植着大片杧果、香蕉、菠萝……尽管车窗外瓜果飘香，满眼皆绿，但弯多崎岖的山路却让人内里翻江倒海不舒服。

不知颠簸了多少个小时之后，终于抵达河口。

晕晕乎乎地从空调车上下来，巨大的热浪扑面而来。或许是酝酿得太久太久，突然置身河口，心绪反而很是淡然平静。这个在我灵魂深处蜗居了许多年的地方，和我臆想中的很不一样。极目望去，首先看见的便是滚滚流淌、河水泛黄的南溪河和横跨河上的友谊大桥，还有河岸两边层层叠叠或葱郁或苍凉的山峦。顺着河边，有一条倚着河谷地带延伸、不算宽阔的柏油马路，马路一边是滚滚的南溪河，另一边倚着山边，高高矮矮、零零落落建有一些低矮的房子，或是水泥，或是木料，或是油毛毡房。

河口，战争的硝烟早已散去，没有开阔热闹的码头，没有高楼，没有喧嚣，没有车水马龙，只是一个宁静、朴素、幽居在峡谷中的小镇。

一个用油毛毡搭盖的商场，有七八百平方米的样子，里面一排排设有许多摊点，售卖各种当地和来自越南的土特产以及拖鞋、帐篷、吊床等日用消费品。许多来自越南的商贩操着熟练的中国话在和顾客讨价还价，一派祥和。我买了两双越南橡胶拖鞋和一个编织吊床，听说质量特别好。果然，十几年过去，拖鞋还完好无损，吊床也还在使用。

站在河岸的这边看对岸的越南老街，也没有什么建筑，一些低矮的房屋零零星星散落在山岭树木间，有些荒凉。

没有了硝烟，没有了战争，多年的涵养使南溪河两岸的树木山林郁郁葱葱，但据说森林中还埋藏着许多地雷，不小心就可能被引爆。想着对面就是异国，想着当年许多战士就是跨过南溪河，在对面的山岭中浴血奋战，想着许多年轻的生命就是陨落在那些丛林里，内心，还是有些异样。

十几年过去，如今再次来到河口，从火车站出来的那一刻，就觉得河口已经很不一样了。新建的火车站，离镇中心很近。现在的河口，早已不再是十几年前的模样，有了高楼、有了喧嚣、有了车水马龙，还新建了两座国际桥和宽阔平坦的滨河大道。

我们在网上预订的四星级酒店，就矗立在美丽的南溪河边的滨河大道上。坐在酒店房间的露台上，可以一览无遗看到汹涌流淌的河水、水上漂流的小船以及河对面越南老街市的所有景象。河对岸的越南，也新建了许多红红黄黄糅杂了法国风情的房子。

酒店下面就是风情万种的滨河大道。时值傍晚，滨河大道一派祥和景象。大道临河的一边，有汉白玉的护栏，还有明亮的路灯和五彩的灯带。大道上建有花台，种有藤蔓，还有散尾葵、槟榔、棕榈树等绿植，一派热带风光；每隔三五百米，还建有雕塑、亭台、休闲长廊和大小不一的广场。伴随着悠扬的音乐，有市民在广场上跳着欢乐的舞蹈，还有市民在健身，有孩子在嬉戏，很是热闹。

依伴南溪河的护栏远眺，可依稀看到对岸的香蕉树，越南老街市的海关大楼映现在灯火之中，时明时暗。

从南溪河与红河两河交汇处，顺着红河往北走，街道右边高楼鳞次栉比。闻名遐迩的中越铁路大桥霓虹闪烁，在夜幕中很是耀眼，据说，每个来到河口的人都一定会来拜谒，这是河口最热闹的地方。桥上，两条黑色的米轨从越南老街市铺伸过来。桥头铁路两旁，建有两座法式建筑，那是中国铁路值班室和桥头岗亭。

据有关资料，中越铁路大桥是滇越铁路重要的桥梁之一，始建于 1903 年，为钢架桥梁，全长 121 米，其中中国段 61 米。桥底下河水湍急，猛浪若奔，气势惊人。距中越铁路大桥大约 300 米的地方，是中越友谊大桥。它是横跨南溪河贯通河口和越南老街的一条步行桥，与中越铁路大桥并行。桥的一头为中国河口海关，而另一头是越南海关。在双方的国门口，在光芒四射的霓虹灯下，都站立着卫兵。据说，原建的中越铁路大桥和中越友谊大桥，均在 1979 年的战火中被毁。

后来，随着中越关系正常化，两桥才得以修复。

在离公路桥不远的地方，傍依南溪河，巍然矗立着“中国 102(1)”界碑，界碑花岗岩碑体，四周用铁链围圈着，两旁有盆花装饰。游人至此，都争相拍照留影。

早晚繁忙的边境贸易，是河口一条亮丽的风景线！两国关系改善后，河口与越南老街边民可以互通贸易。每天清晨，很多越南女人，或戴着越南草帽，或骑着自行车，或托着方形筐，或推着比自己身躯大得多的货物，经过中越大桥关口进入河口，然后奔向各条街巷、各个商铺、各个市场。她们用改装的特殊自行车，早上装上成千斤的货物，跨过国境线来到河口销售，下午又在河口采购成千斤的货物运回越南。很多越南男子，则骑着摩托车，像风一样穿过大桥。

据说，河口当地的许多居民，晚饭后走过大桥，到对面的越南老街喝杯茶、品杯咖啡、走访亲朋，已是寻常的事。

桥上，车辆反复碾压过的轨面，在夕阳下，光亮耀眼，熠熠生辉。桥下，南溪河水滚滚奔流，仿佛在讲述这片土地的风云往事，诉说滇越铁路的百年沧桑。

而在口岸交界处，与越南的谷柳市隔河相望的红河岸边，则建有许多欧陆风情的酒吧和餐馆，售卖红河和越南特色的各种水果、饮料、食品。夜幕降临，坐在岸边的藤椅上，一边沐着河上吹来的凉爽温馨的风，一边惬意地喝茶、吃饭。看着远处异国闪烁的灯火、被彩灯装饰起来的中越友谊大桥，听着异国情调的音乐，又有谁能想到 30 多年前的那场战争呢？对那场战争，也许当下会有仁智互见的解读和没有历史负担的洞见，但无论如何评说，一切都已远去。于当下和未来的人来说，或许，所有风云其实都已经成为“故事”。

红河岸边还建有一条大道，俗称“越南街”，是一处旅游休闲、购物的地方。越南街商品繁多，主要以越南产的食品、鞋子、药物和香水居多，很多越南人在此开店做生意，饭店菜肴则以越南风味为主。

两次去河口，都没有勇气去拜谒烈士陵园，不是因为遗忘，而是不想再去惊扰那些魂灵。我想，在这片如今花草葱茏、树木繁茂、祥和安宁的边陲土地上，

他们，或许早已安息。

迷情碧色寨

碧色寨，滇越铁路蒙自境内6个车站中的一个。坐落在蒙自西北部一个狭长的小山坡上。中国第一条民营铁路——个碧石铁路与滇越铁路就从这里穿过。这里，曾经是云南一度异常繁忙的进出口贸易的重要集散地，浮世男女的角斗场。万里之外的浪漫法兰西，与这里曾有过无数情感纠葛。

百年过往，风雨沧桑。再有怎样的繁华，再有怎样的辉煌，历经风霜雪雨，焉能万世安好？碧色寨，零落成为一个落寞的小镇。

许多年前的那次文学笔会采风，到过一次碧色寨。

那时，到碧色寨的路还是土路，狭窄、崎岖，很难走，一般人不会抵达。只有相关的专业人士或文青，偶尔奔了来，凭吊那些曾经的流年、时光。那时的碧色寨，静谧，冷清，零落，破败，没有商贩，没有火车头，只有锈迹斑斑的铁轨，歪歪倒倒、墙壁斑驳的黄房子，和站台上那个早已停摆的挂钟，犹如长髯的老者，安然守候在这被喧嚣尘世遗弃的偏狭乡野里，悠然述说着繁华往事。

滇南的夏日，阳光明媚，有些闷热。晃悠在几乎被杂草、碎石掩埋的铁轨上，可以听到周边杂树

1928

林里传来“嘘嘘嘘嘘”的蝉鸣，和苦呕鸟零落婉转的“苦呕，苦呕”的叫声。不知道苦呕鸟的学名叫什么，只觉得这种在我的家乡也有的鸟，它的鸣叫有点凄苦，仿佛它的一生藏着许多难言的悲伤。两头膘肥体壮的黄牛，甩荡着尾巴，埋着头，悠然、惬意地在铁轨边吃草，偶尔抬头，发出“呼噜”的声响，传得很远，很远。

仿若曾经的贵族，尽管没落，终归风骨犹存。好些年过去，碧色不再落寞。作为旅游景点，它再次闯入人们的视野。一个废旧火车头、一段米轨和几幢涂抹着黄色涂料的法式风格的建筑，结巴但不由分说地述说着这里曾经与火车有关的一切，以及火车给这个小镇带来过的繁华与辉煌。

远山如黛。米轨和火车头锈蚀斑斑，诠释着过往的沧桑。法式黄房子，在夏日的骄阳里特别耀眼。它们在这个滇南小镇已经矗立了一百多年，一直静静守候。当年建盖它们的法国主人，应该已经作古，或许，如今只有他们的灵魂会漂洋过海来此徜徉。售卖越南小卷粉、凉米线、炸洋芋和枇杷等本地小吃、水果的小贩，在黄房子周边，或撑起红红绿绿的阳伞，或搭起简易的凉棚，悠闲地做着游客的生意。

尘世是势利的。不再落寞的碧色，常被借尸还魂，无论这魂是否与碧色有关。

战争，本与碧色寨无关，但电影《芳华》中的战地医院，却是在碧色寨取景的。电影放映后，原本宁静的小村庄，进入旅人的视野，骤然热闹起来。好多人千里迢迢来到这里，穿上电影中的军人服装，拍照、打卡，追寻电影中迷离的场景、故事。于是，在小贩的叫卖声和炸洋芋、臭豆腐的香气中，一场场或真或假、似是而非、浮世离乱的戏码，在碧色寨轮番上演。

如今，碧色寨，还叫碧色寨，但一切早已面目全非，找不到归处。铁路，不再是铁路，火车不再是火车，车站不再是车站……所有的仿佛还在，却又不再是缘起的模样。

其实，历经世事，碧色早已在时光绵软的搓揉中，将所有的凡尘俗事碾压成尘，幻化为风。于碧色寨而言，或许一切的戏码，无论真假，都无关紧要了。你来，还是不来，你演，还是不演，碧色，始终在这里，不悲，不喜。

于我而言，有你，我的世界无处不芳华。无论在世界的哪个角落，你来过，我来过，我们来过，坐着很慢很慢的碧色火车，翻山越岭，穿过青山，穿过绿水，穿过鸟鸣，穿过蓝天，穿过白云……

已足够。

静味蒙自

碧色火车在滇越铁路上经过的一个重要站点是蒙自。

著名散文作家朱自清先生在散文《蒙自杂记》中写道："蒙自小得好，人少得好。看惯了大城的人，见了蒙自的城圈儿，会觉得像玩具似的，正像坐惯了普通火车的人，乍踏上个碧石小火车，会觉得像玩具似的一样。但是住下来，就渐渐觉得有意思。城里只有一条大街，不消几趟就走熟了。书店，文具店，点心店，电筒店，差不多闭了眼可以找到门儿。城外的名胜去处，南湖，湖里的崧岛，军山，三山公园，一下午便可走遍，怪省力的。不论城里城外，在路上走，有时候会看不见一个人。整个儿天地仿佛是自己的；自我扩展到无穷远，无穷大。这教我想起了台州和白马湖，在那两处住的时候，也有这种静味……"

其实，小蒙自已有上万年人类繁衍活动史、两千多年建县史，是云南近代史上的滇东南军事、政治中心。光绪十五年（1889），蒙自海关落成并正式开关，这是近代云南第一个海关，也是近代中国21大海关之一。此外，蒙自还有着许多个近代历史的第一：第一个电报局、第一个邮政局、第一个外国银行、第一条民营铁路、第一个外资企业、第一个驻滇领事馆、第一个火电站、第一次党代表大会等等。这诸多"第一"道出了蒙自这个边陲小城的沧桑与厚重、荣光与辉煌。

在中国教育史上写下精彩一笔的西南联大，抗日战争期间也在这里驻足，闻一多、冯友兰等著名教授均在蒙自任教，朱自清先生就是当年作为联大教授来到蒙自的。

如今，蒙自已经不再小。作为现在红河哈尼族彝族自治州的州府，蒙自是滇南中心城市的核心区。围绕南湖，蒙自的城市建设日新月异，建了许多条宽阔的街道，还有占地上百亩、绿树成荫的中心广场、市内公园。夏天里的蒙自，绿树漫漫，繁花似锦。

来到蒙自，首选打卡的地方就是南湖。提到南湖，在蒙自没有人不知道，因为从过去到现在，南湖都是蒙自的标志景观，是蒙自的明珠，从未被冷落过。

1984 年实习快结束的时候，辅导老师曾经带着我们几个学生来到蒙自，在南湖公园游玩了一个下午，拍了好些张照片。

那时候，蒙自还不是州府，红河州府所在地是个旧，蒙自便有些零落。南湖不在市中心，也不盛，本本分分很朴实的一个湖。周边有些老旧的房舍，还有些农田。湖四周都是种有柳树的土围子，湖中心有几条埂道，种有许多杂树。大约那些树都是种了许多年头，弯弯曲曲的，有些造型，让进到湖里游玩的人，总把它们当作拍照的背景。崧岛一带有碧翠的荷叶，亭亭的荷花，盛夏时节，荷叶潋滟地绿，荷花潋滟地开，很是招人。湖中间的小岛上，这儿那儿，点缀着一些石桌、石礅；零星有几处素朴的亭子，被婆婆娑娑的树木掩映着，很有些风情。没有做生意买卖的，游人虽有但不多，还算安静。湖里，当年修造南湖的李崧军长写的匾额不少，看得出他不是书家，不过笔势瘦硬，颇有些英气。

许多年过去，如今的南湖公园有了大变化，几乎成了城的中心，从里到外都做了大整治。周围不仅建了汉白玉的围栏，铺了宽展的人行道，还建了好几个博物馆、纪念馆、星级酒店，更是各种酒吧、餐馆的聚集地，成了一个极有情调的处所。湖中间除了亭台楼阁，还植了草坪，种了许多树。当年我们拍照片的那棵歪脖子树，却已经找不见了。还好，照片还在。

顺着湖边环行，云南第一个海关旧址就在眼前。赭红的围墙开着一道仿古大门，门两边挂着三块有些斑驳不太醒目的木牌，第一块写着“蒙自大清邮政总局”，第二块写着“蒙自海关旧址”，第三块写着“西南联大蒙自分校教室旧址”。从这三块牌子，基本能了解清楚这个地方的历史溯源。

走进去，旧址其实只是一幢楼，建于光绪年间，典型的中国宫廷式建筑，砖木结构，飞檐翘角，主体方正敦实，整幢建筑显得十分大气。听管理人员说，其他的地盘被旁边的驻军占去了。还好,有这幢完整而独特的楼在,也算是一种纪念。

在几个旧址附近，不多远就是静静端坐在南湖一隅的法国花园旧址。法国花园原叫“法国滇越铁路总局”，中华人民共和国成立前俗称老铁路局，是黄墙红瓦的两层法式小楼。据说，小楼原是意大利政府驻蒙领事馆，意大利领事馆迁出后，又由法国委派的铁路监督衙署入住。衙署入住后，这幢充满异域风情的二层小楼里，常常歌舞升平、酒色俱全。大约是缘于周围种有许多花草，所以被当地百姓称为“法国花园”。

从西南联大旧址出来，离晚上从蒙自到建水的火车还有几个小时，就信步走进了这幢虽不大但却保存完好的法国花园。现在的法国花园已被改建成了一个小小的酒吧，酒吧的装饰保留了原先的欧式风格，长长的及地幔帘、乳白色的百叶窗、镂花的铁栏、泛着欧式气息的壁灯、酒柜上摆满了琳琅满目的红酒……整个酒吧充满了异国情调，弥漫着一股有年份的老旧建筑的安静气息。

通向二楼的墙壁挂满了各式各样的黑白照片，顺梯旋转而上的短短时间里，我们恍若穿越了一条漫长的时光隧道，过往的岁月逐渐在眼前历历清晰起来。二楼的空间相较要开阔些。窝在爬满常青藤蔓的露台上的沙发里，放眼瞭望，整个南湖尽收眼底。

酒吧里除了一个帅气的服务生，没有其他客人。我们要了两杯鲜榨果汁，一份拿破仑酥，一份冰激凌。冰激凌有一个好听的名字叫“冰岛之恋”。

太阳渐渐西斜，从南湖湖面上吹来柔柔的风，携着丝丝凉意，轻抚人的脸颊，很是舒服、惬意。一楼传来的悠扬的萨克斯旋律，时强，时弱，让人有些慵懒、迷醉。

但出发前往建水的碧色火车快到了，我们只得收拾行装，继续前行。

诗意建水

建水，是我们碧色火车之旅的最后一站。

在未曾来建水之前，有好几个人和我说过，建水和我的老家腾冲在许多方面都特别像。虽不知到底有多像，但就这一句，每每提到建水，便就觉得很是亲近。

其实，我和建水曾经有过好几次擦肩而过的机缘。当年在红河实习的时候，实习地开远离建水很近，但交通不便，没有去建水。许多年前，建水要拍一个形象宣传片，执导宣传片的是著名纪录片《最后的马帮》的导演郝跃进，他找的宣传片代言人是我女儿。当时女儿还是个小学生。拍片要到建水住几天，郝导让我陪着女儿一起去。但恰遇单位有事走不开，结果我也没有去成。就这样，兜兜转转，建水一直在我的视线之内，行程之外，恍惚之间，忽远忽近。

后来有一年，也是夏天，昆明突然闹地震。谣传很多。有一天下午，新婚不久的好友突然打来电话，说据内部小道消息，当晚昆明及周边可能有强震，只有建水方向比较安全，让我们全家和他们夫妇一起到建水去躲地震。他们已经在建水朱家花园订好了房间。那时，朱家花园被改造成了一个酒店。

我将信将疑。地震预测是世界难题，而

且小道消息可信度非常低。但地震无情，又不敢冒不信的风险。反正是周末，佯当是度假吧。下班以后，匆匆约上家人，和好友连夜驾车，急急忙忙前往建水，逃离昆明。从逃离的那一刻开始，心灵深处，我们似乎已经将建水当成了自己生命的避难所。

从昆明到建水的公路许多路段在修，要绕道行驶，又是夜间，很是难走。但在那种“逃”的心情驱使下，只要可以离开，一切困难似乎都不是问题。轿车磕磕绊绊，勇往直前，七八个小时，到夜里快两点，我们终于到达朱家花园。

那一晚，迷迷糊糊，在朱家花园那张历史久远、散发着时间和岁月沧尘气息的紫檀雕花大床上，翻来覆去难以入睡。第二天一大早，急忙往昆明打电话，询问地震情况。得知一切安好，心情立时轻松下来。

酒店经理热情地安排了一个导游，说“让他带着你们转转”。我们欣然应允。导游带着我们，从花园的历史到每个院落、每间房屋，乃至每道门、每个下水道蕴含的中国传统建筑文化等，做了全面讲解。

朱家花园位于建水古城的建新街中段，是清末乡绅朱渭卿兄弟建造的家宅和宗祠。朱家祖上是湖广麻阳县(今湖南省麻阳县)人，于明代洪武年间流徙到云南建水。到清朝光绪时，朱家已经成为滇南富绅。此后，更成长为“临安帮”首富。

按照传统，富起来的朱家，当然是广勘宅基、大兴土木。光绪初年，朱家在建水城内泥塘购地30余亩，延请能工巧匠建盖家宅宗祠。由于设计规模大，朱家花园自光绪初期直至1910年，前后营造近30年，才最终落成。花园占地2万多平方米，建筑面积5000多平方米，主体建筑呈“纵四横三”布局，有大小房舍214间，天井42个。整组建筑陡脊飞檐、雕梁画栋、精美高雅。房舍格局井然有序，院落层出迭进，是一组规模宏大的清代民居建筑，有“滇南大观园”之称。

然而，历史如哲学一样深沉，衰败跟兴旺连体共生。随同中国几次国内革命战争，朱朝瑛——这个朱家的精英人物，却书写了惨重的政治败笔，整个朱氏家庭的命运，也随之几沉几浮。荣华富贵，如烟云而来，又如烟云而去！后来，朱氏家庭巨额家产被国民政府抄为公有，偌大的家族作鸟兽散，朱朝瑛也于1930年在穷困不堪和失意潦倒中客死他乡。朱氏家族终于在一个新旧世界交替的乱世中破散。 朱家花园自然也就不再属于朱家。

所幸的是花园留了下来。

园林，是时代的微缩。园林的命运，总与人的命运息息相关。朱家花园悲喜交集的命运，生动记录了战火硝烟的动乱年代中，一个家庭的盛衰命运。

中华人民共和国成立后，朱家花园被人民政府收为公产。后来，几经折腾，起起落落多次维修、重建，历经百年沧桑的朱家花园，方才焕发勃勃生机……

听着导游旁征博引的讲解，实在让人有些意外。讲解员是个二十多岁的小伙子，个子不高，皮肤黝黑，有一双灵动的大眼睛。虽然普通话不是很标准，但那是我听过最棒的导游讲解。经理说，他其实就是酒店的一个服务员。

我想，一个服务员都如此耐嚼，这座小城该有多少深味让人品咂啊？

女儿即将中考，不能耽误。在酒店吃过中午饭后，我们又匆匆赶回了昆明。

我和建水的第一次见面，就这样在匆匆忙忙之中，一晃而过。这匆匆一面，来不及问候，来不及探究，但却承载着我对建水毫无保留的信任、托付与畅想。

后来，单位组织活动，我又路过一次建水。也住在朱家花园。

夏夜，晚风清凉，月亮很好。平时忙于采访、出报，交流不多的同事，那天晚上，清闲惬意地坐在朱家花园铺陈着青石板的院子里，沐着月亮的清辉，依着古老的桌椅，吃着建水烧豆腐、烤鸡脚，放下平日的包裹和矜持，天南海北、家长里短，聊得很晚很晚。

许多年过去。这次，坐着碧色的火车，我又来到建水。但不再只是匆匆而过。

不过，时光荏苒，世事沧桑，物是，人非。如今，女儿已经成家，有了自己的生活，有了陪伴她的人。好友和丈夫，因种种原因已经劳燕分飞。单位实行改制，许多同事已经各奔东西。朱家花园，也不再是酒店，彻底改造成了旅游景点，每天，无数旅人进进出出，来来往往。

还好，建水，依然还在这里。

火车到达建水的时候，临近傍晚。仔细打量之后，让我讶异的是，和二战中几乎被夷为平地后来又重建的腾冲城相比，建水其实要古旧得多。这座有着一千多年历史的古城，暮色中到处是古旧的房屋，即便是街道两旁的商铺、银行和餐馆，也大多古色古香。

古旧的物件，晃眼看上去不是那么光鲜惹眼，免不了有些陈腐，但老物件身上那种在时光中采天地之灵气、聚日月之精华沉淀下来的包浆，以及尘迹难掩、漏溜出来的贵气，却有一种耐久玩味的禅意。犹如一部善本古籍，裹挟着岁月的光华与尊崇，建水，安歇在那里，让所有接近的人欲罢不能，忍不住沉醉，迷恋。

“临安二月天气暄，满城靓妆春服妍。花簇旗亭锦围巷，佛游人嬉车马阗。少年社火燃灯寺，埒材角妙纷纷至。公孙舞剑骇张筵，宜僚弄丸惊楚市。杨柳藏鸦白门晚，梅梁栖燕红楼远。青山白日感羁游，翠斗青樽讵消遣。宛落风光似梦中，故园兄弟复西东。醉歌酩酊月中去，请君莫唱思悲翁。”这是曾经读过的有关建水的诗句，是明嘉靖甲午年被流放云南的大诗人杨慎来到建水拜访他的朋友叶瑞时，写就的《临安春社行》。

临安，是建水明代时候的名字。我们入住的酒店名字也叫临安。据记载，建水古时候称步头、巴甸，到唐代南诏时，筑惠历城，汉语译为“建水”，即大海之意。

据说，当年忽必烈灭掉南宋都城临安，一路打到当时少数民族聚居的西南小城建水。在这里，他忽发奇想，决定将南宋遗存的王公贵族连同“临安”这个地名一起，贬黜到这遥远的地方。

14 世纪晚期，明朝廷“移中土大姓，以实云南”。二三十年间，数十万移民背井离乡，他们从中原、江南带着他们的乡愁、他们的梦想、他们的文化，还有各类种子、精致的手艺，迁徙云南。在这偏僻之地，他们倾尽所有，依照中原和江南宋元时形成的经典“营造法式”，建筑糅杂了他们所有情愫与梦想的天堂……这是汉民族移居建水的开端。后来，明代洪武年间，又有大量汉人迁移至此。一代又一代，经过多年繁衍生息，文风兴盛、商贸繁荣的建水城渐渐形成，并拥有了“滇南邹鲁”“文献名邦”等美誉。

据有关专业资料记述，建水古城的空间格局形成于明代，在原来封建社会下的空间属性主要包括掌控权力性空间、文治教化性空间、敬神祭祀性空间和日常生活性空间，它们组成了建水古城空间的基本骨架。千年过往，如今的建水古城，其实已经只有日常生活性空间了，其余三种随着时代的变迁，已经削弱甚至消失。让人宽慰的是，近 500 年过去，正是这个保留至今的日常生活性空间，让建水人仍然过着与杨慎来访时大同小异的日子，明月依然在这个城里“转朱阁，低绮户，照无眠”。

正如著名诗人于坚在《建水记》中写的那样：杨慎诗里描写的建水，并未隔世。城池、建筑、雕梁画栋、朱门闾巷、水井、牌坊、饭馆、荷塘稻田……杨慎诗中写到的那个世界，虽然细节已经改变了许多，但氛围依然可以感受到。这里依然是原住民的故乡，水井安然，汲水的、挑水的、送水的、扫落花的、做豆腐的、纳鞋的、补衣裳的、木匠、做凉粉的、开茶馆的、做米线的、屠夫、鱼贩、养花的、玩古董的、做陶器的、银匠、弹棉花的，洗衣的妇人也还蹲在井边，背上依然背着个娃娃……

多年来，许多城市疯了一般地拆迁、重建，在建水周边，那些同时代兴起的古城，大都早已焕然一新。而建水，却在大拆迁的洪流中如顽石般幸存，在云南的古城中因守旧而鹤立鸡群，是城市大拆大建的过程里为数不多完整保存历史古迹的地方。

其实，20 世纪末 21 世纪初，建水古城也曾被卷进一场拆迁风潮，是当地文化人士和普通居民进行了一场“古城保卫战”，经媒体报道后引发全国关注，中央派出稽查组进行专项稽查，这座千年古城才幸免于难。于是，当中原大地、江南水乡早已被现代化尽数侵袭，建水这座边缘之地的古城，反而成了许多人寻找来处的宿源地。

今天在云南，人们要证实曾经存在过一个雕栏玉砌的世界，要找回那些传统的建筑、手艺、生活方式、人情味、口味，似乎只有来建水。晨曦中的文庙学海，夕阳下的朝阳楼上、大户人家的朱家花园、百姓人家的古井酒肆……漫步千年古城建水，仿佛穿越一段时光隧道。古城内古建筑林立，各具特色、横跨宋、元、明、清等各个历史朝代的古寺、古庙、古井、古塔、古楼，星罗棋布，拥有 480 余栋保存完好的连片明清古建筑，国家级文物保护单位 7 处，地面文物数量有 500 余处，有历史文化博物馆之称，在全国古城中名列前茅。

井，是建水城无法忽视的一个组成部分。到达建水的第一天，一大早起来，我们便踏着晨曦最先去找寻拜访那些散落在街巷中的古井。

据有关资料，建水县城位于盆地，海拔在 1300 米左右。低海拔的盆地地势使得建水有着丰富的地下水，也造就了建水古城内部独特的街道景观——水井。据说，最早居住在建水的少数民族是从河里取水的，是汉族把打井的习惯带到了建水。古代的临安城就是在这众多眼井的滋润和哺育下发展起来的。至今，井，依然是建水人生活的一部分。

和中国的许多地方一样，对于“滇南邹鲁”的建水来说，井，并非只是一个食用的水源点，它“几近于道”。在中国传统文化中，作为一种文化符号，水井的文化意义已远远超越了功能意义。“九夫为井，四井为邑”“改邑不改井”“背井离乡”。水井，是故园家国的象征，是身心归宿的载体。

《史记·平准书注》中写道：“古未有市。若朝聚井汲，便将货物于井边货卖，曰市井。”可以看出，人们往往会依井而居，水井往往会形成局部小聚落的中心，在信息不甚发达的社会条件下，水井便是一个个群落的社交聚散地、信息发布平台。每个水井边融聚了多少故事？多少历史？藏着多少秘密？只有井知道。

走在古城的大街小巷，都有可能碰到古井。据当地人讲，建水现有 120 多眼井，大眼井、东门井、双胞井、三眼井、四眼井、王龙井、竹叶井、新井、方井，等等，构成了建水特有的井文化。井，是这座城池最忠诚的守护者和信徒，千百年来，改天换地，风雨沧桑，井栏上吊桶的绳索已勒出深深浅浅的沟痕，但水井始终依旧，井水始终依旧。一个个深幽的古井，仿若这个城市长髯垂胸的说书人，只要你足够虔诚，只要你放下身段，你便能够听懂他的语言，阅览千年。

有的井已经废弃，有的井还在使用。虽然许多居民家中都接通了自来水，但像我的老家腾冲龙井头村一样，许多老辈人还是喜欢那清凉有股特殊甘甜味的井水。讲究的人家，但凡做珍贵的食材、招待尊贵的客人，或者逢年过节做年饭，都要专门去挑井水来用。每到做饭的时辰，许多井的周边，都会围满洗衣洗菜洗碗磨刀或无事到井边闲聊的居民，人们一边忙活着，一边絮叨着那些或远或近、或张三或李四家的长长短短、趣闻轶事……你来我往，人间的烟火俗事，在井边汇聚，在井边扩散。

据说，建水最有名的西门豆腐，就是用最为古老的水质也最好的西门大板井井水做的。建水烧豆腐，是建水最著名的小吃。游逛古城，幽曲的巷子里遍布着各种烤豆腐店，每到夜晚，生意都很好。小小的建水烤豆腐上过央视的著名美食纪录片《舌尖上的中国》。那些小巧玲珑的豆腐，每个约一寸见方，经发酵有点臭味后，经过火烤而逐渐膨胀，最后变成圆球状，咬破脆皮，热气和香味便从蜂窝状的小孔中四溢而出。就着二两小酒，点上几十个烤豆腐，三五朋友便可以围着烧烤摊闲扯一个晚上。一个少小离家的建水人，当故乡的景物逐渐模糊，可他的味蕾一定会记忆着烧豆腐，那时，一块小小的烤豆腐就可能成为他身体的乡愁！

穿过古井千年的幽深，用那甘甜清凉的井水洗过我们俗尘疲惫的脸颊，迎着灿烂和煦的朝阳，我们又来到建水文庙。

文庙，安静而闲适。在亭台楼阁和花草树木间，总有静静看书或三五闲聊的老者，这里，似乎是建水人名副其实的精神栖息地，在里面呆坐一天也不会乏味。

据记载，建水文庙始建于元朝至元二十二年，至今已有 700 多年的历史。经历代 40 多次扩建增修，占地面积已达 114 亩，是中国境内规模仅次于山东曲阜的文庙，每年一次的祭孔仪式一直流传至今。

建水文庙完全依照曲阜孔庙的风格规制建造，采用南北中轴线对称的宫殿式，东西两侧对称布置多个单体建筑。整个建筑宏伟壮丽，结构严谨，给人以庄严肃穆之感，为这个边陲小城增添了极其丰富的文化内涵。

除了文庙，建水让我震撼的还有那些古桥和民居古建筑。在满眼古色古香的建水城里，在那些发黄或者漆黑的老巷、老房中穿行，随处可见元、明、清各朝代的寺、庙、塔、楼、桥和古老四合院。那些年代久远的历史遗迹，总以自己独有的形式传递着这座古城的神韵。随便拐进哪条街巷，一不留神就会遇到各种精美的院门。有的虽然大门紧闭，但看门前的花红树绿，也能猜测出门背后那一方小天地的安逸。

于坚说：“建水的四合院，在礼与野之间，在礼数上没有中原那么严格，更热爱大地，花明柳暗，道法自然的意味更重，所以建水的四合院有一般四合院的基本格局、礼数，但没有它们的压抑、拘谨。这些院落大多彼此相通，你家的竹子是我家窗子前的水墨，我家后花园的桃花是你家前厅的粉彩，我家桂花为你家的黄昏而香，你家的喜鹊为我家的客人而唱。户户垂柳，明月古井，大家共享，

都是好在的地方……” 明代就迁徙而来的江南世家，把风雅慢慢过成了烟火，或许，这便是这片山水最好的随遇而安。

许多四合院飞檐翘角，绿植的藤蔓、三角梅从木楼垂下来，天井就浸在飘绿飞红的影子里。“良辰美景奈何天，赏心乐事谁家院”，时间和文字在一个个老庭院里厮磨，坐在这样的院子里，头顶蓝天，面对雕窗，背靠漫绿，喝茶，看书，想来都是一件赏心欢畅、非常好在的事。

除了城里的老宅，老城周边还有团山民居、郑营古村、双龙桥等古民宅和古迹。按酒店服务员的建议，到临安小火车站，乘坐复古的观光小火车，一天时间便可以将这些地方一网打尽。

临安小火车站位于建水城边缘，是一幢西洋风格的建筑，在中式建筑群中很是惹眼。这是个碧临屏铁路（又称个碧石铁路）的临安站。1969 年，滇越铁路个碧临屏铁路部分路段改为米轨，到 80 年代铁路停止货运，现在只剩下在临安站到团山村站之间运行的复古观光小火车。

小火车的车厢是木质的，天花板上悬着吊扇，有木椅子的二等座和软椅的一等座，还有一节没有门窗的车厢，感觉就像是一辆穿越时光的火车，载着游客们驶向从前。

小火车一共停三站，第一站是建水的标志性建筑之一双龙桥，也叫十七孔桥。著名桥梁专家茅以升在《仪态万千的我国古代桥梁》专著中，把这座桥列入全国最著名的 10 余座古桥代表作之一。桥两端有重檐攒尖顶的小阁楼，桥中央则是一座屋檐层叠、檐角交错的三层大方阁。第二站是乡会桥站。乡会桥也是一座很有特色的风雨廊桥，从小火车上可以看到。可惜火车靠站的时间只有半小时，我们参观完乡会桥老车站，匆匆走过去看了一眼，便慌忙离开。乡会桥老车站中西合璧，外墙充满着沧桑感，里面的咖啡馆里还有一台老式留声机。小火车的到来让原本寂寞的小站一下子喧嚣起来，站外售卖各种食品的大爹大妈，也迎来了异常忙碌的二十分钟。想当年，个碧临屏铁路繁盛之时，这小站该是怎样闹热的光景啊？我们买了一盒刚采摘下来的桑葚，小火车很快又出发了，田野上的乡会桥站又恢复寂静。

小火车的终点站是在建水城西 13 公里处不足千人的团山村。小火车在团山村停留两个小时，如果你逛过，就知道其实两小时实在太短。这个在荷塘稻穗的淡香、绿树果林的翠荫和炊烟袅袅里真实活着的村庄，据称是“云南最精美的古民居群”，入选了 2006 年世界纪念性建筑遗产保护名录。

村里有皇恩府、司马第、秀才府、将军第、张家花园等规模较大的古民居十二座，其中张家花园可以媲美建水城中的朱家花园。“三坊一照壁”“四合五天井”“走马转角楼”……许多民居融汇了典型的中原汉式传统设计，同时，又巧妙地吸收了彝族土掌房的建筑样式。不仅有一进院、二进院、三进院及祠堂、学堂、戏园、花园的纵横开间和气宇轩昂，也有一寺、三庙、八大厅的气势恢宏。每座老房子似乎都是一个民居博物馆。

那些深宅大院，有的墙头已是野草蔓生，但精美的木雕、斑驳的彩绘依然能看出曾经气派不凡。有的还残留有不同时代的政治标语，记录着世事沧桑。粉墙黛瓦、翘角飞檐，精美的诗词书画、鎏金溢彩的木雕、巧夺天工的石雕和砖雕，古朴的气息，古典的和谐，让每一处雕梁画栋不仅仅有木质的美丽，也让你不自觉间便沉入文章华国、诗礼传家、修身齐家般的儒雅生活氛围中。一不小心，或许你就能在那些民居里遇到法国的大钟、英国的变压器，它们或许都有百年多的岁数。

走在那些巷道里，恍惚能听到时间缓慢而古老的声音。那里的每一扇窗、每一道门、每一块砖似乎都在为你讲述一个故事，让你在时光的隧道中穿梭，去回味前世、今生。

我有些纳闷，团山村本是一个彝族聚居的村落，怎么会有如此规模、如此精美的中原汉式民居呢？

据导游介绍，“团山”的彝族语叫“突舍儿”，意为“埋金藏银”之地，

汉语谐音“团山”，就叫“团山”了。

据张家花园里的碑文记叙，明朝洪武年间，江西饶州府潘阳县的张福随着移民大潮千里迢迢南迁，最后定居在临安城外被称为“突舍儿”的彝族寨子。从此，这里成了一个外来家族蛰居的摇篮。往后，这个家族用几代生命的艰辛，穿过临安府东门换了银票，踏上临安的辖地个旧淘洗锡矿。他们将淘洗锡矿赚来的金银全部用来建筑安身的家园，将祖辈骨血里的中原文化基因和乡愁倾注在那些房梁砖瓦间，孺子之气被雕进民居的雀替、门楣、窗棂之上。

1910年，滇越铁路通车后，团山村富甲一方的张氏族人又与个旧锡矿厂商及其他民族工商业者，开股份、制先河，历经艰辛修建了著名的创世窄轨——个碧石铁路。后来，在清代末年还组成了“天吉昌商号”，开始了精锡的转口贸易。

但无论经商的脚步走得多远，团山始终是团山人生生不息、血脉连着中原大地的精神家园。经商又读书的团山人，在居家的屏门雕出了“竹报平安”和山羊、玉兔、金鹿、大象、猛狮、雄鸡组成的万象更新图。在家家户户门前，都置有两个石头雕刻的四方凉凳，来来往往的人，走累了可以端坐小憩，就连旧时的叫花子，也能坐在石凳上享受主人提供的衣食。百年过往，那些石凳早已被磨出了一种特别的光亮。在诸多民居的大门左侧雕刻有狮，右侧雕刻有象，暗喻“左思右想”，道出百忍真谛并非胆怯退让，乃三思而后行。

然而，团山民居的主人们，在百忍中也深感金戈铁马的强权以及兵匪成患的霸道。因此民居里建有碉堡，有的民居外墙上还留有模糊的枪眼。在兵荒马乱的年月，团山人拧成一根绳，团结的力量，让团山民居在风雨沧桑中，任凭风吹浪打，却安稳如山。

这个在田野中打坐的村庄，闻得到稻花、书卷的飘香，听得见雨打芭蕉的乐章。徜徉在那圆滑的青石板小巷连接的院落间，阳光，透过树叶、房顶的缝隙，洒在磨搓得极为光亮的石板路上，隔着遥远的岁月，恍惚能听到时间那缓慢而古老的声音，人便有了一种安居闲适的满足和舒服。

两个小时后，踏着即将落山的金色夕阳，小火车回程了。回程的时候不再停靠，这时，你便可以放下对所有景物的牵绊，沐着凉爽的晚风，放松、惬意的任由车窗外的古桥、田园、山色从眼前悠然晃过，仿如欣赏一幅幅壮阔、流动的田园山水画。

来来回回，走走逛逛，一切，皆是景。在建水，也只有从容地行走，才能品味出建水的静，建水的悠然，读出繁华落尽后它的诗意、空寂之美。

碧色火车的旅程结束了。下一站该去往何方？

我想，无论如何，人总是要往前走的。人生，其实就是一列开往生命终点的火车。这列火车，有的陈旧，有的豪华，旅途，有的顺直，有的曲折，但无论如何，一路上都会有很多站点。这一路，没有一个景点会永远停驻，没有一个人可以自始至终陪着你走完全程，你会看到无数来来往往、上上下下的人，会遇到许许多多景色各异的风景。如果幸运，会有人陪你走过人生中最美的一段，但当这个人要下车的时候，即使不舍，也该心存感激，怀揣美好与之挥手道别，然后，奔向下一段旅程。

相信，会有不同的景、不同的人等着你。

2018 年 4 月写于昆明

初夏，闲在秦淮河边 等待夜幕降临

说到中华历史文化，恐怕无法不提及秦淮河。而到南京旅行，自然更是绕不开这条河。它是南京古老文明的摇篮，是南京的母亲河，也是南京城的护城河，几乎环绕整个金陵城。南京的繁华，南京的市井气息，尽在这里汇聚。

“锦绣十里春风来，千门万户临河开”，称颂的是这条河；诗人杜牧“烟笼寒水月笼沙，夜泊秦淮近酒家”，咏唱的是这条河；散文家朱自清的《桨声灯影里的秦淮河》，叙说的是这条河……南京城古时的荣耀与堕落，如今的繁盛与风情，都糅在秦淮河里了。

据记载，远在石器时代，秦淮河流域内就有人类活动。从东水关至西水关的

沿河两岸，东吴以来一直是繁华的商业区，六朝时成为名门望族聚居地，商贾云集，文人荟萃，儒学鼎盛。夫子庙一带更成为文人墨客聚会的胜地，两岸的乌衣巷、朱雀桥、桃叶渡，纷纷化作诗酒风流传于后世，乌衣巷更是六朝秦淮风流的中心，东晋时曾经因聚居了王导、谢安两大望族而名满天下。

隋唐以后，秦淮河渐趋衰落，却有无数文人骚客来此凭吊。到了宋朝，始建我国古代最大的科举考场——江南贡院，秦淮又逐渐复苏为江南文化中心。

明清两代，是十里秦淮的鼎盛时期。无数商船昼夜往来河上；河两岸青楼、赌局、酒家林立，浓酒笙歌，金粉楼台，雕梁画栋，飞檐黛瓦，鳞次栉比。许多歌女寄身青楼，轻歌曼舞，丝竹缥缈。尤其元宵佳节，更是热闹。据说，明太祖朱元璋下令，每到元宵时节，秦淮河上必须燃放万盏小灯。于是，秦淮河两岸，华灯璀璨，画舫凌波，桨声灯影，如梦如幻……读圣贤书的仕子儒生、云集的行商坐贾、泛波的游船画舫、歌伎的琴瑟琵琶、箫笛芦笙、拍手叫绝的民间杂耍……一派歌舞升平、香艳温柔、繁花似锦的景象。

但到了近代，由于战乱等原因，河水日渐污浊，两岸建筑多被毁坏，昔日繁华景象不复存在。1985年以后，江苏省、南京市拨出巨款对这一风光带进行修复，秦淮河才再度成为著名的游览胜地。

经过修复的秦淮河风光带，以夫子庙为中心，以秦淮河为纽带，将包括瞻园、夫子庙古建筑群、白鹭洲、中华门城堡，以及从桃叶渡至镇淮桥一带的秦淮水上游船和沿河景观连为一体，可谓集古迹、园林、画舫、街市和民俗民风于一体的游玩佳地，极富情趣和魅力。

从六朝至今，秦淮河的流觞曲水，默默记录着这里各朝各代的繁华与寂寞、荣耀与堕落。“桨声灯影连十里，歌女花船戏浊波”悄悄上演，又悄悄谢幕，桨声汩汩中，那蔷薇色的历史随波荡漾。

时值初夏，秦淮河的白天有些闷热。走过，逛过，但还是不舍离去，总觉得秦淮河的声色潋滟、万种风情，必须是有迷离夜色做背景的。

于是，闲在秦淮河边，等待夜幕降临。

白天的秦淮河，闲适又活泛。河两岸清一色的明清建筑，或古老或仿造，飞檐翘角、粉墙黛瓦、雕花漏窗……一水相隔，分别是古雅的孔庙、学宫、江南贡院、石拱桥，潮流的商铺、酒楼、客栈、宾馆，招展的酒旗，伟岸的牌楼……庙市、街景、文化、旅游、商业、服务、各种特色小吃、小商品、潮水般的人流……各种元素糅合交织在一起，织就一幅都市风情画……漫步其间，评弹雅韵不时从楼宇茶馆中飘出，丝丝入耳，恍如隔世。

夫子庙是秦淮河畔的核心，积淀着千年的中华历史文化内涵。夫子庙原来是供奉和祭祀孔子的地方，位于秦淮河北岸贡院街，是秦淮河最热闹的地方。据说夫子庙始建于北宋景祐元年，是由东晋学宫扩建而成的。它利用秦淮河作泮池，南岸有照壁，北岸庙前有聚星亭、思乐亭；中轴线上建有棂星门、大成门、大成殿、明德堂、尊经阁等建筑，另外庙东还有魁星阁。这组规模宏大的古建筑群，历经沧桑，几经战乱兴废，多次重修，如今已成为群众文化活动的场所，静静安闲在秦淮河边，每天迎来送往。

依傍着夫子庙的江南贡院，原是明代应天府学。自北宋建庙起始，作为江南考试的考场，千余年来，许多人人生的兴衰荣辱，在这里上演。无数江南名士从这里走出，无数朝廷的栋梁、干城自这里起步。据史载，清时，江南贡院考点共诞生状元 58 名，占清 13 皇朝凡 296 年状元总数的 52%，占自隋朝封建科举制度诞生至清末民国初废除，1300 余年来状元总数（约数 800）的 7.3%，所占比例之高、人数之多着实令人咋舌！

漫步贡院，遥想当年那些入场的士子意气风发，踌躇满志，熟背经书，枯其笔墨，对应考题，将一篇篇策论、制文写得洋洋洒洒。他们中有的是气血方刚的韶华童生，有的却已是穷经皓首的暮垂须客，但一踏进这南闱考场，无不笔底风起，意兴飞扬，或吐治国平天下的良策，或申忧国忧民之志。吴承恩、吴敬梓、翁同

龢、张謇，还有扬州八怪之一的郑板桥、风流才子唐伯虎、内阁总理大臣李鸿章、中国共产党早期领导人陈独秀，等等，均出于此。当然，也有不少舞弊、作秽之案在这里发生。有人或因作弊受牵连，或因文章不慎含讥藏刺酿成飞来横祸……

“秦淮灵秀地，自古多风骚。”秦淮河流淌了数千年，也包容了无数文人骚客、仕人遗老。秦淮特有的淡泊而安定的生活表征和风韵，自古就是文人骚客的聚居地，从李白以来先后有岑参、王昌龄、杜牧、苏轼、王安石、曹雪芹等来过此地。中国文人中有一批人在入世受挫之后，往往逃于佛、道，但真正投身寺庙道观的并不多。“大隐隐于市”，秦淮河便成为他们最佳的隐潜逃遁之地。曾居庙堂之高的达官贵人，带着一身的落寞和半世的羁绊，来到十里秦淮，在微凉却又飘荡着迷离的夜色里，听一听江南小调，品一品香茗佳肴，美人在怀，丝竹犹耳，浅斟低唱，大抵可以挥一挥尘世的浮名、官场的跌宕吧？

从繁华热闹的夫子庙出发，步过秦淮河上的文德桥，往西南行数十米，便可以看到乌衣巷的题字和竖立的诗碑了。

乌衣巷，窄窄的，静静的，用青砖铺就的路面两边，则是矮矮的仿古建筑风格的民房。白色的墙壁，配以古色古香的黛瓦屋顶、门窗檐楣，颇有古巷的味道。走进巷口一转弯，看见“王谢古居”四个大字，在雪白的墙上很是显眼。随之的一处朱门，高挂“王谢故居”大匾，门内立着刻有王羲之等几位书法大家的书法作品的木制屏风，将院内的景致挡了个严实。听说进入“王谢故居”要买门票，而且这故居是后人仿建的，许多人在门口将头伸进门内探望几眼，感觉看不出什么名堂，之后，便索然离开了。

乌衣巷，一切似乎都很普通，大约两百米，不过是一条典型的江南小巷而已，我在巷子里徘徊了很久，无论如何难以想象她曾经的繁华与荣耀。

据说乌衣巷最早是三国时吴国戍守石头城的部队营房所在地，到东晋时为高门士族的聚居地。王导和谢安两户大家族，在这里居住三百多年，门庭若市，冠盖云集。王导，辅佐创立了有百年历史的东晋王朝；谢安，指挥淝水之战，以少胜多，打败苻秦百万大军。作为一代名相，王、谢足以令后人追怀，但更令人惊奇的是，王、谢家族人才辈出。王羲之与另外两位大书法家王献之、王洵，书法成就登峰造极。而谢灵运是中国山水诗派的鼻祖，他与谢氏后裔的大诗人谢惠连、谢朓，在文学史上并称“三谢”。

据说，因当时驻守的军士都穿着黑色制服，故以“乌衣”为巷名。后来又有人说，这“乌衣”二字其实是来自王谢子弟之爱穿黑衣……如今，“乌衣”具体的来头已没有人准确说得清，不过，无论是源于东吴军士衣甲的深沉，还是王谢子弟爱穿黑衣的风流，都已随风而逝，如今，也没有多少人在乎了。入唐后，乌衣巷沦为废墟。

历经千年的沧桑，“乌衣巷”成为中国街巷最知名的名片，乌衣巷却早已不复昔日的繁华。高墙深户的神秘不再，王谢大宅的肃安也不再，更没有豪门士族的觥筹交错。

想起唐代诗人刘禹锡的感慨：“朱雀桥边野草花，乌衣巷口夕阳斜。旧时王谢堂前燕，飞入寻常百姓家。”如今的乌衣巷，只有游人来来往往、浮光掠影、好奇探视乃至有些索然凭吊的身影。小巷清幽的石板路上，反复着无数脚印，或重或轻，或尊或贫，或深或浅，叙写着“宠辱不惊，闲看庭前花开花落；去留无意，漫随天外云卷云舒”的诗句。魏晋时期名士们率直任诞、清俊通脱地饮酒、雅集、清谈和纵情山水的不拘与豪放，也只有从那些后人拓写在门楣上的书体和《世说新语》中遥想一二了。但这条小巷气贯长虹的神韵无疑都是同王导、谢安两大家族的历史紧紧相连的。而王导、谢安两大家族的历史，无疑又是同整个东晋王朝乃至中华文化的历史紧紧相连的。无论如何，“乌衣巷”仿若这些历史在沧桑岁月中留给人类的舍利，让后人无法不朝拜。

说到秦淮河的过往，“秦淮八艳”无疑是烙在秦淮河额头上无论如何也无法隐匿的香艳唇痕。离乌衣巷不远处，便是“秦淮八艳”之一的李香君故居。故居门楼横楣是“媚香楼”三字。透过门洞，柔和的霓虹灯下，可以看见院内不少的名人题诗，据说都是歌颂李香君“亏了俺桃花扇扯碎一条条，再不许痴虫儿自吐柔丝缚万遭”的刚烈之气。

据记载，早在南朝时期，秦淮河就已是佳丽如云了。明朝时朱元璋实行官妓制度，专门建立富乐院，开辟教坊，秦淮河上成为歌伎们学习各种技艺的地方。才貌双全者选送宫廷以及贵族府第，其余大部分进入秦淮河两岸的青楼中。“秦淮八艳”便是秦淮青楼女子的代表。

在漫长的中华文明史中，女人似乎总是弱者的代名词，是男人的附庸。但总有一些女人在时代的海潮中翻风弄浪，在历史的青卷上涂上一抹朱砂红。“秦淮八艳”就是秦淮河画圈中的那一抹朱砂红。她们是那个时代的特殊产物，是明末清初的社会代表。除了李香君，与她齐名的还有：痴情丹青马湘兰，公侯侠姬寇白门，万里悲情董小婉，倾国倾城陈圆圆，高风亮节柳如是，青灯古佛卞玉京，礼贤爱士顾横波……

她们是才女，诗词文联，头头是道，吹拉弹唱，才艺满身；她们是美女，明眸皓齿，个个尤物，倾国倾城。撇去“妓女”这一身份，照现在的标准，“八艳”该是多才多艺最完美的女性，是男人心中的梦中情人。但被乱世所害，她们大多在懂事之前便被永久刻上了“妓女”这一耻辱的标签。不过，“八艳”虽身为下贱，遭逢乱世，却心比天高，志存高远。她们有的诗歌才赋不输于贡院考生，琴棋书画亦不亚于学宫之子，而在爱国与忠君面前所表现出来的气节，更令七尺男儿逊色三分。她们把一手命运的烂牌打得有声有色，在秦淮河的历史上涂画了一抹无法褪却的香艳色彩。

“秦淮八艳”的居所与读书人的朝圣之地夫子庙、江南贡院隔河相望，中间只隔一座桥，这座桥被称为“文德桥”。文德桥上承“文章道德天下第一”之儒家思想精髓，下启“文德分月”之自然奇观，从明万历年间，一路风雨飘摇，经历了中秋赏月的坍塌，经过了石木互易的改建，今天，终于以汉白玉的桥身，沉稳地横跨于秦淮河之上。据说，“文德桥”是后来起的名字，因宋时对面江南贡院的建成而得名，取“文以载德”“厚德载物”之意，这也算是桥凭贡院而贵了吧。

史载，文德桥除了贵气，还有些神奇之处。相传每逢农历十一月十五日午夜时分，银盘般的皓月被文德桥生生“劈”作两半，伫立桥中央俯视，在桥东、西两侧的水中各呈现两个半形的月影，这一景象引得世人称奇，故有“文德桥上半边月”的美谈。清代文人吴敬梓客居南京畅游秦淮河时，曾遇“文德半月”奇景，诗兴大发，留下“天涯羁旅客，此夜共婵娟，底事秦淮水，不为人月圆”的名句。

文德桥的一端连着圣贤书香，另一端连着婵娟脂粉，一桥分出两个世界，两种不同的生活，隔出中国文化的两仪，这怕也算是秦淮河耐人咀嚼的独有景致了。秦淮河古有“君子不过桥，过桥非君子”的说法，但自古才子佳人就是相依相承，再说一桥又怎能挡住“八艳”的诱惑、才子的情怀呢？对于当时的许多文人骚客、名士公子来说，过桥寻乐、游戏花丛，在暧昧、情欲和微妙的起承转合之间，把色情变成情色，把商业变成文艺，似乎是秦淮河每天都会上演的戏码。多少年来，不知有多少富家子弟和眼高手低、自命非凡的失意文人越过文德桥，听艳词，喝花酒，追香逐艳，演绎了多少爱恨情仇、缠绵悱恻、香艳旖旎、重逢别离？而就此被盖上“文德尽毁”的印戳或人生失意的人，也不在少数。想这千年古桥，坐看迎笑，卧闻诵读，那所有的悲欢荣辱莫不闲眼看过。

如今，文德桥的南北早已没了分界，桥下的秦淮河，在桨声灯影的喧闹里，依旧波光粼粼，河里的绿幽开阔里，游船画舫依旧穿梭往来。

长桥则是秦淮河上最具风情的桥之一，“长桥选妓”是古金陵四十八景中的一景。“我有一段情呀，唱给诸公听，诸公各位，静呀静静心呀，让我来唱一支秦淮景呀，细细呀道来，唱给诸公听呀……”遥想那长桥之上，几位穿着艳丽、古典如梦、袅袅婷婷的女子，有的怀抱琵琶弹唱，有的手摇团扇起舞，有的俯首凝思，有的结伴戏耍，各具风情。

时光荏苒，过眼云烟，“风流南曲已烟消，剩得西风长坂桥。却忆玉人桥上坐，月明相对教吹箫”。如今，人早逝，桥还在，只有这首后人的古诗在时光中传唱。

还有桃叶渡口上的淮清桥，王献之和美女桃叶的风流佳话，使这里成了人们怀古凭吊、守望爱情的浪漫地。桃叶渡是秦淮河上的一个古渡，又名南浦渡，在原渡口处立有“桃叶渡碑”，并建有“桃叶渡亭”。走近桃叶渡的牌坊，楹联上刻写的“楫摇秦代水，枝带晋时风”的对联，在纪念着那些逝去的浪漫与繁华。

有关桃叶渡的来源，民间传说，当时在两条河的岸边栽满了繁缛的桃树，春天起风的时候，就会有接连不断的桃叶轻浮水面，被风吹得四处飘零，撑船的艄公望那满河浮泛的桃叶，便笑谓之“桃叶渡”。

另一传说是，东晋书法家王献之有个爱妾叫桃叶。古时的秦淮河，水面宽阔，风浪大，摆渡稍有不慎，便会翻船。桃叶往来于秦淮河两岸时，王献之放心不下，常常亲自在渡口迎送，并为之作《桃叶歌》：“桃叶复桃叶，渡江不用楫；但渡无所苦，我自迎接汝。”而桃叶也作扇诗回应：“桃叶映红花，无风自婀娜。春花映何限，感郎独采我。”从此，渡口名声大噪，久而久之，南浦渡也就被称呼为“桃叶渡”了。

传说很美，但我始终无法想象那名叫桃叶的女子究竟有怎样的美，让王献之忘记门第，情不能自已，一往而深？但作为女人，心中生是十分羡慕桃叶的。站在淮清桥上眺望桃叶渡，眼前浮现这样的画面：在桃花怒放的时节，倜傥飘逸的王献之一席素色麻衣，在渡口春水中洗砚，一抬头，在眼神交汇的一瞬间，便与这个娇艳出尘的女子不期而遇。从此，渡口总有一个男人深情的守望和一个女人幸福温婉的挥手。

除了文德桥、长桥、淮清桥，秦淮河上还有许多桥。平江桥、朱雀桥、玩月桥、武定桥、镇淮桥、文源桥、印月桥、二水桥、七孔桥……有人统计，从东水关到西水关，十里秦淮河上，有古桥、新桥 16 座。每座桥各具风姿，或壮观，或精致，或古朴，或现代，都是一景，横跨在秦淮河上，与秦淮河相依相伴，带着睿智，带着深情，以独特的语言向人们娓娓述说着它们背后一个个或风尘或忧伤或动人的故事。

驻足于每一座桥前，在秦淮河的流觞逝水里品读一句旧诗、一则传说、一章典故，当年笙歌曼舞、夜如白昼的喧哗，便随着波光和思绪，波澜壮阔，风光无限。

夜幕，渐渐降临。恍惚间，所有的商铺、酒楼、宾馆及各类建筑物，华灯齐放，许多灯饰勾勒出建筑的轮廓，并不断幻化着不同的物状和色彩。南岸百多米的红色大照壁上，两条金色的巨龙在渐浓的月色中腾空飞舞，由蓝色光影织成的水幕，似滚滚河水，奔流而下。与照壁遥相对望的，是北岸的天下文枢坊，三门四柱，煞是壮观。还有恢宏的夫子庙、高大的江南贡院，在一排金黄色灯光的晕染下，神秘魔幻。

举目远眺，秦淮河仿若迷幻的世界，彩灯璀璨，虹霓闪烁，流光溢彩，富丽堂皇，亦梦亦幻……汇聚了旖旎，汇聚了繁盛，汇聚了人世的浮华与沧桑。

安静倚在文德桥上，有一些凉爽的风，轻轻吹过。

凭栏，微醉。

2017 年 5 月写于昆明

平江，穿越时空的守候

苏州是中国著名的历史文化名城，素来以山水秀丽、园林典雅闻名天下，有“江南园林甲天下，苏州园林甲江南”的美誉。

据记载，苏州城内有大小园林将近200处，其中沧浪亭、狮子林、拙政园和留园分别是宋、元、明、清四个朝代园林艺术风格的代表，被称为苏州四大名园。还有网师园、环秀山庄、艺圃、耦园、退思园……都是苏州值得品味的园林，更不用说闻名天下的“姑苏城外寒山寺”了。但第一次到苏州，在苏州待了两天，没有去一处园林，也没有去寒山寺，却去了两次平江街。

第一次踏入平江街是傍晚。晚餐后同伴相约去逛山塘步行街，可来到山塘便发现，除了穿街而过的江南小河，与其他城市的步行街似乎没有太多不同，商铺鳞次栉比，人头攒动，喧闹繁华，立时没有了步行闲逛的兴

致，便打车来到了平江街。

平江街没有夫子庙那“天下文枢”的大气磅礴，道路也就两三步宽，也没有山塘街的鼎沸喧哗，与山塘街迥然两个世界。

夜幕时分的平江街游人不多，青石铺设的街巷微微泛着青光，默默沉浸在或黄或红或绿的灯光中。沿路的茶馆、客栈、小吃店、咖啡馆、美术馆、特色书店、手工艺品店等各式精巧小店外表低调，文艺、安静地立在街边，掩隐在木制门板之下或绿萝藤蔓之中，优雅，矜持，内敛。偶尔有骑三轮车的小贩从身边路过，吴侬软语的叫卖声悠悠回旋在夜幕中。

平江幽深，宁静，清雅，古朴。踏进街巷的那一刻，心，就在这里安放了。

来到一处门扉紧闭的茶室，隐约听到里面传来的昆曲丽声，但一问，表演时间快结束了，便心想了第二天再来。

来苏州，怎能不听昆曲？

“一条平江路，半座姑苏城。”平江街是苏州的一条历史老街，基本延续了唐宋以来的城坊格局，是苏州古城迄今为止保存最为完整的一个区域，堪称古城缩影，并至今保持着活力。十多年前曾去过周庄，虽都是江南小镇，但与名扬四海的周庄相比，平江没有太多人为恣意的雕琢和浓郁商业味道的气息，质朴，天然，更多生态。

如果说精美的园林体现的是姑苏官僚士大夫的闲适文化，城、塔、寺、观体现的是姑苏的帝王和宗教历史文化，那小桥、流水、人家的平江街，体现的则是姑苏普通百姓的市井生活。

或许，这里才是姑苏亘古流年的灵魂与情场。

白天的平江街舒爽、清朗、闲适。“君到姑苏见，人家尽枕河，古宫闲地少，水港小桥多。”和许多江南小镇一样，穿镇而过的狭窄河道，一座座雕刻精致的石桥，傍河而筑的民居……平江街，河街并行，相依相伴，水陆相邻，纵横阡陌。青石铺就的石板路，顺着河岸弯曲延伸。路中央，有好几口被围栏保护的古井。街河两边，粉墙黛瓦、飞檐翘角、木栅花窗的古旧建筑，自然闲适，互相包容，各自安好。

东部临街房子，大多已改为各具特色的商用店铺，“鱼香饭稻”“绿竹翁”“停云香馆”“品茶听琴”“彼岸”……各种小店的名字都透着小清新和文艺范。西部临水的还是普通民居。很多老房子门楣古旧、油漆斑驳，山墙上外皮脱落，晃眼看去显得苍老，但细品，则散发着江南民居建筑艺术疏朗淡雅、简约平和的韵味。许多建筑、景物很有一些年代了，虽有些沧桑，倒也不见多少颓墙废墟和遗迹。它们或许也有过升沉荣辱，但大约未曾摆出太过堂皇的场面，因此也听不出类似于朱雀桥、乌衣巷的沧桑之慨与历史浩叹。

——平江的历史路程和现实风貌，似乎都显得平实而耐久，狭窄而悠长，仿若经纬着它们的石板巷道。

漫步平江街，从那些听不明白但极有古韵的吴侬软语中，从那些沧桑的建筑和古井中，你仿如感觉千年姑苏并没有远去，而是像个耄耋长冉的老者，坐在你的身边，带着淡然恬静的神情，有一句没一句地给你娓娓述说着那些遥远过往、世事沧桑。

初夏的平江，“嫩黄杨柳未藏鸦，隔岸红桃半著花”的初春美景虽渐行渐远，但河岸边古老的香樟、垂柳，翠绿，婆娑。街巷、老屋墙边的竹丛花木，屋檐下吊着的花篮，窗边的爬山虎、金银花、藤萝蔓草，繁盛，昂扬。荼蘼粉白的花朵，开放在绿叶丛中，随着清爽宜人的微风，惬意摇曳。金银花、香樟和荼蘼的花香，在空气中淡然弥漫。

碧水微波的平江河，缓缓流向远方。河上每隔一段便有一座古老的石桥，将商业街和生活民居、横街窄巷连接起来。河里不时有身穿蓝花布衫的船家，唱着软哝的江南小调，摇橹驾舟，悠悠从桥下划过……

香樟树荫下，几位老妇人手拿蒲扇，坐在石凳上聊天、纳凉，一只小狗静静趴在旁边张望。一位白发老者半躺在岸边垂柳下的藤椅上，身边石栏上放着老式的收音机、暖水瓶和搪瓷茶缸，收音机里播放的评弹音乐声时弱时强。河边一中年妇女和一个孩子在捶洗衣裳……

深入民居小巷，不时会碰上雕梁画栋、庭院深深的古宅。虽门户紧闭，但建筑精美的细节无法不让你畅想……多少达官显宦、才子佳人曾经在这里过着钟鸣鼎食、笙歌管弦、浮华豪奢的生活？“风流总被雨打风吹去”，物换星移，叹朱门，多少繁华消歇？如今，这些王谢朱门早已人去楼空、寂寥落寞，但千年姑苏旧梦，却在普通民居那平淡琐碎、世俗日常的生活中，日复一日，在平凡却不朽中传唱。

在一家精雅的茶馆前，我要了杯茉莉花茶，坐在柳树荫下小河旁，放下手机，闲看街巷人来人往。

2017 年 5 月写于昆明

当荼蘼遇见昆曲

写有“昆曲牡丹亭”几个字的水牌，很小，两尺见方，随意用一根细细的麻绳拴了，挂在古旧的猪肝色雕花木门上方。一蓬种在墙角的荼蘼，花开正好，轻烟，芬芳，惆怅，淡淡地，淡淡地萦绕在木门上。垂吊的枝蔓，随性，轻婉，将木门和水牌稍稍掩隐。木门紧紧关闭着，门环上挂有一块更小更不起眼的牌子，上书“正在营业”……

“锦瑟年华，琐窗朱户，唯有春知处”，我心想着。

晃眼望过去，这是苏州平江街上一幢极为普通的古旧老房子，木架结构，上下两层，清灰的瓦片屋顶，土坯垒砌的围墙，油漆斑驳的雕花门窗。抬头才发现，门楣上方悬挂有“伏羲古琴文化会馆”的牌匾。如果不是被荼蘼的灿然吸引，晃眼，就擦肩而过了。

对荼蘼，一直有种极深极致的喜爱。家中小院的篱笆墙下，就种有两蓬，一蓬开粉白的花，一蓬开淡黄的花。每到荼蘼开放的季节，就感觉内心特别欢畅，日子特别鲜亮。当它开放的时候，就意味着春天结束，夏天已经来了。

这寂寂的花，素洁，雅致，淡淡的，没有袭人的香，没有惹眼的艳，没有莺歌燕舞，没有群蝶流连，没有似水春阳，没有溢美流芳，在深深浅浅的岁月里，舞着自己独韵的芳华，看尽人间冷暖、繁华落寞，穿越藩篱，跨越群芳的羁绊，在百花绽放的时候，避世而去，又在百花凋谢以后，携香归来，在春的蓦然，用孤傲的笑颜、炫绝的芳华，诠释暮春最后一抹花语——末路之美。

没有什么比执意要开放的花更让人叹服的了。义无反顾，用生命捍卫自己最后的美丽，用决绝成全渴望绽放的内心，单纯地为自己续写唯美的一章。

春末夏初，闲坐荼蘼花架下，看花盛花陨，常常想，荼蘼孤独决绝的守候与绽放，是否也是在等待一场红尘深处绝世的懂得与相知？但感伤的是，尘世间又有多少懂得？多少相知？荼蘼的守候或许往往不过是一场悲情伤痛的湮灭。不过，往事绝尘，落尽一地繁华，散尽一世绮丽，一切的故事，即便都被烙上颓废和绝望的印迹，无论有没有结局，都是一场没有怨怼、绝世无双的美。

而荼蘼遇上昆曲，是再熨帖不过的了。这个曲词古雅、行腔婉转、表演细腻、被称为“百戏之祖”的古老戏剧，流传了600多年，遗世独立，熠熠生辉。如今，虽曲高和寡，却像荼蘼花般，仍然决绝绽放。

据有关资料，昆曲发源于14世纪苏州昆山一带的曲唱艺术，原名“昆山腔”，清代以来被称为“昆曲”，是中国汉族传统戏曲中最古老的剧种之一。明朝中叶至清代中叶，戏曲中影响最大的声腔剧种，很多都是在昆曲的基础上发展起来的，昆曲有“中国戏曲之母”的雅称，2001年被联合国教科文组织列为“人类口述和非物质文化遗产代表作”。

昆曲集文学、音乐、舞蹈之大成，运用北曲的演唱方法，以笛、箫、笙、琵琶为伴奏乐器，造就了一种集南北曲优点于一体的水磨腔。它文辞典雅清新、细腻委婉，唱腔圆润柔美、流丽悠远，舞台简雅疏淡，有“艺坛之幽兰”的美誉。其表演剧本，既有清新雅致的诗词，又有跌宕起伏的剧情。

据余秋雨在《笛声何处》中的阐述，昆曲从16世纪到18世纪末，曾在中国制造了长达200余年的社会性痴迷，人们对它的痴迷程度几乎达到了空前绝后的地步。延续200多年的苏州虎丘山中秋曲会，是苏州一年一度全民性的戏曲大赛会，普及到社会每个角落。这样铺天盖地的全民性痴迷，成就了昆曲艺术生存的浓烈氛围。除此之外，中国戏曲史乃至世界戏剧史上，都没有虎丘山曲会这样规模宏大而又历时久远的剧艺活动。

除了获得过空前的社会性痴迷外，昆曲还充分受到当时最高层次的精神文化滋养，它所达到的文化品位，在整个中国戏剧史上也是领先的。从万历到明末，家庭昆曲戏班在上层社会中如雨后春笋般纷纷建立，几乎成为一种习俗和生活等级的标志。据记载，职业戏班在万历初年，光苏州一郡就已多达数千人。高层次的文化人把唱昆曲当作高雅的事情，他们把全部的文化素养和审美积淀，都投注在昆曲的一招一式、一腔一调之中，使昆曲从文辞的典雅生动、意境的营造到心理气氛的渲染，都获得了令人瞩目的成就。因此，昆曲是中国传统艺术的集大成者，是中国古典审美意趣的综合结晶。昆曲有不少唱词段落，在文学价值上已经与历代著名诗词并驾齐驱，不仅文辞充分诗化，而且音乐唱腔和舞蹈动作也都获得了诗情画意的陶冶，成为一种优美的有机组合。

然而，世间万事或许就是这样：盛极必衰。世事沧桑，斗转星移，昆曲在失去家班这座暖房的呵护之后，便无力承受人为的风霜雪雨，只得眼睁睁看着自己枯萎凋零。如今，包括昆曲在内的戏剧，在多元的娱乐形式中已经悄然落伍，一度火红的京剧似乎也即将成为记忆，而昆曲更是如华丽却陈旧的丝绸一般，虽光艳照人，但却难以保存。如今习惯了快节奏生活和快餐文化的人们，似乎再也静不下心来听这如春雨般缠绵细腻的江南靡音。

昆曲，落寞了。

但很难有一种艺术能像昆曲这样，绵延几百年，虽衰而不绝；也很难有一种艺术像昆曲这样，荣列世界非物质类文化遗产。如今，它虽以简单的形式平淡地存在，但一旦亮相，仍然惊世骇俗，爱上它的人仍然欲罢不能。

其实，对于五六十年代出生的人来说，戏曲是不陌生的，它曾经陪伴我们，甚至那个时代的大多数中国人，度过了那些单调、灰暗的惶惶时光。

小时候生长在农村，娱乐活动极少。闲常日子，最好的娱乐活动就是看露天电影。逢上过年要隆重些，寨子里除了请放映队来放几场电影，还可能唱上几场大戏。只要听说哪个村子放电影，十里八村的群众，老早早就麻麻利利挑水喂猪做饭。忙完活路，吃完晚饭，就扛一长条板凳，吆五喝六，天不黑就络绎不绝地往放电影处跑。来回跑十里八里的路，都不嫌累。那时，人们最羡慕的除了粮食局的职工，就是放电影的人了，觉得他们天天能看到电影，那是世界上最最幸福的工作了。如果哪天能霸到一个靠近电影放映机的位置，就仿佛得了天大的好处，要兴奋、炫耀好几天。

那时候的电影，除了《铁道游击队》《地道战》《渡江侦察记》之类的战斗故事片外，戏曲电影占了很大一部分，京剧、越剧、豫剧、黄梅戏，剧种五花八门，《花为媒》《追鱼》《王老虎抢亲》《卷席筒》《铁弓缘》《秋翁遇仙记》《姊妹易嫁》《女驸马》《红楼梦》《节振国》《朝阳沟》……还有革命现代京剧《杜鹃山》《红灯记》《智取威虎山》《珊瑚颂》《沙家浜》……对于还是孩子的我们来说，虽不懂那些戏，故事情节也就明白个大概，但比起爷爷奶奶常讲的那些妖魔鬼怪的故事来，要有趣得多。所以，同一部戏，不管懂不懂，不管场地怎么变，不管看多少遍，都看得津津有味。

那时的年画，也几乎是戏曲人物和戏曲故事，有的是电影剧照，有的是剧照加图说，有的是手工画。家境宽裕或讲究些的人家，过年过节、娶亲嫁女，都会买上几幅回来，贴在家里显眼处做装饰。那些画片一上板壁，再灰暗的家便都鲜亮、高级了。那时，我们家里的房子刚刚建起一个框架，隔墙都是篱笆，那些美丽的画贴不了，父母辛苦挣来的钱，也要攒着建房子，是舍不得用来去买那些年画的。因此，过年过节最喜欢跑到那些人家去，扒在板壁上看戏剧年画。

那时，许多现代京剧的唱段小孩子都会唱，就像现在的流行歌曲，随口就能来上几段。记得小学三年级的时候，在村里的一次文艺汇演中，我还上台表演过一段《沙家浜》，头发挽成个髻，穿一件蜡染蓝底白花的大襟衣，系一块蓝色的围裙，提一只编得很精致的竹篮，扮演阿庆嫂。

每到过年，孩子们就特别兴奋，除了可以穿新衣、吃好吃的，很大的兴奋点就是看大戏。逢年过节，村子里总是要耍狮子、舞龙灯、唱大戏的，唱大戏是农村的文化大餐。大年初一一过，各村各寨就轮流着准备耍狮子、舞龙灯、唱大戏了。大戏内容一般都是传统的滇剧、京剧。其实，小小年纪，对传统戏曲是没有什么感觉，更是看不懂的，只是图个热闹赶个新鲜罢了。而我更有一个特别的期盼，就为了看看那个平时被村里人戏称作二姨子的男人扮作女人很美很美的样子。

对他，我总是怀有许多好奇，偶然见到他挑着担子从家门前走过，总忍不住盯着看，觉得他身上有着不同于其他男人的某种神秘和故事。

男人40多岁，长得白白净净，讲话声音软软的，看上去有些瘦弱，置身五短三粗的农村汉子群里，特别惹眼。听说他以前在县剧团唱戏，还是台柱子。后来运动一来，就被下放回村子里劳动改造了。

他平时干活还不如强壮的女人，不到百斤的担子上肩都困难，总被村里人嘲笑。出工做活，别的男人一个工记10分，他的只给记7分，和女人一样。可每到过年过节唱大戏，却总少不了他。如果他不出场，没有他扮演的旦角，那年的大戏唱得似乎也就没有味道了。

有一个冬天的早上，突然听说那男人上吊自杀了。往后好几年，村里就再也没有唱过大戏。再后来，我常常会不自觉地想起那个男人，想起他有些艰难地挑着担子，迈着有些细碎的莲花步，从我家门前石板路上走过的样子。

近些年，村里的文娱活动再次丰盛起来，但也就只有唱歌、跳舞、花灯类的节目，传统大戏几乎没有人会唱了。几年前，村子中心存在了上百年的木质台楼、木质台板、檐口镶有剑川彩绘雕花花片的戏台，也被拆了，推平建了停车场。

第一次觉出戏剧的美，是在上高中的时候，那是我第一次在正规的剧场里看正规剧团演戏。记得那一年妈妈当上了县人大代表，县里组织代表到县京剧团看演出，妈妈捎上了我。不记得那次的剧目叫什么名，可戏里李慧娘和书生裴禹的形象至今仍历历在目。后来知道，那是周朝俊的《红梅记》中的一折。书生裴禹是一个女人扮演的，着一席淡绿色的飘逸长衫，变作鬼魂的李慧娘一袭白衣，缠绵，凄切，空灵。演员的唱腔，还有一举手、一投足，那个潇洒那个美，让我至今记忆犹新。

后来，各种文化娱乐生活日渐多元丰富，电视机渐渐成为日常家电，革命现代京剧渐渐颓势，戏曲电影也渐渐从我们的文化生活中淡出，但戏曲魅惑的种子，却不知不觉种在了心里。

上了大学，遇到一个对京剧非常痴迷的男生，有事没事就道二黄、说散板，一高兴就来上一段《四郎探母》。从他那里，我方才渐渐懂了些戏曲的味、戏曲的好。但不属于戏迷，诸如清欢，淡淡的，多长时间不听，也不会想，但如果有时间静静地听起来，那些优美的旋律和唱腔，也会身心陶醉。

昆曲，是从电视里看来的，不知不觉间便喜欢上了，每每遇见，总不愿放过。但在昆明这地，是难得看上昆曲的现场演出的，能遇上好的昆曲碟片已不易了。记得在纪录片导演、好友冯晓华家，几个人曾花一天时间，看白先勇先生的现代版《牡丹亭》原版录像。那是个阳光明媚的下午，几个同好的友人，喝着茶，窝在沙发里，在遥远的世界里“醉生梦死”。一直没有机会看过现场的表演，抱定了愿望要看一场正式的昆曲表演，但始终没能如愿。到得昆曲的故乡苏州，遇见昆曲，而且是《牡丹亭》，这便是最好的机缘了，怎能错过？

“如花美眷，似水流年”，《牡丹亭》里的这句唱词，仿若昆曲现实的神韵，揣着遗憾、惆怅与无奈，悄悄隐觅于繁华之外，淡然从容地存在……作为中国最经典的爱情悲喜剧，《牡丹亭》的词句，句句珠玑，处处成诗，她高度诗化的风范，与昆曲刚好契合。

仔细看了水牌，这里既是“伏羲古琴文化会馆”，也是一个茶室，每天固定时间有一场昆曲表演。会馆里正在演出，所以门窗紧闭。一看时间，演出快结束了，只有等待下一场。可以用手机在网上购票，便即刻买了一张。

第二天早早地便去了平江街。离开场还有两个多小时，便在会馆旁边一家卖鸡脚的著名小店里买了几只鸡脚，坐在平江边的树荫下，一边啃着鸡脚看行人来来往往，一边等待《牡丹亭》开演。

《牡丹亭》是中国四大古典名剧之一，传奇哀婉感人至深的故事，传唱几百年，长盛不衰。话说贫寒书生柳梦梅一日做梦，梦见在一座花园的梅树下，立着一位佳人，说同他有姻缘之分，从此经常思念她。南安太守杜宝之女名丽娘，才貌端妍，从师陈最良读书。她由《诗经·关雎》章而伤春寻春，从花园回来后，在昏昏睡梦中梦见一书生，持半枝垂柳前来求爱，两人便在牡丹亭畔幽会。从此杜丽娘愁闷消瘦，一病不起。在弥留之际，她要求母亲把她葬在花园的梅树下，嘱咐丫鬟春香将其自画像藏在太湖石底。其父升任淮阳安抚使，委托陈最良葬女并修建“梅花庵观”。

三年后，柳梦梅赴京应试，借宿梅花庵观中，在太湖石下拾得杜丽娘画像，发现杜丽娘就是他梦中见到的佳人。杜丽娘魂游后园，和柳梦梅再度幽会。柳梦梅掘墓开棺，杜丽娘起死回生，两人结为夫妻，前往临安。杜丽娘的老师陈最良看到杜丽娘的坟墓被发掘，就告发柳梦梅盗墓之罪。柳梦梅在临安应试后，受杜丽娘之托，送家信传报还魂喜讯，结果被杜宝囚禁。发榜后，柳梦梅由阶下囚一变而为状元，但杜宝拒不承认女儿的婚事，强迫她离异，纠纷闹到皇帝面前，皇帝感慨二人的旷世奇缘，于是杜丽娘和柳梦梅二人终成眷属……

鸡脚啃完，戏也即将开演了。进得会馆，发现大半位子已经坐满，大多是年轻人。不大的舞台有些陈旧，但旧得美好，旧得恰到好处。昆曲的舞台，或许就不该太过绚烂吧？舞台边上，一位演员在补妆，一位琴师在调琴。

看介绍，演员名叫吕成芳，苏州昆曲传习所昆曲遗产抢救与保护促进会志愿者。常年在伏羲会馆表演、讲演、传播昆曲。首创“边讲边演”的形式，将“空谷幽兰”之音的昆曲与“小桥流水”意境的评弹，以浅显、风趣的语言进行讲述与传播，被称为“昆曲清口第一人”。

我要了一壶茉莉花茶，怀揣一颗远离尘世喧嚣的心，在词曲婉转间，等待那场惊世的风花雪月。

“原来姹紫嫣红开遍，似这般都付与断井颓垣，良辰美景奈何天，便赏心乐事谁家院。朝飞暮卷云霞翠轩，雨丝风片，烟波画船，锦屏人忒看的这韶光贱……”灯光渐暗，戏开场了，吕成芳携“杜丽娘”徐徐而来。

“遍青山啼红了杜鹃，那荼蘼外，烟丝醉软。那牡丹虽好，他春归怎占得先，闲凝眄，听生生燕语明如翦，听呖呖莺声溜得圆……”

“袅晴丝吹来闲庭院，摇漾春如线。停半晌整花钿。没揣菱花，偷人半面……”

缠绵纠结、婉转柔美的唱腔，声声幽怨、轻轻重重的长叹轻唤。一个人，一方台，寥寥数字，一步春夏，一步天涯，眉间心上，人来人往，繁华哀伤，浮生惆怅。

《牡丹亭》，虽只是春梦一场，生生世世的因缘却如此深远。两人虽然素昧平生，然而相顾间竟觉得似曾相识。在这般缘定三生的蓦然相逢里，他们前尘后世的尘缘，便在这鬼使神差下，漫天花雨中，电光石火的一瞬灿烂。

“前生未了的情缘，今生继续着痴迷。”“世间唯有情难诉，但使相思莫相负，牡丹亭上三生路。”“情不知所起，一往而深，生可以死，死可以生……”那是怎样极致的情?

“山无陵，江水为竭，冬雷震震，夏雨雪，天地合，乃敢与君绝！”然而，千年过往，如今，山易改，河易绝，夏飘雪。汤显祖极力塑造的至情至性，在现世又是怎样的存在?现实的情，有几许“一往而深”？有几许“生可以死，死可以生”？我们身处五光十色喧嚣热闹的世界，个体的世界却始终黑暗孤独，在生命的漫途中，灵魂始终孑然独行。太多的快餐，太多的功利，太多的世俗，太多的虚无，不必说“生者可以死，死可以生”的至情至性，只怕连发觉“袅晴丝吹来闲庭院，摇漾春如线”的从容都难以寻见了。如今的我们，不仅仅远离了古典的时代，也早已失去了静心感受周围、安然步入梦境的恬淡心境。许多的情感下落不明，许多的努力徒劳无功。

游园，惊梦，夜巷，昆曲……不过是在极美的古韵中穿越一场挚情的梦而已。但人终需爱的支撑，无论是身体还是内心，爱，才能带来活。

荼蘼的爱，爱到荼蘼，花开彼岸，忘却红尘。

随心去吧。

2017 年 5 月写于昆明

西行散记

一梦敦煌

在中国，提到敦煌，几乎没有人不知道。这个古老而久远的城池，最早见于《史记·大宛列传》，据说，“敦，大也；煌，盛也”。

远古的敦煌，或许不像今天这样枯苦、荒凉，而是繁荣盛大的吧？有巍峨奇特峰峦叠翠三青鸟栖息的三危山；有柳枝摇曳、绿草漫天的碧色沃野；有白雾茫茫、佳人伫立的漾漾碧水；有热闹繁荣、人喧马嘶的商贸集市；有品种繁多、飘香诱人的蔬菜瓜果。

历史记载的敦煌，曾是中西交通的枢纽要道，丝绸之路上的咽喉锁钥，对外交往上的国际都会，经营西域的军事重镇，在中华历史的长卷上，占有绝对光辉的篇章。虽命运多舛，历经波折，但始终是河西走廊无法忽略的重要部分。文化发达，名士济济，人才辈出：有骁勇善战的征边名将张奂，有深明大义的朝臣盖勋，有才学出众的大文学家侯瑾，有勤奋好学、人称“草圣”“亚圣”的著名兄弟书法家张芝、张昶等。

敦煌，是我一个睁着眼睛做了许多年的梦，梦境的底色永远是土黄色，梦境

里总是阳光灼热，阳光的颜色也是土黄色；梦里永远都有一个戴着白色头巾、牵着骆驼在风沙中缓步前行的阿拉伯人……它是糅杂了古代金戈铁马、大漠孤烟、神秘江湖、玄幻浪漫等元素的一个梦想之地；是沙漠王子、阿里巴巴、西域公主、江洋大盗、江湖大侠之类的人物出没的地方。各种江湖故事发生的背景，就是我臆想中的敦煌。

我对敦煌的认识，实际上源于莫高窟。莫高窟是敦煌的文化之眼。

据有关资料记载，十六国时期，群雄逐鹿中原，战火四起，百姓流离失所，处于水深火热之中，而河西成为相对稳定的地区。中原大批硕学宿儒和百姓纷纷背井离乡，逃往河西避难，随之带来了先进的文化和生产技术。尤其汉魏传入的佛教，在敦煌空前兴盛。饱受战争之苦的百姓，纷纷拜倒在“佛”的脚下，企望摆脱苦难，过上幸福安定的生活。敦煌是佛教东传的通道和门户，也是河西地区的佛教中心。一大批佛学高僧在这里讲经说法，河西各地的佛门弟子趋之若鹜，到敦煌研习佛学。

公元 366 年的一天，戒行清虚、执心恬静的乐樽和尚，手持锡杖、云游四野来到敦煌城东南 25 公里的鸣沙山东麓，在月牙泉的映照下，在三危山崖壁上，

开凿出第一个洞窟供佛。

莫高窟，从此诞生。

从那一天开始，这里迅速汇聚了建筑、雕塑、绘画等各种不同专门技能的工匠。这些工匠都是当时最高水平的代表。不同艺术、不同工种优秀技巧的融合，不同民族文化的交汇，创造了闻名于世的敦煌艺术。

之后一千多年，这个沙漠深处的陡坡，在叮叮当当的敲击声中，繁盛异常。一代又一代上至王公贵胄、下至平民百姓的善男信女，生生不息，吐纳百代，层层累聚，或独筑或合资，把自己心中的信仰、梦想、祝祈和理想生活，灌注在这座经过数亿年风化的陡坡岩层深处，一个个建造有佛像、画有精美壁画的洞窟，成为他们安放自己精神和灵魂的栖所。

世事沧桑，千年过往。五万多平方米的壁画、三千多身的彩塑，铸就了敦煌不朽的辉煌。如今，叮叮当当的敲击声早已远去，只剩下鸣沙山沙砾的低鸣回响。那些曾经被香烟缭绕、信徒膜拜的神塑，那些倾注了无数画师心血与梦想、记录着千年历史的画像，在大漠风沙的摧残中，纵使早已残缺，但早已修炼得道，拥有了风沙难掩的不朽生命的明亮。只要你向它投入深情的一瞥，那神秘又充满意味的洞窟，便让你终生难忘。作为人类艺术的瑰宝，那不是死了几千年的标本，而是活了几千年的跳动生命，是极为伟大的艺术创造……

从知道飞天到认识敦煌，仿若幽梦一场。曾经无数次在脑海中畅想过莫高的模样，切实走近，才发现还是有许许多多的不一样。

站在洞窟里，站在古人站过的那些方位上，阳光透过窗户门洞，折射到古老的壁画上，虽旧损暗淡，但美轮美奂，洋溢着神秘的金辉。恍惚觉得，这是我灵魂深处一个陌生又熟悉的世界。用与先辈差不多的黑眼珠，静看光影投射在石壁上的变化，静听与千百年前没有多少差异的鸟语风声，静看敦煌千年的过往，那一幅幅聚蕴了天地之灵气、日月之精华的壁画，如一位老者，见证了朝代的兴衰、岁月的轮回、生命的存亡。厚重的颜色，沉淀了几千年的风沙，仿若一首意蕴深长的古歌，一支悠远回旋的古曲，一个永不泯灭的神话，令人敬仰。

伫立于一个个或大或小、光线幽暗、只有烛照才能看清的洞窟，静静目浴恍惚光影投射在石壁上的变化，仿佛跌入时光隧道，耳边似乎又听见那叮叮当当的敲凿声和唱诵祷告的回响……不过，没有惊艳，没有震撼，没有疏离，只有一种熏心的温暖与安详。这里虽是神的世界，但犹如人间百态，也有千般模样，有喜有怒，有悲有祥。一切，似乎本该就是这般模样。我想，这些如今被全世界珍视的宝藏，大约只是那个时代民众生活的日常。

或许，心中有佛，念中存善，即便没有烛照，生命，也自然明亮。

放过王道士？

说到莫高窟，无论如何都是绕不开王道士的。这个莫高窟藏经洞的发现者（据说是之一），一百多年来，一直背负着贱买莫高窟文物的耻辱印记，与莫高窟

的辉煌并生共存。

王道士，一个个子矮小的世俗之人，一个三清弟子，世事造化，偶然当起了释迦牟尼的守护者。也不知是不是他的尽心守护感动了佛祖，无意中竟开启了一扇轰动世界的窗子。

再小的个子，也能给沙漠留下长长的身影，再小的人物，也能让历史吐出重重的叹息。但世间很多看起来很正常的现实，常常掩盖着可怕的黑洞。

关于王道士发现藏经洞之后的作为，说法很多。据一说：发现藏经洞几天以后，王道士肩上挎着一个粗布褡裢，里面放着他选出来的几卷“大画”和经书，风尘仆仆赶到县城。虽然县衙门难进，脸难看，话难听，但他还是想法把那些珍贵的文物送了进去。他直接面对的朝廷就是县衙门，他带着尽量多尽量好的“古物”不止一次去送给县令，恳请县令往上送，以期引起朝廷的重视。他请求朝廷赶快接管这些“古物”，尽快把它们运走，放进国库。从 1900 年到 1907 年，整整 7 年，这个瘦小又干巴的出家人，在大漠风沙中不知跑了多少趟。每一次，他都跑得筋疲力尽，每一次，他都跑得灰头土脸。但似乎都没有什么结果。

他用四处化缘募捐而来的钱，长年累月修复业已废弃的莫高窟，保护着由他发现的藏经洞。后来，王道士终于无奈了，厌倦了，伤心了。恰巧来了个斯坦因，王道士便像一个无法抚养众多孩子的父亲，在穷困潦倒之时，突然遇见了一个愿意出钱的收养人。于是，莫高窟大量珍贵的经书、文物，成了斯坦因的收养儿……

我不知道这个说法到底有几分真实，但颇有几分为王道士翻案的嫌疑。我不大相信作为一个没有多少文化、更不可能有什么国家意识的王道士，对这些文物的价值有多大认识，更难以相信他曾为保护这些文物跑县衙、官府，在大漠风沙中劳碌奔波多年。别说一百多年前文化程度不高、无家可归为找个安身之所才栖息莫高窟的王道士了，即便就是今天，许多有知识、有文化、国内国外到处考察见过世面的人，又有几个能够认识得到许多文物的价值，并为保护其而不遗余力呢？纵观全国，在城市建设、房地产开发的过程中，有多少文物被毁？有多少历史遗迹因人为因素荡然无存?

胡适在演讲中提到王道士时说，王道士一开始并不知道经卷的价值，最初以经卷能够治病为由向附近居民售卖，把经卷烧成灰烬和水让人吞服。这里的说法与之后王道士低价卖出经卷给斯坦因可以衔接，说明王道士一开始对文物价值一无所知。其实，我们谁也没有资格去骂王道士。或许，他只是在做他认为对的事。他在未获朝廷支持的情况下，努力修复莫高窟已经实属不易。后来虽向斯坦因等人出售了部分文物，或许，并非纯粹因为贪财，而是为了生计，为了有更多的钱来保护莫高窟。要是贪财的话，他完全可以把清政府置之不理的莫高窟洗劫一空，还修它做什么呢？直接拿着文物去卖就得了……或许，敦煌文物的流失不应该把责任都归因于任何个人，那是历史对整个社会的嘲讽。根据相关史料记载，当时西方人来带走文物的时候，是持有当地官方开具的许可证的，并且一路受到官兵的保护，王道士本身并没有能力拒绝他们。

我想，我们不能以一个现代有识之士的标准去苛求一百多年前没有多少文化的王圆箓，这是不客观的，更是不公允的。在那个时代，他其实真的很平凡。

或许，只有把他放在当时的历史情境中去理解，才能得出客观公正的评价。可文物的流失不该怪他吗？不怪，又该怪谁呢？最重要的是，历史的伤痛不该被遗忘，它应该成为治疗现实痼疾的药方。

或许，我们应该放过王道士。

我是月儿你是沙

鸣沙山月牙泉位于敦煌城区以南 6 公里处。沙山层叠错落，沙峰起伏，脊如刀刃，静卧在澄碧的蓝天下。

沙丘上，有穿着红红绿绿防沙鞋的游人在游动，还有驮着游人的驼队在行走。远远眺望，夕阳下的绵绵沙山，光与影，以最畅直的线条进行分割，金黄与黛赭都纯净得毫无斑驳，像用一面巨大的筛子筛过一般，热浪翻涌起的风将沙山勾勒

成优美的线条……仿如一幅大美的画卷，超然，震撼，这是任何人工都无法绘制的天地巨作，是无与伦比的天下美景。

“鸣沙山”为敦煌八景之一。据说，登上沙山顶巅往下滑，沙砾便随人体坠落发声，似丝竹管弦乐曲；风绕山吹来，沙山轰鸣作响，如金鼓，似雷声，故而得名。

在鸣沙山山脚，有一湾“新月”般的清泉，这便是月牙泉了。月牙泉形状酷似月牙，泉水清冽甘美，始终澄澈如镜，池旁水草丛生，芦苇摇曳。蓝天黄沙，碧水绿衬，清幽雅致，风景秀美。常常，山上狂风肆掠，山下水平如镜。鸣沙山和月牙泉，彼此相衬，彼此包容，彼此依存。没有山，觉不出泉的秀美；没有泉，觉不出山的雄峻。巍巍鸣沙，娟娟月泉，就这样完美地融合在一起。他们是生命的两极，却相依相伴，相扶相持，相亲相惜，彼此守护，千百年来远离俗世，给浮嚣以宁静，给躁急以清冽，给高蹈以平实，和谐安静地在这里共生共息，任世间沧海桑田，血雨腥风。

或许，于他们来说，只要拥有彼此，世界，便已圆满。无需告白，无需言语，这是山与泉没有誓言的坚贞与相知，这是没有承诺的执子之手、与子偕老，这是倾天倾地的绝世之恋。

不知尘世间是否还能找得到另一个神奇的地方，可以将相知相守的和谐表现得如此淋漓尽致？

不愿去惊动沙丘上的沙砾，只想静静地坐在月牙泉边，望着鸣沙山发呆，看落日在沙丘上渐渐消失。等待天空暗蓝，月儿从沙丘背后慢慢升起，无论有没有星星……

沙砾和月牙都是有灵的，就这样，和你一起，一生一世，真的很好。

西出阳关柳色新

提起阳关，许多人一定会想到一首诗：“渭城朝雨浥轻尘，客舍青青柳色新。劝君更尽一杯酒，西出阳关无故人。”

唐代大诗人王维的这首杰作，可谓千古绝句，经配曲吟唱，广为流传。文人的魔力，总能把偌大世界的一个生僻角落，变成人人心中的故乡。所以，拜别莫高窟之后，就急急去寻阳关，仿若对失落故乡的寻找，对离散亲人的察访。

驱车走出敦煌城区，便是沙漠。顺着导航，朝着阳关前行。

铺了柏油的公路上车很少，更没有行人。眼目所及，除了沙，还是沙，无始无终，辽阔遥远。

大漠上，车上音响里赵鹏低沉苍凉的歌声，传得很远。眼看前面似有湖水荡漾，可到近前却消失了，还是沙。师傅说，那是地理现象。想来，那大约就是传说中“海市蜃楼”的海市吧？没见到蜃楼，但见到了海市，还好。

据史料记载，阳关始建于汉武帝元鼎年间，是中国汉唐时期重要的边塞关隘和最早的海关。西汉时为阳关都尉治所，魏晋时，在此设置阳关县，唐代设寿昌县。作为通往西域的门户，阳关是丝绸之路南道的重要关隘，兵家必争的战略要地。宋元以后，随着丝绸之路的衰落，阳关逐渐被废弃，阳关城坍塌了，坍塌在一个民族的精神疆域中，终成废墟。

在这片荒芜的疆域里，曾有如雨的马蹄，如雷的呐喊，如注的热血；这里收藏着无数中原慈母的白发、江南春闺的遥望、湖湘稚儿的夜哭、故乡柳荫下的诀别、朔风中猎猎的军旗，还有往来商贾的梦想与期许。

如今，阳关位于敦煌市西南70公里的南湖乡。

6月的大漠，天空清朗，无云。戈壁上的木栈道空无一人。褐赤色的戈壁，被栈道隔离保护起来，细沙和砾石的地面，有的深，有的浅，一直铺陈到天边，层层叠叠中，或清晰，或模糊，看上去像是一层幻境，一层现实。

昔日的阳关城早已荡然无存，仅存一座被称为阳关耳目的汉代烽燧遗址，孤寂耸立在热得冒烟的墩墩山上，让后人凭吊。风蚀坍塌的烽燧四周，一层层泥沙、一层层苇草。矮小枯黄的苇草，从沙丘中裸露出来，淡然，安详，在千年不变的朔风中轻轻招展，等待春天和雨水到来，再次轮回。

在山的南面，有一片一望无际的沙滩，这里沙丘纵横，有一道道沙梁，沙梁之间为砾石平地，当地人称为“古董滩”。据说，古董滩面积约上万平方米，面积大，散布文物丰富。这里残存着部分房屋、农田、渠道等遗址，当大风过后，这些遗址清晰可见，引人注目。在古董滩和沙丘之间的砾石平地上，散布着许多古代的钱币、兵器、装饰品、陶片等古遗物，分布广泛，随手可捡。所以当地人有“进了古董滩，空手不回还”之说。考古学家根据史料考证，认为现在的古董滩就是古代非常繁盛的阳关关城所在地。至于阳关何时何因被流沙掩埋？至今还无从考证。

很遗憾，由于行程时间紧，我们没有来得及在古董滩上溜达，所以也就与那些古董无缘。否则，说不准还真能捡到几片有故事的陶片带回家。我想，那该是一份千年的缘分，一种难以言喻的欣喜。

阳关，一座被历代文人墨客吟唱的古城。以它当年的繁盛，应该留下不少激昂的文字。但自古以来，阳关在人们心中，却总是凄凉悲惋、寂寞荒凉的。我想，这大约与它成边卫土、偏远苦寒的地理身份有关。阳关是古战场，可以说，是用

兵士枯骨堆砌而成的。古时的战争，是为了守候他们身后的一方土地。可是过了千年以后，情形并没有像他们所想的那样。

如今的阳关，已没有了往日的凄切。故乡柳荫下的诀别、将军咆哮时的怒目、丢盔弃甲后的军旗，早已随着一阵又一阵烟尘飘散远去，恍若一切从未发生过。

今日的阳关，不再是王维笔下的阳关，也不再是“寂寞荒凉”的代名词，而是敦煌最大的葡萄基地。站在烽燧高耸的墩墩山上，举目远望，沙丘漫漫，阳关道早已在沙砾中消遁，也没有独木桥。不远处的葡萄基地，绿树葱葱，一派塞上绿洲的好景色。当年凄切的羌笛声，已灭迹在绿洲之中。

遥想，当年烽燧上孤独驻守吹着幽怨羌笛的年轻士兵，如果地下有知，应该很是宽慰，也不再感到寂寞孤苦了吧？

春风不度玉门关

大漠，戈壁，黄沙，漫漫无边，铺展向远方，与天际连成一片，一望无垠。天边，也晕染了浑浊的枯黄，不再湛蓝。血红的残阳，穿过枯黄，普照在黄沙漫漫、绵延不绝的大地上。

世界，迷蒙混沌，地老天荒。淹没在一望无垠里，个人，渺小到悲凉。

已是6月，云南大地早已草长莺飞，绿野漫天，可这里却仍是一片荒凉，听不到鸟鸣，看不见绿植，甚至连一蓬稍微茂盛的小草都没有，只有看不到边的黄沙与大漠，还有晒得人皮肤刺痛的骄阳。

“大漠孤烟直，长河落日圆。”昔日诗人笔下的风景，明晃晃地展现在眼前，空旷，寂寥，壮美，豪放……让你的心，忍不住怦怦直跳。

听着赵鹏、听着刀郎，沐着携裹有沙粒的沙漠之风，从敦煌驱车近一百公里，一路荒凉戈壁，到达一处有断壁残垣和破旧城墙的地方，这里，便是玉门关了。

玉门关，仿若一位从知事起就听人念叨的至亲，根植于我们的灵魂深处，幽居在我们的情感边缘。虽首次谋面，却似乎十分熟悉，十分亲切。

入口处，有现代人立的石碑一块，用篆书体刻着唐朝诗人王之涣的《凉州词》：“黄河远上白云间，一片孤城万仞山。羌笛何须怨杨柳，春风不度玉门关。”这首熟悉得不能再熟悉的词，是镌刻在我记忆深处关于玉门关的最原始档案。循着这首词，无数次对玉门关做过畅想，畅想它的辉煌，它的荒凉，它的腥风血雨，它的古道热肠。

据记载，玉门关始建于汉武帝时期，因西域输入玉石时取道于此而得名。玉门与阳关，都是当时重要的屯兵之地，也是沟通中原与西域各地的重要关隘。这里曾屯兵百万，震慑西域各国，彰显大汉军威；这里曾车水马龙，贩夫走卒、豪商大贾，人来人往。

时光流转，站在岁月寥廓的岸边，瞭望眼前的玉门关，一派荒芜，颓废不堪。昔日的繁华景象，如梦般闪现，当年的辉煌，早已在历史苍烟中消散，只有四壁仅立的窄小关城一座，耸立在东西走向戈壁滩的沙石岗上，孤傲地独自守望。四围荒芜，几截裸露在沙漠之上、被风沙侵蚀得不成样子的汉长城，蜿蜒过去，烽燧兀立。

仿佛看见千年前，在风沙弥漫的大漠戈壁中，一群人伴着阵阵驼铃声，举着朔风飘扬的猎旗，即便沙尘迷了眼，模糊了远方的视线，但仍然艰难前行……几千年的日升月落，几千年的风沙吹过，一声声驼铃、一串串脚印，打开了汉朝通往西域的大门。

如今，春风仍然没有度过玉门关，玉门关仍然坚韧地活在荒漠枯野之间，迎日出日落，看云卷云舒。没有了往日的傲娇与辉煌，早已沉寂在枯枝飞沙之中，消失在岁月年华之间。历史的烽烟不见，战争的号角不闻，只有尘埃落定后的寂静一片，只有匆匆而来、匆匆而去的游人凭吊的脚步。而春风是否来到玉门关，也早已不再重要。

站在断壁残垣前遥想，依稀可以想见当时这里的壮观景象，依稀可以想见大汉王朝的军事之盛，也约略可知这里战争之惨烈，商旅来往之频繁。仿若能够听到厉兵秣马的骁骁声，而凄婉的羌笛声，隔了时空，在戈壁深处回响。

在大漠风沙中挺立了两千多年的城埂啊，是否，曾经立了不变的誓言，誓与那些战死沙场的将士一同守候？

是否，还有孤魂一缕，在大漠上游荡，难以回乡？

天下第一“嘉峪关”

由于航班晚点，原定在嘉峪关的行程只好从 4 小时缩短到 2 小时。虽然时间短暂，但还是不愿放弃这蓄谋已久的拜谒。简单划拉了一碗当地的著名小吃——凉皮之后，匆匆来到雄伟的嘉峪关关城脚下。

嘉峪关作为修筑于大明朝的军事古堡，闻名世界的紧要关口，位于长城最西端，绝世而立。它见证了内地与西域、中原与大漠之间的纷争与融合。同时，它也是长城保存最完整的一处雄关，地势险要。

据资料，嘉峪关关城布局合理，内城东西二门外都有瓮城回护，所筑城楼由外城、内城、瓮城、罗城、城壕等多个部分组成，可谓“城内有城”，构成多道

防线。整个关城建造气势雄伟，城楼对称，三层五间式，周围有廊，城的四个角落皆有角楼。南北墙中段有敌楼，两门内北侧有马道达城顶，关城正中有一官井，形成了一个壁垒森严的军事防御工程。西面城垣凸出，中间开门，门额刻“嘉峪关”三字。原有城楼，与东西两楼形制相同，三楼东西成一线。东瓮城外有文昌阁、关帝庙、戏楼，城内靠北有游击衙门府一座，均为清代所建。

据说，当年建嘉峪关时，匠师计算用料特别精确，建成时竟只剩下一块砖。这是建筑工程史上的绝招。最后这块砖存放在西瓮城门楼的后楼台上，供人观摩。

公元 1495 年，嘉峪关楼重新修建。清朝同治末年，左宗棠驻节肃州之时，又曾修整关墙和关楼，并亲笔题下“天下第一雄关”的匾额，高悬关楼。

作为著名的历史遗迹，嘉峪关的传说很多。站在城内的戏台、文昌阁、衙门府前，想起“冰道运石”“山羊驮砖”“一砖定城”“击石燕鸣”等等这些传奇故事，内心的柔弱处，不觉中便全被揭开。如今，这个早已荒废仅供如我之类匆匆而来、匆匆而去的游人凭吊的城池，曾经有多少故事在这里发生、上演啊？被阳刚坚实的城墙包裹的万丈雄关，或许，每一块砖瓦，每一寸城土，其实揉藏了太多太多的俗世烟火、人间悲喜。

荒漠地区最怕缺水，嘉峪关却城中有井，山上有泉，用水不匮乏。从远处雪山上下来的雪水，清澈甘美，欢畅地从城墙脚下流过。

走马观花，脑海中不断闪现“巍峨”“雄伟”“奇崛”“严密”等词句，但仅用这些形容词来描述这座城池，又实在有些概念化，甚至觉得有些肤浅。

立于城墙之上，放眼大漠戈壁和远处黑灰色的山峦，山坳间点缀着没有化完的白色残雪，仿若铺陈在大地上的巨型水墨山水画，惊心动魄。

雪山吹来凉爽的清风，让人顿感浑身通透、辽阔。

印象兰州

从嘉峪关到兰州，飞机舷窗下面是连绵不断或黄色或灰褐色的山峦，灰白色的民房、村庄，零零星星、三三两两散落于山峦之间，偶见一星点的溪水或山泉，几乎难以见到绿色。这种影像，倒是暗合了我之前对这片土地的臆想。

到兰州，一定要去看的便是母亲河黄河。所以订酒店的时候选择的第一条件就是离黄河要近。

黄土高原之上，黄河穿城而过的省城，大约只有兰州。黄河自西向东，穿过这个固若金汤之城，城市便随河蜿蜒成一条带子。河两岸，南北两山夹河而立，城中人在这条带状的河谷中生息。这河虽不是城市发展的重心，却是生活在这里的人们休闲娱乐的中心。

位于兰州市中心横跨黄河的“天下第一桥”——中山桥，是纯铁焊制的一座有近百年历史不让走车的步行桥，是兰州与黄河的象征。大凡来兰州的游客，都会在桥上留个影，表示已经来过。而我，也不想免俗，到兰州的第一站就是到中山桥上留影打卡。

盛夏的傍晚，又恰逢端午假期，中山桥上人很多。许多人站在桥上，听河水的声音，看黄河落日，看黄河水流向远方。有不少人在河水湍急的岸边静坐、嬉戏。几个男孩从河边捡了石头，朝河中心掷过去，看到石头飘飞着划过水面，溅起一片片浪花，几个人便雀跃着一片欢畅。停泊在岸边的趸船上，有人在喝酒，有人在喝茶。

在我想象中桀骜不驯的黄河，对这个城市的人来说，却是那么随和、温暖，似乎就是一个从小一起玩到大的伙伴、发小。看着从脚下悠然流过的黄河水流，心中怦然涌起一种难言的亲切。从小念叨但却遥远的母亲河，竟然就在身边，如此之近，如此真切，梦幻似的，反而感觉有点不太真实。

太阳即将落山。站在现在看来并不太雄伟壮观的铁桥上，隔栏远望，从巴彦喀拉山脉涓涓汇聚而来的黄河水，不远千里万里，弥漫着蒸腾的水雾，从夕阳深处滚滚而来，真有种“黄河之水天上来”的幻影。河水穿过脚下的铁桥，汹涌东去，连绵不绝，耳际不时回响着水流相互击打的哗哗声。

太阳浮游在天际与河面交汇的尽头，几片白云映画在碧蓝的天幕背景里，金黄色的夕阳铺天盖地，将辽阔的黄河水面映射得波光粼粼，流动的浪花激起片片涟漪……即便莫奈的印象巨作，也无法与之媲美。

河面上吹来凉爽舒适的风，将水雾撒向市区，撒向花草，撒向树木，撒向广袤的黄土大地。

顺着河边的景观大道，兜兜转转，一路走，一路看，一路吃，烤串、凉皮、粽子、糯米团、水果……让这个西北城市人间烟火、天地造化的气息和韵味，慢慢浸润全身，舒坦，惬意。

从河边到酒店，一公里多的距离，其间就有几个售卖各种商品和小吃的夜市，很是热闹。小吃街大概 200 米，全是各种特色小吃，本地酸奶、杏皮水、猪肉、牛肉、羊肉、土豆、小瓜等各种烤串，还有炒面、黄面、臊子面……端午的夜市，特别热闹，人群摩肩接踵，商贩此起彼伏、热情洋溢的叫卖声，和着各种吃食的味道，让融入其中的人莫名兴奋。

原来我所知道的兰州美食，就是走遍全国的兰州拉面。来到兰州才知道，其实，兰州好吃的还真不少，而且极具个性。手抓羊排、浆水面、三泡台茶……最吸引我的是著名的手抓羊排。

兰州手抓羊排，相传有近千年的历史，原以手抓食用而得名。虽然兰州城满街都是手抓羊肉，但当地人说，最著名的要数东乡手抓羊肉，而且讲究一点的人非要找几家老字号，排个半小时的队去吃。所以在这里，想吃手抓羊肉不用攻略，只要看看哪家店门口排队的人多就知道了。

兜兜转转，终于找到了一家东乡手抓羊肉。刚坐下，服务员便在我们面前放上了一碗大蒜。我有些奇怪，服务员说，在兰州吃羊肉，是绝对少不了大蒜的，“吃羊肉不配蒜，味道减一半”。抬眼一看，每张桌子上都有大蒜，有不少人正在剥蒜。点完菜，我们便学着其他桌的人开始剥蒜。

没一会，羊肉上桌了。我平时吃的都是熟蒜，生蒜最多是碾碎了做凉拌菜的调味，这大半的生蒜直接嚼了吃还真没有。但抵不住诱惑，咬一口羊肉，再咬一口蒜，一嚼，肉香和蒜香融合，味道还真的大不同，感觉羊肉的味道一下被蒜味顶上去了，更香，更醇，而蒜的味道也不再那么冲，温柔鲜美了许多。东乡羊肉真是名不虚传，那肉松软鲜嫩，肥而不腻，有非常醇厚自然的香味，没有闲常吃的羊肉膻气。吃了大半斤羊肉，有点腻了，这时再来一碗有点淡淡酸菜味道的浆水面，口腔里立马清爽许多。那酸爽，有云南家乡的味道……

吃饱了，再喝一杯用上等的菊花、福建桂圆、新疆葡萄干、甘肃临泽小枣、荔枝干、优质冰糖等配制而成的三泡台茶，美哉。

吃吃喝喝，天空就这样在味蕾的“糜烂”中渐渐暗了下来……

时光，如水。生命，如歌。

拉卜楞寺

在兰州一天的行程，只安排了一个内容：拜谒拉卜楞寺。

拉卜楞寺，位于甘肃省甘南藏族自治州夏河县县城西郊的凤岭山脚下，是藏传佛教格鲁派六大寺院之一，保留着全国最佳的藏传佛教教学体系。

据说，“拉卜楞”在藏语中意即“僧侣的宫殿”。作为名刹，拉卜楞寺历史不算长，但经历代住持和广大僧众300年的开发与完善，规模仅次于西藏的布达拉宫。法事之盛，已远为藏传佛教的其他寺庙所不及。

从兰州到拉卜楞寺，近300公里，交通不是很方便。在网上搜查，每天兰州市到夏河有两趟班车，较早的一趟直达，稍晚的一趟是到“夏河路边”。不想起大早，太累，便买了到达“夏河路边”的这趟。

班车是普通的大巴客车，终点站在河南县，夏河县是路过。我想，拉卜楞寺如此有名，作为热门景点，交通应该不是问题，到了“夏河路边”，随便打张出租车过去，应该很方便。

慌慌忙忙按时赶到车站，因为一个乘客没有到，客车超时十多分钟还没发车。计划下午还要赶回兰州的我们有点着急，但“等人”似乎是这些班车的常态，我们只好耐下心来。20多分钟后，乘客还是没来，在大家的强烈要求下，客车只好出发了。

兰州市区车流拥堵，折腾了近一个小时，才上到高速。可上了高速，速度也无法像我们预期的那样快起来。客车一路走，一路上下人，甚至转道好几公里在一些地方接客。上车的乘客大包小包地拎着、背着，看上去都是沿路来来往往、走亲访友、到集市买卖的村民和居民。许多人和司机似乎很熟，上了车都要寒暄几句。兜兜转转，原本计划三个多小时的行程，五个多小时过去，还是没有到达，让人有些着急。可看着一张张淳朴的脸，我想，这趟对于游客来说只是通达一个景点、过于缓慢、有些脏乱的客车，对于祖祖辈辈生活在这里的人来说，或许便是他们进进出出、逃生活、奔生计的主要脚力依靠。这样想着，原本焦虑烦躁的心，慢慢安定了下来。

路的前方，除了山还是山。虽然地处陌生，对于当天能否赶回兰州也没有一点谱，但我心里反倒很安生。旅行的魅力之一不就是遇见未知的世界吗？既来之则安之，顺其自然享受过程吧。

在车行的摇晃中，不知不觉迷迷糊糊睡去。不知过了多久，没有头绪的碎梦正在脑子里纠缠，突然听见司机高喊：“夏河的到了！”

从梦中惊醒，懵懵懂懂地下车。一看四周，没有村庄，更没有城镇，见不到一间房子，更见不到拉卜楞寺的影子，满眼里仍然还是山。山不大，但植被稀疏，除了杂草和零星的灌木，几乎没有树林，有些蛮荒。只有大山之间一条铺了柏油的二级公路，才让人觉得这里和现代社会有连接。

两个同行下车的女孩问司机：“师傅，车站在哪里？”

“一会儿车就来了！”司机话音未落，便扬长而去。

两个女孩也去夏河，她们从西安过来度假。我们搭伴顺着路边走了好一段，还是没见着载客的班车或车站，更没有什么出租车，偶尔有私家轿车或小货车路过。

这“夏河路边”和我想象中停满出租车和小客车、热闹异常的场景完全不搭界啊！这里离县城究竟有多远，我们也不清楚。我拿出手机，想试试能不能呼到滴滴车，可手机根本没有信号，只好无奈作罢。

一个女孩说，看来只有拦私家车搭便车进城了。这可是三四十年前我们小时

候进城常用的招数，那时候公路上跑的大多数是大货车，偶尔有一辆吉普车，传说坐的都是大领导，我们是不敢拦的，敢拦的只有马车、拖拉机或者货车，而且还要想了又想，鼓足勇气才敢抬手。

许多年过去，重操旧业，内心还是有些忐忑。这荒山野岭的，司机敢停车吗？愿意捎带我们吗？会不会担心我们打劫？……但想想没有别的办法，人被逼到绝处必须碰碰运气，只好一边抬手一边给自己打气。

没一会儿，来了一辆小面包车，我们招手，没停。过了一会儿，又来了一辆小轿车，看见我们招手，还真停了下来，可一看四个人，坐不下，便开走了。

天空有些暗沉，山里的雾气越来越浓，眼看快要下雨了，如果再拦不到车，没带雨伞的我们就有可能被淋成落汤鸡。

顺着公路，我们一边走，一边左顾右盼，巴望着能够再次看到车的影子。这时，一辆白色城市越野车驶过来，大老远的，我们就欣喜地把手抬得老高，不断晃动，可那车"咻"一下就过去了。

又走了一阵，还是没有车，走得气喘吁吁的几个人似乎都有些气馁了。这时，远处出现了一辆黑色轿车，我犹豫着又抬起了手。没想，轿车立马放慢速度，慢慢靠边，停在了我们身边。

车窗摇下来，露出一张和蔼可亲的古铜色笑脸。我连忙问了一句："师傅能不能把我们捎到夏河县？"还没等人家回应，几个人就迫不及待主动拉开车门挤进了车里，生怕那车又"咻"一下跑了。

一看上来这么多人，把车塞得满满的，师傅似乎有些为难。可看着我们着急狼狈的样子，他大约也不忍心丢下任何一个，犹豫了一瞬，便出发了。没一会儿，大雨就下来了。

轿车在雨中顺着一条峡谷里不算宽敞、坑坑洼洼的公路，颠颠簸簸行进了快二十分钟，还是看不见城市的影子。雨越下越大，两边光秃秃的山越来越高，峡谷越来越窄，坑坑洼洼的路似乎没有尽头。

车里很是安静。虽然大家之间没有“距离”，但毕竟是偶然凑在一起，也无话可说，似乎都在各自想心事。

这是去夏河吗？怎么这么远？不会是遇上坏人了吧？我心里有点隐隐的疑惑，便试探着问了句：“师傅，夏河还有多远？”

“还有 30 多公里呢。”师傅告诉我们，“夏河路边”离夏河县城有 40 多公里。夏河路边没有固定载客的车站，也没有固定的客车。在“夏河路边”下车，要去夏河县城，只能在路边拦车。夏河县城到兰州市，只有一班客车，每天下午两点半发车，有时还不一定能买到车票。

雨大路滑，车速无法快，快到下午两点了，还看不见县城的影子。参拜拉卜楞寺，最少也要一个多小时，看来无论如何当天是赶不上回兰州的班车了。可我们已经预定了当晚兰州的酒店和第二天一早从兰州回程的机票。而退房已经来不及，机票临时改签票价一定很贵。难道到了夏河就直奔客运站坐班车回兰州吗？

正在我们纠结为难，不知接下来该怎么办的时候，师傅说：“你们别着急，好好在拉卜楞寺转转吧，这么远过来一趟不容易。你们转完联系我，我想想办法，给你们找辆车，送你们回兰州。”

我们一听，好高兴，心一下安定下来。

说话之间，雨渐渐小了，夏河县城也到了。

拉卜楞寺坐落在夏河县城的西边，师傅直接将我们送到了靠近寺院的地方。临别，我们要给他付车费，可他说什么也不收，还一再嘱咐，让我们逛完寺庙一定给他打电话，落实回兰州的车子的事情……

看着在细雨中消失的轿车，我们的内心溢满了感动，我甚至为自己先前对他的怀疑感到惭愧。车去远了，这才突然想起，连他叫什么名字我们都还没有来得及问呢。

夏河是一条河，也是一个地方，是甘南藏族自治州的一座幽静小城。发源于青海达日合卡山的大夏河，是黄河上游的一条支流，从小城横穿而过。小城因

大夏河而于20世纪30年代被命名为夏河县，仅仅几万人，城郭一眼便可望穿。

细雨中的县城，街道上人不多，很是安静，没有概念中县城的闹热和车水马龙。街道两边的房屋建筑风格，有很多藏式元素，墙面、屋顶或红或黄或白的颜色，在迷蒙细雨中很是温暖清新。

记得几年前曾经读过贾平凹的一篇散文——《夏河的早晨》，开头一句就是："这是一九九五年七月二十四日早上七点或者八点，从未有过的巨大的安静，使我醒来感到了一种恐慌，我想制造些声音……"文章里，夏河的安静给我留下了极深的印象。许多年过去，夏河，仍然很安静。

夏河，从来就是英雄的土地，睿智的灵境。大夏河见证了这片土地历史的兴衰。古往今来，中央政权与吐谷浑、吐蕃、西夏、嘶罗王朝在这片土地上轮番厮杀。阿L说，他的外公当年曾在这里打鬼子，在一次危难之中，幸得拉卜楞寺的活佛相救，才幸免于难。

夏河城小名气大，而这则要归功于有"世界藏学府""中国小西藏"之誉的藏传佛教寺院拉卜楞寺了。

据有关资料，拉卜楞寺始建于清康熙四十八年（1709），主要殿宇90多座，包括六大学院、16处佛殿、18处大活佛宫邸、僧舍及讲经坛、法苑、印经院、佛塔等，形成了一组具有藏族特色的宏伟建筑群，房屋不下万间。各庙宇依其不同的功能和等级，分别涂以红、黄、白等土质颜料，阳台房檐挂有彩布帐帘，大中型建筑物顶部及墙壁四面，置布有铜质鎏金的法轮、阴阳兽、宝瓶、幡幢、金顶、雄狮。部分殿堂还融合和吸收汉人建筑成就，增盖宫殿式屋顶，上覆鎏金铜瓦或绿色琉璃瓦。崇楼广宇，鳞次栉比，金瓦红墙，气势非凡。据说，世界上最长的转经廊，就在拉卜楞寺。其宗教体制的组成，以闻思、医药、时轮、吉金刚、上续部及下续部六大学院为主，在全蒙藏地区的寺院中，建制最为健全。寺内佛像、古籍、壁画种类繁多、琳琅满目，珍藏民族文物和佛教艺术品 1 万多件。如此庞大的寺庙建筑体系，在世界上是很少的。

因为拉卜楞寺，多年来夏河缭绕的香烟不散，闪烁的神灯不灭，朝圣者的脚步由远及近，由近及远。

怀揣敬仰与感恩的心，带着一路风尘走近拉卜楞寺。站在高处远眺，依山而建的建筑群层层叠叠，建筑风格粗犷大方，古朴典雅。既有造型各异、金碧辉煌的藏式大殿，也有成片的质朴，亲切的独门小院。寺院旁边的半山腰上，有些异常矮小的房子，经询问得知，那是僧侣们苦修闭关的地方，每个不足两平方米。无论大殿还是小院，它们静静坐落在这里，在千年的轮回中，传承着佛教文化的博大精深。

这个蕴含着 300 多年的尘烟和神秘的藏佛寺院，是一大片望不到边的藏式佛殿建筑，仿佛一个村落。寺庙周围没有其他名寺周边售卖香火和其他各种浓郁商业的气息，只有质朴、安详。在一条条巷道里转来转去，看见三三两两的僧人从一道道门里进进出出，我们却始终找不到寺院标志性的大门。一位僧人说，拉卜楞寺没有大门。

走在寺院一条条用土石铺就的巷道里，我们一下被淹没在肃穆、庄严的气氛中。信步走进一座气势宏伟的殿堂，朱红色的大门雕刻着藏家图腾的花纹，艳丽、精致的酥油花，还有描述着各种佛教故事的壁画和唐卡。身着红色袈裟高堂正坐的喇嘛，慈眉善目，接受着人们的膜拜。这里没有香火缭绕，有的只是不灭的酥油灯发出的心光。

一路走，一路欣赏，抚摸那斑驳的墙面，看随风舞动的经幡，在每一座建筑、每一座佛堂、每个院落、每幅壁画中流连忘返。听着僧侣低沉诵经的声音，看着那五颜六色不停旋转的经幡桶和闪烁着微光的酥油灯，心在梦幻与现实、宗教与佛法的世界里，不断交错、徘徊，旷达意远，祥和安宁。

在几个佛殿，都遇到一位看上去已届耄耋之年、走路都要人搀扶的老者，身着深红色袈裟，口中念念有词，带着一个五六岁的男孩在拜佛。我无法听懂他们的语言，但看着爷孙俩虔诚祈拜、超凡脱俗的神情，让我不知不觉肃然起敬。

行走在寺院的大街小巷，不时和脸上稚气未脱的僧侣擦肩而过。他们或三五成群，或两人同行，或低头看手机，或嬉笑打闹。在他们青涩的脸上，看不到概念中僧人冷静、沉凝的表情，有的只是轻松的笑容。如果不是那身红色僧衣，我怎么也不会把他们和僧侣联系在一起。

在一小块平地上，有几个少年僧侣和几个俗家男孩在踢足球，这让我有些诧异。出于好奇，我举起手机，准备捕捉下他们生活的瞬间，不料，其中一位小僧侣发现了我的举动，嘴里叽里咕噜地说着。我听不懂他说的藏语，但从表情上，我已经明白了他不让拍照的意思。也许他们知道我并没有恶意，但他们似乎不想被任何人、任何事打搅，更不愿意成为别人眼中的“风景”。尊重别人，应该是基本的教养，我放弃了拍照，对他们送上了歉意的微笑。

据说，从古至今，传教诵经是每个藏民的必修课。他们用漫长的一生，发扬光大藏传佛法，追求仁爱，尊重大地万物中所有的生命。在甘南，大多数人都信仰佛教，从生下来，他们就受到佛教文化的熏陶，到少年，许多父母就会把孩子送到寺院，接受正规化教育。孩子能够进入寺院接受教育，就像我们的孩子考上大学那样，那是整个家族的骄傲。这些少年大多十二三岁就被送到寺院里，跟着师傅学佛修行了，把师傅伺候送上天后，他们自己或许也当上师傅，然后在这里生老病死。

看着这些身穿红色僧衣的少年，我突然想到仓央嘉措，那个 15 岁便被认定为转世灵童的雪域王子。那样一个聪慧又多情敏感的灵魂，每天要怎样的自持，才能在“不负如来不负卿”的纠结中平安度日？不知这些正值青春的少年，是否也有仓央嘉措一般多情不拘的情怀？

不知不觉，天色已晚。

依依不舍离开寺院，恍然回到人间。突然想起给捎带我们进城的师傅打电话，约好见面的时间、地点。没想到来送我们的竟然还是满脸慈祥的他。他说，打了几个电话，都找不到可以送我们的车，所以他决定亲自送我们到兰州。

已经五点多了，夏河到兰州来回600多公里，可是六七个小时的车程啊！我们怎么可以让他送？百般推辞，可终磨不过他的挚情，恭敬不如从命，最后，我们只好上车，朝着兰州的方向出发。

这时我们才知道，师傅名叫嘉华多吉，家在夏河县城里，他在玛曲县工作，是县文化馆的副馆长，从小跟着父亲画唐卡，是著名的唐卡画师，国家级非物质文化遗产传承人。在路边遇到我们的时候，是他周末从玛曲县回家看望老母亲。

我们有些惊着了。在一个小县城里，文化馆的馆长可是个官，何况他还是德高望重的唐卡画师，非遗传承人？没想到。

唐卡是我的钟爱。于是一路走一路聊，从唐卡聊到佛教，从佛教聊到拉卜楞寺。嘉华师傅说，有的寺院只为懂它的人而生，可拉卜楞寺却为每一位过客而存在，无论你是懂佛，或一无所知，都不那么重要，重要的是你内心要有佛法，尊重众生，尊重每一位僧人，每一个物件，哪怕它是渺小的，都不可轻视。

是啊，生活就是一种修行。只要你心存善念，其实，我们每个人和神的距离并不遥远。好像拉卜楞寺，到处有门，却又到处无门，仿如佛的世界，就在你的身边，却又遥不可及。

临近天黑，终于到达兰州。我们下车之后，嘉华多吉调了个头，又朝着拉卜楞寺的方向前行……告别之时，他告诉我们，在我们朝拜的时候，外出好久的嘉木样活佛，又回到了拉卜楞寺。

扎西德勒！

2019年6月写于昆明

遇见唐卡，莲心清净

有一种绝美、精致、神秘、高贵、古老的宗教艺术品，具有上千年的历史，广泛流行于藏族地区，是藏族艺术的精粹。其稀有独特，历经岁月磨砺，因而成为宗教艺术品至尊的象征。

它，就是唐卡，一个没有姓氏的民族在禅里孕育出的奇葩。

唐卡，是藏域一种用金银和天然物质颜料绘制在特殊画布上的卷轴画。据说，最早的唐卡，仅供藏传佛教寺庙悬挂、供奉用。作为修炼的形式和重要观想内容，让修行者通过观想修行，可以从中得到本尊的加持。

随着时代的变化，如今，唐卡除了是圣物，也蜕变成了一种精美神秘的艺术品，被唐卡爱好者收藏、贡赏。

第一次遇见唐卡，是2007年在尼泊尔加德满都的一个唐卡专卖店里。第一眼看见这种古朴、典雅的圣物，就被深深吸引了。不懂，但还是凭着感觉，淘了大大小小四幅带回国，装裱了挂在客厅和书房最庄重、最显眼的地方。

之后，每每遇见，总忍不住驻足。有一次，

在昆明世博花鸟旧货市场，看见一个藏式小台柜，由于年代久远，好几个地方都破损了，也不实用，但桌面和门扇都画有美妙的唐卡，实在喜欢，去看了好几次，和老板磨了好几天嘴皮子，最后，花好几千块钱，终于搬回了家。有几次去逛南亚博览会，最留恋的也是东南亚人卖唐卡的展位，左看右看，总不愿离开。只是，国内市场稍稍好一些的唐卡，价格都不菲。不过，于我来说，遇见，就已满足。

我对唐卡的喜爱，与信仰无关，也与佛教无关，就是喜爱而已。不过，对我来说，佛教几乎是一个和我的生命同在的宗教，我的精神和文化寄托，似乎自小就和佛教有了某种关联。

母亲说，我小的时候身体不好，常常生病，据算命先生说，要认一个干爹冲喜，身体才会好。五岁多的时候，母亲便带着我，提着一包从山上找来之后晒干的干鸡坳，到白马寺认了主持做“干爹”。鸡坳是素食里比较珍贵的食材。

“干爹”慈眉善目，是一个走南闯北很有见识的尼姑，村里人都叫她“师伯”。

据说，“师伯”本是村里大户人家的小姐，在上海上过学堂。解放初期，她的家人或走缅甸或自杀或被当作反革命枪毙，最后，就剩了她孤苦一人。于是，她就在自家的家庙白马寺里出家做了尼姑。

白马寺里除了干爹，还有三个尼姑，都是附近村寨人家里与佛有缘的女孩。村里把寺庙也当作了一户人家，土地承包的时候，也给她们分了田地。但凡涉及寺庙里的事物，村里人都会说“老师伯家的”。

白马寺独独一户，位于村子西南边角，背靠一片开阔的田野，面向一个十几亩宽大的荷花池。寺院是个精致的四合院，粉白的墙，青灰的瓦，雕梁画栋，素雅精美。据说，那些雕花都是剑川木工师傅的手艺。院心里，种有月季、紫薇、茶花、桂花、兰花，各种花草和着季节次第开放，让寺院时时有别样的景致与雅趣。尤其是桂花，每到 8 月开放的时候，整个院子都流淌着芳香。那桂花一般人是绝不允许去折的，只有寺庙里念经、做法会，师伯才舍得剪下几小支来，插在青花瓷瓶里，供奉在佛祖面前。有远方香客光临，师伯也会剪几支相送。

寺院门口的荷花池，水很清，村里人家放养的鸭子，在池塘里欢快畅游。天热的时候，还有孩子在池里洗澡。池边有些缺口，镶嵌有石板。村里人洗洗刷刷的，都在荷花池边上。每到夏季荷花开放时节，池里满眼的绿，荷花或红或白点缀在绿野里，很是好看。

小时候的许多美好记忆，大多和白马寺有关。认亲的时候，师伯给了我一个雕有一只漂亮蜡梅花的白瓷碗和一双筷子，在家里吃饭，我都要认着那只碗。此后许多年，那只碗一直跟随着我。

我身体不好或者淘气的时候，母亲就会到寺庙里给我要点供品来吃，有水果或者松子、板栗、豆子之类的。母亲说，吃了师伯给的物件，身体就好了，心也就乖了。

小时候，总喜欢到寺庙里玩耍，每每进到寺院，就觉得异样安详、平和。闲常，村民早晚没事，也会到寺庙里走走逛逛。在枯燥杂乱的乡村，那里，似乎成了贫瘠时代村里人内心最安逸的栖所和精神家园。

在村子里，诸如我之类的干女儿、干儿子，师伯还有许多。因为白马寺和师伯的存在，村里似乎也有着天然浓郁的佛教氛围。村里的女人到了 60 岁左右，初一、十五大

多数都要吃花斋。每到年节，吃了花斋的女人，几乎都会集聚到白马寺里吃斋念经，犹如城里人的聚会，很是热闹。母亲也是这些花斋信徒中的一员。

其实，和母亲一样，许多吃花斋的女人并不大明白佛教的具体教义和内容，更搞不清楚大乘、小乘的关系与区别，也说不清菩萨、观音、如来的身份，但她们始终怀揣一颗向善的心，不知不觉间，佛似乎在他们心里建立起了一种和美的精神秩序。

每天早晚，母亲都会在家堂供桌上的香炉里上香，每当这个时候，家里就缭绕一股平和宁静之气。活路不忙的话，上香的时候母亲还会念上一段经，如果没有时间，母亲就把录有佛经的放音机打开，让美妙的福音随着香烟缭绕。几年前，我到海南出差，还专门到南山观音寺里请了一尊观音回来给母亲供奉。

我对佛和与它有关的种种，始终怀揣高度的尊重，唐卡便是其中之一。

青海，有着众多的藏传佛教信众和庙宇。在青海省黄南藏族自治州同仁县的隆务河畔，有一个叫作“吾屯村”的村庄，据说，吾屯村里，几乎家家都画唐卡，被誉为“藏乡画廊”。这片金色谷地，孕育了一方淳朴智慧的人们，也孕育了古老中华文化的瑰宝——热贡艺术。

一直有个愿望，要去吾屯村探访。盛夏，一个阳光灿烂的日子，我们一行六个人，一大早从兰州出发，驱车四个多小时，朝着吾屯村前行。可绕了好几个地方，还是没有找到吾屯村。一行人决定放弃。

中午时分，经当地一位朋友引路，我们终于来到青海同仁县一处唐卡创作基地。创作基地是著名的唐卡画师也是非遗传承人旦正项杰先生创立的。基地产销一条龙，有专门的创作室、作品陈列室、展览室，还有宾馆等服务项目。

旦正项杰先生有事外出了，接待我们的是他的儿子和女婿。两个帅气的小伙子，30 多岁，但都已是造诣颇深的唐卡画师了。不知是不是源于唐卡，两个风华正茂的年轻人，眼睛里弥漫着纯善与慈悲，身上散发着一种让人踏实、温暖、安详而又无法说出的韵致，安之若素，既透露出拒人千里之外的高贵，又给人一种超然物外的朴实亲切。据说，他们十几岁就跟随父亲学画唐卡，画了十几年，如今已经有自己创作的作品。

一见面，女婿就自我介绍说，自己的网名叫 KhneTerGia，可以加微信关注他和他的作品。看来这个活络的小伙子很有自我营销的意识。在陈列室，他指着一

幅护法神的作品自豪地对我们说："那就是我哥哥画的。"一旁高大、一身蜜糖肤色、一直安静陪着我们转悠的哥哥，满脸温和，有些腼腆地笑笑。

站在 KhneTerGia 指引的画作前看了好久，没有找到他哥哥的署名，我有些奇怪。KhneTerGia 说，唐卡画师都不在自己的画作上署名，但优秀的画师始终是会被人记住的。

我恍然明白，藏族是一个没有姓氏的民族，但作为他们的集体姓氏，"藏族"始终绵延不息。生命，会消失，姓氏，也可能湮灭，然而，唐卡会永远活着。当信仰皈依于一方画幅，所有的署名或许都是对虔诚的亵渎。于他们来说，唐卡绘画，与其说是一种艺术创作，不如说是一种虔诚的修行，又何必在一幅通透心灵的画作里署名呢？从不署名的虔诚，应该是唐卡艺人乃至这个民族最崇高的修行了吧！

随着 KhneTerGia 来到创作室，几个 20 岁左右的小伙子，有的蹲，有的坐，有的盘着莲花腿，正在专心致志地画画。画室里极度安静，我们一行人的突然出现，似乎给他们带来了惊扰，他们纷纷停下手中的画笔，探究、诧异、安然地看着我们，但只一瞬，随即，他们又各自沉浸到了自己的画布上。我们不自觉放低了声音，内心似乎也突然沉静了下来。

创作室里散放着画框、没有完成的画布、正在构思的草图、研磨好的各色绘画颜料……乱而有序。

KhneTerGia 介绍说，唐卡制作首先要做一个画框，将底布四边缝在四条细木棍上，然后用绳穿上细木棍，再张撑在木框上。用动物胶与滑石粉调和而成的糊状物，均匀地涂在底布上，目的是使底布均匀平滑无洞，光洁明亮。涂完后，用一薄质工具将底布上的糊状物刮平、刮匀。待底布干后，用炭条起纹，绘制图像的轮廓。一般是先里后外，将中间主图像画成后，再绘四周的附属部分，最后上色。唐卡画成之后，还有装裱等工序。

要绘制一幅出色的唐卡作品，除了扎实过硬的技艺功底，更需要画师对宗教题材非常熟悉。唐卡绘画必须严格遵照藏传佛教造像度量经中的要求，佛像规定应该是什么样子，就必须画成什么样子，不允许画师个人任意发挥。既要遵循传统，又要画出新意，这是对唐卡画师最大的考验。

KhneTerGia 说，其实，画师的那股精神才是唐卡的灵魂。从绘画前的诵经祈愿，到画布的绷制打磨、颜料的研磨调色，图案勾线、着色，都由唐卡画师亲自动手，最后由高僧大德诵经开光加持，一幅唐卡才算大功告成。因作品的篇幅而异，整个绘制过程短则数月，长则数年，每一个环节都是对画师耐心和诚意的考验。

精湛细致的唐卡绘画，对于画师的手力和眼力有极高的要求，因而年龄也就成了每个画师都绕不过去的坎。20 岁到 40 岁是唐卡画师黄金的创作阶段，40 岁之后，眼力、手力逐渐衰微，即便心中有再丰富的积累和创意，也无法避免心有余而力不足的困境。因而，许多唐卡画师，从年少懵懂时就开始跟着师父学手艺，师父既教手艺，也教品行。过去的唐卡传承方式，传男不传女，传内不传外。现在这个规矩已经被打破，但女孩子到一定的年龄就要结婚、生儿育女，学习往往难以坚持下去，所以，女画师很少。

KhneTerGia 说，创作室里的几个画师都是普通藏民，十几岁就到创作室来学画唐卡了，有的已经画了快十年。这里包吃、包住，每个月有工资，还可以按照绘画水平参与国家有关部门的“等级画师”考评，享受有关待遇……

我不知道这些孩子如今有没有搞明白 KhneTerGia 说的“等级画师”是个什么东西，但我想，但凡功利的介入，都有可能会侵蚀内心的纯粹。他们搞不明白也好，只专注于自己绘画的内心，在滚滚红尘中，携一缕暖阳，绽一抹微笑，哼一段藏曲，携一壶菩提酒，开一扇般若门，栖一片云朵，泼一瓢水墨，作一幅唐卡。在默默中，凭着一笔一画，成就自己，成就不竭的精神源泉，累积起内心的敬仰与神圣，累积起一个民族长久不衰、绵延不绝的精神高地……

正在绘画的几位画师，神情专注，手指上的画笔，在通经断纬的方寸空间，似乎参透敷于布底的朱砂，每一笔都仿如对生命的描摹，或浓或淡。浓淡之间便有了人生况味，悠远，寥廓，练达，宽厚。咫尺之内，他们落笔永恒，如一条没有署名的河流，流向梦里的远方。

不好意思搅扰太多，我们有些不舍地道别。

从创作画室出来，天空忽然飘落一阵细雨，闷热的天气一下凉爽了许多，心中也似乎骤然透明烛照，毫无渣滓浊物，仿若莲花一般，清净、安然了许多。

2017 年 8 月写于昆明

在最深的红尘里相逢

一直觉得，他是“转山转水转佛塔，不为修来世，只为途中与你相见”的挚情少年；一直挂碍人世对他的不公；一直心痛他的不知所终。

那天，在阿拉善，偶然听说他在南寺，200 多年来，他一直都在南寺。

哦！原来他不在世外，而是在颜色缤纷的尘世人间！

那种惊诧，那种喜悦，无以言表。惊诧自己的孤陋寡闻；惊诧他的突然出现；喜悦他终于安然；喜悦他终有归处；喜悦尘世没有遗忘；喜悦世间仍然有他。

——他，是仓央嘉措。

在一个阳光灿烂风和日丽的早晨，我们来到南寺。

红尘深处，终于，和他相逢。

南寺，坐落在内蒙古阿拉善左旗境内的贺兰山主峰巴音森布尔西北侧，距离

阿拉善30多公里。我和蓉，还有惠，一早驾车从阿拉善左旗出发，穿过茫茫戈壁，来到贺兰山下。

远远望去，苍莽的贺兰山脉，静卧在戈壁边沿，雄浑，泰然。通往寺庙的山路，顺着山下的一个峡谷延伸。顺着峡谷，从贺兰山上吹来习习的风，轻柔，凉爽。

山路蜿蜒曲折，两边地势悠缓的褐灰色山脉，乱石奇异俊秀。山石间零星长着绿色的蔓草、矮树，还有星星点点红红黄黄各色的野花。巨大一些的山石上，篆刻着梵文真经和彩绘佛像。据说，这是内蒙古自治区最大的石雕佛像群。有的山丘上，堆有玛尼堆，五彩的经幡和风马，迎风招展，发出哗哗的响声。凝望飘动的经幡，仿若能够听到袅袅梵音在天宇中神秘回旋……

兜兜转转，绕过一座山，一拐弯，深褐色的山峦间，一座金碧辉煌的寺庙赫然出现在眼前。

那就是南寺。

那一瞬间，我告诉自己，离他，真的近了，真的近了。

这是一个群山环抱的宽阔地带。寺庙坐落在山坳之间，依山而建，背后是巍峨的莲花状的贺兰山最高峰——巴彦笋布尔。

时值盛夏，这里，溪水潺潺，草木葱茏，鸟语花香。天空，很蓝。阳光，很好。从空气到庙宇，清透，干净，祥和，美好。天宇中某种不可视的灵性，无所不在，在这里，安静地活着。

我想，天堂，大约就是这样的吧。

南寺，几乎所有的遗存都与他伟大不朽的生命和灵魂密切相关。这里究竟是怎样一片神秘山河？这里究竟有怎样的博大才能容纳下这颗漫天溢海的灵魂？

据有关资料，南寺的正式名称叫“广宗寺”，藏文称作“噶丹吉林”。寺庙始建于乾隆二十三年（1758）。占地曾达40万平方米，拥有庙宇数十座，仓房僧舍2859间，僧侣人数最多达1500名，可谓气势磅礴，香火旺盛。

据说，南寺的地点是仓央嘉措生前游历的时候选定的，后来由他的弟子操持建造而成。这座缘起于仓央嘉措的寺庙，后来因供奉仓央嘉措的灵塔而闻名宗教界。在仓央嘉措到来之后，南寺从此树起了信仰之旗，成了心灵的圣殿。这面信仰之旗，200多年来，在仓央嘉措充满迷幻、凄婉、绵长、纯粹的圣歌里，飘展为黄金般的诗意，在苍穹中久久弥漫。

如今，这里不再如往昔般闹热。当我们寻来的时候，偌大的寺庙，没有游客，没有香客，也不见僧人。建造完整的庙宇只有三四处，许多地方规整的堆放着砖石、水泥、钢筋，正在修缮。可也不见修缮的工人。供奉着舍利的黄庙，进门处还搭建着钢筋脚手架。

撩开门帘，走进黄庙大殿，庄严，肃穆，神秘，静静的，静静的，仿若能够听到檀香味的香烟缭绕缥缈的声音。幽暗深邃的大殿里，垂挂着许多红、黄、绿、蓝、白的经幡和风马。大殿四周，端塑着诸佛佛像。正中，有一个高高的贡塔，据说贡塔里供奉着仓央嘉措的舍利，贡塔上方悬挂着仓央嘉措的画像。贡塔屋顶开了一个天窗，仿若佛打开了面向世俗的天门。两位头发花白、戴着黑边圆框眼镜的老者，面色红润，面相纯善，精神矍铄，身着深红色加沙，盘腿坐在贡塔侧边厚厚的黄色蒲团上，声音低沉舒缓，神情安详，面含微笑，用我们听不懂的语言，你一言我一语在说着什么。

一位身形健硕、面相和善、身着浅红色袈裟的年轻僧人，也戴着眼镜，盘腿端坐在旁边的地上，仰着头，虔诚认真地在听两位老者说话。一缕天光从天窗直射而下，穿过袅袅香烟，照亮在供桌和两位老者身上，有种如梦如幻、仙风道骨的味道。

不敢搅扰，揣着虔诚，揣着敬仰，我们轻轻走近，敬过香，匍匐跪拜之后，合掌站立在供塔前面。仰视供塔上方雍容、庄严、眼神慈悲、清澈的画像，内心，有些恍惚。

我怎么也无法把概念中那个挚情纯净、玉树临风的翩翩少年和那些隽永美好的诗句，与画像中这个庄严慈悲的长者联系起来，这位长者和仓央嘉措实在隔了太过遥远的距离。这帧线描画像是不是真的仓央嘉措？如今已难以考证。或许，作为一个多元的精神图腾，真实的仓央嘉措究竟长什么样，早已不再重要。也许，每个人心中都有自己的仓央嘉措。贡塔上的这帧画像，大约便是僧人心中的仓央嘉措吧。

据记载，仓央嘉措于康熙二十二年（1683），生于西藏南部门隅纳拉山下宇松地区乌坚林村的一户平凡普通的农奴家庭。可命运使然，按照五世达赖的遗嘱，突然有一天，他被指定成为转世活佛。从此，这个原本身份低微平凡的农奴孩子的人生，注定无法平凡。被指定为转世活佛后，他便被秘密送往错那的巴桑寺，

5 岁开始学习文字，7 岁学习佛法，8 岁学习《吐古拉》《诗镜注释》，14 岁时，剃度进入布达拉宫，成为黄教领袖。

作为布达拉宫的王，仓央嘉措过着万人朝拜、衣食无忧的生活。他每天学经、修道，身边年老的经师亦步亦趋，紧紧跟随，严格监督，精心伺候。

据说，对于种种清规戒律、繁文缛节，仓央嘉措始终难以适应。他出身红教家庭，红教教规并不禁止僧侣娶妻生子，而黄教则严禁僧侣接近女色，更不能结婚成家。加之复杂的政教斗争，他虽有达赖喇嘛之名，却并无实权，只能作为傀儡存在。未经世事，却要在尔虞我诈的政治旋涡中遭人倾轧。贵为活佛，他信仰佛教导的一切，然而却无法约束自己多愁善感的内心。他本是世间情物，只因一段梵音，才有了佛缘。他又如何可以在短时间内，视万物为空，轻易躲过情劫？生活上遭到禁锢，政治上受人摆布，在那样的环境里，对于一个出身寒微没有家传指导不经世事却又多情灵性的少年来说，那是怎样的彷徨、无措与熬煎？或许，对于这个出身贫苦的孩子来说，一切来得太过突然。因为被选为转世灵童，突然从青春葱茏的懵懂少年成为达赖喇嘛，那是怎样的人生跌宕？

或许，那埋藏在他血液里的非凡和反叛，便是他神性的另外一种加持。

据传说，仓央嘉措内心抑郁，他端坐在布达拉宫吟诵佛经，俯视着人间世界，在幽暗的佛堂上，却写下大量情感真挚的爱情诗篇。他常常走出庭院，走出布达

拉宫散心，甚至纵情声色，在晚上化名达桑旺波，以贵族公子的身份，流连于拉萨街头的酒家、民居，再后来，竟“身穿绸缎便装，手戴戒指，头蓄长发，醉心于歌舞游宴，夜宿于宫外女子之家”。如他在诗里写的那样：“住进布达拉宫，我是雪域最大的王。流浪在拉萨街头，我是世间最美的情郎。”

十年后，也就是1706年，因西藏政教斗争殃及，这个不知经历了多少内心煎熬的少年，终被清廷废黜，解送北上。途经今天的青海纳木错湖时，中夜遁去，不知所终。

那一年，他23岁。

相传，只身遁去的仓央嘉措，后来化名阿旺曲扎嘉措，游历西藏、四川等地。十年后，于1716年来到阿拉善，在阿拉善一带游走修行，被当地人奉为上师。1746年，仓央嘉措在南寺尚未建成时圆寂，时年63岁。南寺建成后，200多年来，从肉身到舍利，他一直被供奉在这里。

其实，首先让仓央嘉措被大众广泛认识的是他的诗句。他是藏族最著名的诗人之一，写了很多细腻真挚的诗歌。他所写的诗歌驰名中外，不但在藏族文学史上有着重要地位，在藏族人民中产生了广泛深远的影响，在世界诗坛上，也是引人注目的一朵奇花异葩。其中最为经典的是拉萨藏文木刻版《仓央嘉措情歌》。“你见，或者不见，我就在那里，不悲不喜。你念，或者不念，情就在那里，不来不去。你爱，或者不爱，爱就在那里，不增不减……”“……自恐多情损梵行，入山又怕误倾城，世间安得双全法，不负如来不负卿。”。这个世俗却又远离凡尘的修者啊，他的空灵隐藏在漫天的霞光中，将世上的一切弥漫。

许多年前，偶然与那些美好的诗句惊艳相遇，从此，“仓央嘉措”这个名字随着千古流芳的诗行，一直在我心里蛰伏，穿行在我思想的每一个角落。走过大半生，一天又一天，一年又一年，揣着梦想，揣着对人生、对世界所有美好的期许，努力工作，认真生活，挚情真爱，但生命的白纸，仍然被渐次涂抹了不堪的字迹与颜色，轧于时光的轭下。没有等来理想中的美好，没有遇到挚情的爱，没有成就成功的人生……经历许多的磨难、背叛、欺骗、倾轧、龌龊，心，无数次被无情揉碎，尊严，被无数次踩踏。无数次有看透红尘的错觉，却从未放下过那些美好的诗句，生命里的万水千山，总有他字字句句点水的涟漪。“世间事除了生死，哪一件事不是闲事？”仅这一句，便惊醒我要继续好好地、有力地活着，无论如何，失望将渐渐淡灭，希望会再生，日子，都该过得整齐。

历经世事，这个聪慧的青年早该知道这个世界可以有多冷，乏力的生命甘于遵循的轨迹，有时候竟是这样苍白、空洞，苍白空洞得几近惊心动魄。凝望画像，我在想，不知历经坎坷之后的仓央嘉错是否仍然相信爱情？相信世界？在美好信念嘎吱粉碎的声音中，他是否明白自身的渺小与无力？从他在青海湖边遁去的那一刻起，那个挚情挚爱纯洁美好的少年是否已经死去？遁去以后，他是否还在写诗？

也许，他最后发现，世间并非如他期许的那样，像喜马拉雅的雪一般干净纯洁。人世间掺杂了太多的欲望与龌龊，于是他改名换姓，游走尘世，用一生的努力和殉道，意欲唤醒人世的美好。可 200 多年过去，那些人世的磨难、龌龊，仍然还在，末日之后，仍有末日……还好，他那些美好的诗句还在，那些动人的故事还在。揣着那些美好的诗句，想着，生命的峰峦总须路过深不可测的低谷，而这样也不错。

得见我们五体投地参拜过后，年轻僧人站起来合掌和我们打招呼。和他聊了些有关他和南寺，还有仓央嘉措的话语后，我们有些不舍地告别。站在大殿门口回望，恍惚看见一个翩翩少年温和地微笑着，站在佛门与人世之间的浮光中，仿佛在说，佛的空与人的欲之间，其实并不遥远。

禅院，清风，莲荷，青烟，钟声。

何处是他？处处是他。

在最深的红尘里，相信世间所有的相遇，都是久别重逢。

2019 年 9 月写于昆明

纵情怒江

有人说，有情怀、有标准，还特爱思考的文艺青年，是中国旅游事业的忠实伴侣。这群喜欢诗歌和摇滚、爱自由撰稿和旅行的群体，改革开放以来，在中国旅游事业的发展过程中，扮演了一个非常特别的角色，是他们勾起了普罗大众的乡愁啊、情怀啊、人生思考啊之类的念想。

从 20 世纪 80 年代末到现在，文青们“在路上”的旅行选择，先是古庙，后来是戈壁，再后来是古城，再再后来是西藏。如今，文青们正在向怒江出发！

因为交通不便，怒江很多地方需要徒步才能进入，人迹罕至，自然生态保存得非常完好。许多人听说过文面女、怒江溜索、老姆登、丙中洛，但从来没有到过怒江，对这块土地比较陌生。茂密原始的森林、雄伟延绵的群山、清奇险秀的高山峡谷、奔腾咆哮的江水、蔚蓝高远的天空、世外桃源一般的村庄、淳朴神秘的少数民族。这一切，是偶尔探险深入怒江的背包客，传达给人们关于怒江的信息。这些信息虽零零散散，若隐若现的“快闪”，彷如一道道缝隙，将怒江的天机泄露，但反而给怒江蒙上了一层神秘的面纱，更强烈地勾起了旅人的各种欲望。而随着一条公路的开通，那些深藏亿万年的美景，终于掩藏不住，它像一本被封存很久很久的神秘书籍，正在被越来越多的人打开、深读。

这条公路就是：被誉为最美公路的从丙中洛到六库的丙六公路。它一路与怒江相伴，时而穿行在云雾之中，如临仙境，时而险行于悬崖之上，如入地狱。既有独库公路穿山越谷的壮美，又有丙察察“一眼天堂、一眼地狱”的极致体验。

我不是文青，但我也想去怒江。2021 年，春暖花开的 3 月，我们终于沿着最美公路前行，纵情怒江，去窥探秘境深处那一个个神秘的密码。

一

由于怒江还没有通飞机，所以，我们先飞到怒江隔壁的保山机场，在保山机场租了车，再前往怒江。

从保山到怒江，驾车可走的有两条路，一条是开通不久的 S228 保泸高速公路，全程约 142.7 公里，耗时一个多小时。另一条是从保山机场到潞江坝服务区，途经大保高速、保龙高速，到芒宽乡，再途经保龙高速、230 省道，抵达六库。全程约 3 个小时。

230 省道是顺着怒江江边前往六库的二级路，虽用时有点长，但路线几乎沿江而行，对于旅人来说，是一段移步易景不容错过的旅途。而且，顺道还可以去看看目前亚洲最大的悬索桥——龙江大桥。

龙江大桥离潞江坝十几公里，全长 2470.58 米，系双塔单跨钢箱梁悬索桥，保山岸索塔高度为 169.688 米，腾冲岸索塔高度为 129.703 米，桥面离江面 280 米，最高的索塔顶到江面 470 米，主跨长 1196 米，全长 2470 米，为双向六车道公路桥。这座雄跨在滇西莽莽横断山岳中的大桥，历经 5 年艰辛建设，通车后，声名鹊起，立刻成为保腾高速路上一个著名的打卡点，许多人慕名而来，到这里都要和壮美的大桥留张影。

站在桥面上，从这头向对岸远望，整座桥缥缈在云雾中，梦幻仙境似的，不真实。桥下滔滔奔流的龙江水，则只是画面中一股麻绳般粗细的线条。我们在大桥周围溜达了一阵，但桥太长，始终难以窥见全貌。师傅不甘心，倒倒转转，一边走一边打探，在周边的村寨里绕了好几个圈，我们终于来到了大桥下面的龙江边。站在桥下远眺，大桥不再是桥，仿若一根白色玉带，飘荡在两座背景是滇西澄碧蓝天的大山中间，汽车在上面行进，仿若在蓝天中走钢丝似的，让人挂心。

面对将天堑变通途的宏伟工程，我的内心有些慌乱，有些恐惧。这工程是人类创造的，但站在旁边，人类却显得那么渺小，那么微不足道。

告别大桥，回到潞江坝，顺着怒江朝六库前行。发源于青藏高原唐古拉山南麓的怒江，日日月月，奔腾不息，悠幽流淌，所过之处，仿如母亲，滋养着两岸万物。行走在公路上，有的路段离江边很近，你能清晰听见江水流动的声响，看见江水翻腾的浪花。有的路段离江边很远，只有看见那葱郁的绿或阳光照射在江面上反射出来的光亮，你才知道有浩荡的江水从那里

流过。

一路上，风景美不胜收。挨近江边的土地，肥沃平坦，万物生长，绿野漫天，芭蕉、荔枝、桂圆、竹子、木棉花等等热带、亚热带植物，在江水的孕育中，郁郁葱葱，茁壮成长，把江边装点得多姿多彩，千娇百媚。离开江边，渐行渐远，便是绵延不绝、光秃苍凉、浑宏灰暗的群山。从保山到腾冲，行走在回家的路上，无数次穿越这些博大荒凉、几乎不长树木的大山，总让人有种渺小卑微、地老天荒、苍凉悲伤的感觉。

如果没有怒江，没有怒江滋养的万物，潞江坝和顺着潞江坝前往怒江的旅途，应该都是枯苦洪荒、荒凉悲伤的。因了这条江，江边的世界便生动活泛了，也便有了故事。

怒江滋养了富饶美丽的潞江坝，滋养了大山深处千千万万的怒江人。也因了这条江，便才有了文青们向往的怒江。

怒江之上，最惹眼的莫过于江面上的桥。龙江大桥、潞江大桥、霁虹桥、龙安桥……还有各个时期建造的铁索桥，不同风格、不同年代，横跨怒江之上。古老的，质朴，沧桑；现代的，雄伟，壮观。有了这些桥，从古至今，马帮、商队、山民来来往往，即便江水滔滔，也始终无法阻隔两岸各种民族交融的欲望，多少悲欢离合，多少世事沧桑，在这方世界里发生。

一条江就是一幅流动的画卷，木棉花便是3月怒江边上最为亮丽的风景。驱车穿梭在怒江边的公路上，车窗外，绿树红花构成的生态景观、青山绿水组成的山水美景、木棉花开定格的自然画卷，尽收眼底。

木棉树主要生长在热带及亚热带地区，落叶大乔木，本地人都叫它攀枝花。攀枝花主要分布于怒江流域和龙川江流域，一般在二到四月份开花。从潞江坝到六库，一路上，一树树盛开的木棉花，或火红，或金黄，无须绿叶陪衬，无须蜂拥蝶围的阵势，独自立于枝头，便芳华绝代，把你举目所及的视线全都拴在它身上，丝毫不让步其他色彩。置身于蓝天白云、青山绿水之间，开得灿烂，热烈，奔放，绽放得淋漓尽致……

一路美景，我们走走停停，总被那些美丽的景致吸引、诱惑，不断地停车拍照，原本三个小时的车程，走了近五个小时。太阳即将落山，在金黄色的余晖涂抹中，我们才风尘仆仆地到达六库。

二

六库是怒江傈僳族自治州的首府所在地。东依碧罗雪山，西靠高黎贡山，怒江纵贯其间，所有的建筑都倚江而建。江东是政治商业中心，江西是文化区，江是这方世界的灵魂。

白族人说，过去这里是珍禽异兽穴居的地方，土司官常在这里下扣打鹿，所以叫“鹿扣”。“鹿扣”是“六库”的谐音，这是一种通俗词源学的比附。汉族人说，这里周围一共有六座山峰，峰峰都有宝藏，共有六个宝库，因此称为“六库”。而较早居住在这里的傈僳族则说，这里常常遍地冒水，地下有龙潭，所以叫龙洞。不同的说法都有不同的依据，不过它们也只能证明六库是一个古老的地名而已。

六库境内山高谷深、沟壑纵横，最高海拔3100米，最低海拔800米。属典型的亚热带山地立体气候，山势总体呈“凹”字形，东西高，中间低，形成高山寒冷、半山温凉、沿江地带炎热的气候特点。

这里居住着傈僳族、怒族、普米族、独龙族、白族、藏族、汉族、彝族、纳西族、傣族、回族、景颇族等12个民族，以傈僳族为主体民族，少数民族占总人口的92%，形成一个少数民族大杂居乡镇。在总人口中，傈僳族占总人口的50.93%，白族占28.39%，汉族占7.95%，其他民族占12.73%。

六库的主要街道，都是顺江而建，也就是沿江边的两边，江东一条，江西一条。出乎我的意料，六库比我想象的要现代、时尚得多，现代城市该有的元素，它几乎都有，酒吧、时装店应有尽有，星级酒店也不少，甚至有国际化的连锁酒店希尔顿。希尔顿位于怒江边上，躺在床上就可以看见滔滔江水奔腾而过。还有各种美食店和特色小店。如果你想体味当地人的烟火生活，可以在老城区里的“向阳桥”“古渡口”一带逛吃逛吃。当地特色美食漆油鸡，便宜又好吃。

三

离开六库，前往知子罗。在知子罗狭窄崎岖的山路中，偶遇老姆登村。

早晨的老姆登村，云雾缭绕，仿若仙境。远处的皇冠山被浓稠的白云拥裹着，露出山顶，纯似古代的皇冠，皇冠山后面的雪山清晰可见，在阳光下闪射着晶莹的光芒。徜徉于老姆登村曲曲弯弯、雾气缭绕的村道中，呼吸着清透甜蜜的空气，仿若置身世外桃源。

只遗憾不是礼拜天，没能听到教堂里美妙的弥撒和唱诗的歌声。

知子罗，如今已是一座被废弃的县城。这里曾经是怒江州的州府所在地。因为至今还居住着一些不愿离去的居民，使得这座从前的县城特别的不同。不过，居住的人很少，走在那些废弃、陈旧的街巷中，几乎见不到人，静静的。

这里有许多能够唤起许多人20世纪80年代记忆的东西。学校、机关大楼、医院、居民楼、八角楼图书馆、老姆登基督教堂、灯光球场、电影院、部局、县委大院等等，许多楼房都空着，房屋周围散放着丢弃的洗衣机、水泥制洗澡浴缸等等生活用品，可以任由回忆和想象去填充。

清晨的知子罗，会让你在恍惚间有种恍若隔世的穿越感觉。瓦蓝的天空，碧绿的大树，奔腾的怒江，婉转的鸟鸣，青砖的瓦房，齐全的建筑，空旷的街道，云雾缭绕还有积雪的远山……一切，放电影似的，好像都不真实。

师傅说，曾经有好些影视剧到这里来拍摄、取景。

四

离开知子罗前往丙中洛，路过怒江老虎跳。

老虎跳位于六库向北 50 公里处。在这里，怒江突然变得狂放不羁，两岸越来越狭窄，最近处大约只有 10 米。两岸峰峦重叠，一块 2 米见方的巨石横卧江心，江水撞击在巨石上，轰鸣声震耳欲聋，响彻峡谷。传说老虎曾经从江中的巨石上跳过去。怒江老虎跳没有丽江虎跳峡那么壮观，但对于恐高的我来说，站在崖边还是心惊胆战，有种眩晕的感觉。近百米的峡谷中，礁石林立，水流湍急，汹涌澎湃，惊涛拍岸，气势磅礴。水流巨大的冲击，伴随着咆哮声，掀起满江银浪，犹如一首壮丽雄浑的音诗画交响乐，在峡谷中不绝回响。

沿 228 省道继续前行，过福贡县城 42 公里的沙利底乡，远远地见高黎贡山山脉上，一个透着蓝天白云的石洞。它有一个好听的名字，叫作石月亮，傈僳族语为“亚哈吧”。石月亮被认为是傈僳族的发祥地，现在仍有许多人前来寻根问祖。

据说，鬼斧神工的石月亮，曾是驼峰航线上不多的地面参照物。2001 年西岭雪山发现飞虎战机残骸。该飞机残骸重约 100 千克的螺旋桨，被两名藏民用人背、马驮的方式运下山来，经过美国方面鉴定后，证实该飞机就是 B–29 轰炸机。同时找到了当时在飞机上牺牲的 11 名美国士兵的照片。

据有关资料，当年，美国第二十航空队就驻扎在成都附近的新津机场。这些巨大的 B–29 轰炸机，除了执行从中国成都到日本本土的长途轰炸任务，还经常执行驼峰航线的运输任务。几年前，供职《云南日报》的好友东平跟踪采访飞机搬运的整个过程，听他讲过不少故事，那时，就对这个地方充满了好奇。突然身临其境，想象当年那些装载着抗战物资的飞机在石月亮上空盘旋，还是有些唏嘘。

遗憾，山高路险，只能远观，难以想象如果深入石月亮山下，究竟会是怎样的一种感觉。

五

从贡山县城出来，车行不久，就进入了丙中洛坝子南部。峡谷越来越深，身边江水轻柔，山脉葱绿，远处雪峰皑皑，天空湛蓝。

汽车爬上一个高坡，不经意间，那个让人顿生万种情怀的“怒江第一湾”展现在眼前。在观景台上看完觉得不过瘾，听说在贡当神山上，怒江第一湾可以一览无余，又驱车登上了贡当神山山顶。从贡当神山山顶俯瞰怒江第一湾全景，感觉确实完全不一样，气势磅礴的阵仗，让人惊叹大自然造化的神奇。

这个怒江大峡谷最婉转变化的地方，江水舒缓平静，宛如一条碧蓝的缎带，沐浴在明媚的阳光下，缠绵地环抱着柔情蜜意的大山。从千山万壑奔流而来的怒江，本应由北向南流动的河水，流到这里，突然被岩石挡住，温柔了许多，转而流向西方，在改流 300 米后，又被大陡坡挡住折向东方，然后再度在岩石前恢复自北向南的流向，形成罕见的“U”字形大湾。

这种曲折的变化，对于一条小溪也许是极为容易的，然而，对于有着年径流量约 700 亿立方米的怒江来说，它造成的声势是惊心动魄的。

位于怒江第一湾中心的村子叫坎桶村。这里江面海拔 1710 余米，世世代代都靠溜索在江面上空滑来滑去，如今，建起了铁索吊桥，汽车可以从桥上开过，那些溜索也消失了。

村里风光绮丽，有层层的梯田、整齐的屋舍和成片的桃树。据说，每到农闲季节或民族节假日，三五成群的人便到这里泛舟过溜，对歌起舞；有情的恋人则潜入沿江两岸的密林中，互诉衷肠……堪称世外桃源。

六

顺着怒江大峡谷前行，老姆登村、知子罗、石月亮、贡山县城……走走停停，在碧蓝的天空完全暗黑下来的时候，我们到达了文青们特别推崇的丙中洛镇。

远远望去，夜晚的丙中洛灯火辉煌，很是迷幻。原想着新冠肺炎疫情期间，而且是旅游淡季，事先便没有预定住房。到达之后，顺着携程高评分的酒店打电话，没想到，打了三家都是客满。最后我们只好直接开车在镇子里转悠。来到城边一家名叫“阿里五”的酒店，看见门口挂着“欢迎《太阳照在怒江上》剧组入住”的横幅标语，便抱着看看再说的态度走了进去，没想到还有房间，而且设施、环境都非常不错。

酒店老板是一对 30 多岁的藏族夫妇。好多年前他们就在这里经营，从小客栈起家，如今开业几个月的阿里五已经有模有样：有标准不一的四五十个房间，设施现代，房间里都是智能家居，连窗帘都是自动开关，马桶也是智能调温、自动冲水。据了解，在丙中洛，如此条件的私人酒店还不少。

迷迷糊糊睡去，一夜无梦。听见鸡鸣狗吠，蓦然醒来，打开自动控制窗帘，窗外一幅人间仙境般的世界。最远最高处，是层叠的山峦，山峦下面是村庄，村

庄前面是梯田。早晨的薄雾，在山峦、村庄上空缥缈，牛羊在田野里吃草、闲逛。

于是，在这里一住三天。

天气或阴或晴。每天早上，窗外的景色都随着天气的变化而流动。其实，流动的只有云雾。那云雾，或浓稠或清淡，或缥缈或轻灵，它只那么不经意地悠悠在山岭、茅屋上空移动，整个世界便不同了。躺在床上，晃眼看向窗外，便是流动的水墨画一般的世界，让人恍然不知身在何处。

丙中洛被文青们称为人神共居的人间仙境，冬可观雪景，春可赏百花，秋可走田园，夏可览江河。周边的嘎娃嘎普等雪山，终年积雪。皑皑雪峰，虽遥不可及，也没多少人能够说得出它们准确的名字，但每座雪山都能给人一种晶莹美好的念想。于是，开着车，跋山涉水，我们总想爬到最高位置去看一座座雪山。虽然小镇里的管理和规划有些欠缺，主要街道还是脏乱差，但L说，看见雪山，再躁动的心，便也安了。

七

到达丙中洛的第一天早晨，我们首先去寻访的便是著名的桃花岛。

桃花岛位于丙中洛镇以东的怒江彼岸，当地人称“扎那桶村”。因怒江环绕，而呈半岛状，又因岛上桃花甚多，当地人每年都过桃花节，故称“桃花岛”。

据说，桃花节活动一般在3月桃花开时举行。这是一种古老的生殖崇拜仪式，而且一年为男性，一年为女性，轮流举行。桃花节那天，身着民族盛装的人们，会举行驱鬼祭天、跳锅庄舞、体育竞技等活动。

站在怒江边上，远远望去，桃花岛背靠雄伟的大山，静静依偎在流淌着碧蓝江水的怒江边上。一树树粉红的桃花，点缀在灰黄的房舍和一片片金黄的油菜花田之间，完全就是一幅完美的田园风光画卷。

开车跨过横跨江上的扎那桶吊桥，便来到了桃花岛。但进村的道路正在修缮，我们只能把车停在山脚下，步行进去。路上偶遇一位傈僳族老太太，很和善地给我们指路。

村子里只有20多户人家，据说多为怒族。时值3月，绿树掩映的山坡上，一树树粉红的桃花正在盛开，地上大片大片的油菜花，也灿然金黄。村里的房舍几乎都是木屋，道路都铺上了水泥。有的房屋修缮得很好，有的挂着或餐馆或客栈的招牌。村子很安静，在村里游走了一圈，除遇见一个扫地的老太太、一个洗衣的妇女和一条热情似火直往人身上蹭的小黑狗外，再也没有看见其他人。

和丙中洛镇里一样，环境卫生还是不如想象得那么好，有些杂乱，似乎和“桃花岛”的名声不太匹配。不过，下山的时候，还是看见停了几辆外省牌照的车。看来，慕名而来的人还不少。

或许，许多事物，本真原本就和看上去的不一样。

八

据说，在怒江，凡称为“桶”的，是怒族、傈僳族聚居地；凡称为“当”的，是独龙族聚居地；称为“洛”的，则是藏族聚居地。

名声很响的秋那桶，和我的想象有些差距，没有期许中的那么美好，也没有那么“世外”，和它的名声似乎不大匹配。几十户人家，傍着奔腾的怒江，散落在江边一块方圆大约一平方公里的平地上，有些落寞，有些安静，静到仿佛能听到树叶飘落的声音。大概是因为疫情的缘故，别说游客，就是村里人，几乎也难得见到。从村子中心穿过的马路，两边零零散散摆放着几个摆摊用的木货架。村里人家开的小卖部、小餐馆，都关着门，门上落满了灰尘，看上去好久没有开门了。

天空很蓝，阳光很暖，和风慢慢吹着，白云慢慢飘着。村庄周围都是高耸入云的大山，抬头要看到山顶，帽子几乎就要往下掉。整个村庄的建筑，民族风格特色不是很明显，已经融入了许多现代元素。村庄比丙中洛要整洁、干净许多，但没有丙中洛的闹热，仿若被喧嚣的世界遗忘。还好，村庄周围田地里的油菜花和散落在房前屋后的桃花、梨花开得正旺，给寂静的村庄平添了许多色彩与生动。

和怒江所有的村寨一样，秋那桶村里也有一座天主教堂，不过从其木制的外观来看，更像是座寺庙。教堂边还有座不起眼的墓地，安眠着一位传教士——李文增雅敬神父。一个外国人，为何会不远万里来到这偏狭之地？墓碑背后一定有不少故事。但时光远逝，知道这些故事的，或许只有大山和怒江了。

来在教堂旁边，终于遇到两个小男孩，小的三四岁，大的五六岁，还有一条灰黄色的小狗。小的孩子背着一个用五颜六色的塑料包装袋编织的小背篓，我想，那大约是父母给他的玩具。记得小时候，母亲给我买的第一个“玩具”便是两只挑水的小铁桶，我也是有事没事挑着小桶在村子里到处晃悠，在小伙伴面前显摆。那种喜悦、那种满足，大概和城里孩子得到一个高级变形金刚或者一个洋娃娃是一样的。山里人家，即便给孩子弄个玩物，也追求个用处。

大一点的孩子告诉我，小的是自己的弟弟。爸爸妈妈上山去了。

孩子问我：“你家是不是住在高处？”

我说：“我住在远方。”

他问：“是在天边吗？”

我说：“是的。”

他说：“再长两岁，我就去上学了。上学以后我就去天边了……”

每天视线所及只看见大山和天空的孩子，世界于他们来说，大约也就是大山的高低和天空的远近吧？高处和天边，是他们梦想的地方。

怒江的各种民族，世世代代都是居住在两岸边高耸入云的大山上，他们的地理方位，更多的大概就是高或者低吧。据说这里将大山奉为神的少数民族，认为住得越高，越接近天上的神灵，越能得到神的护佑。所以，这里的许多房子都建在高高的山脊上，从峡谷低处朝上放眼瞭望，房子好像飘浮在蓝天白云里似的，让人恍入仙境。

孩子絮絮叨叨地说着，许多话我只能听个大概，有的像是和我交流，有的像在自言自语。但我明显感受得到他交流和表达的欲望。或许，忙于生活的父母陪伴他们的时间实在太少了，更没有多少空闲来听他们说说自己的向往。

我们还要赶往察瓦龙，只能告别。离开很远了，还看见孩子依依不舍地和我招手。

九

从丙中洛往前，便是那恰洛大峡谷。

那恰洛大峡谷是整个怒江大峡谷精华中的精华部分，沿途景色十分壮观。原始森林茂密，阴柔之水以时间作刀，将大山劈开。陡峻的峡谷以远超科罗拉多之势，屹立于怒江之滨，

千万年来守卫着浩浩江水，一路怒吼向南。

在那恰洛大峡谷的尽头、丙中洛往前35公里，就到滇藏交界处了。过了交界处，便就进入了西藏的最西边。

西藏是我一直想去却一直没有去成的地方。虽然当初没有预定旅程，时间也很紧，而且据说西藏地段的道路都是砂石毛路，很难走，但来到西藏边缘，便挡不住心中久藏的“西藏梦”的诱惑。一横心，我们便任性地出发了。

未知的旅途，总是让人充满期待。

进入西藏地界，柏油路到了尽头，环境陡然一变，山上光秃秃的，稀稀疏疏点缀着灌木丛。穿过一个隧道，就是西藏入境检查站，有警察在守候。过了检查站，行进在西藏的地界上，虽然还是一样的峡谷，但心里有种奇妙兴奋的感觉。峡谷渐渐开阔起来，灌木丛少了，江中不断出现几十亩大的沙洲，堆积着白色的细沙。江边偶尔有零散的村庄。村庄大多很小，就是三五户人家。白墙红边灰顶、方方正正的藏式建筑，散落在苍凉的大山中，那白，很是扎眼。一路上，几乎遇不到人，偶尔，有骑摩托车的人狂奔而过。几头黑色的牦牛在路边闲逛，也不见牧人。

从六库一路走来，都是铺着柏油的二级路，突然来到狭窄、粗糙、坑坑洼洼、坡大、湾多的土石路上，还真是有些不习惯。路的一边是陡峭的大山，山上会有滚石落下，随时有可能砸到车头上；另一边是高几百米的悬崖，悬崖下面就是滔滔江水，一不小心，方向盘没把住，就有可能葬身江中。

新冠肺炎疫情期间，游客不多，有好几个路段有工程车在修路，但还是有不少自驾的车辆在行进。有的车辆开得飞快，车过之处卷起漫天尘烟。去过多次西藏的师傅说，那是西藏的车，他们在西藏广袤的大地上野惯了，所以无拘无束。

道路几乎都是单行道，每遇会车，有一方必须找宽敞的地方停下来，才能过。

峡谷两边，布满褶皱，山呈冷静的灰色，苍茫，硬朗。满目遥遥无终、苍凉灰暗的大山，地老，天荒。

苍茫枯苦的青藏高原，如今立着世界海拔最高的山峰——喜马拉雅，生存环境恶劣，几乎是生命禁区。但据科学家调查研究证实，在两亿年前，这里却是一片广阔的海洋，海水碧蓝，波涛汹涌，五彩斑斓的海洋生物，在这里悠游繁衍……这是怎样的沧海桑田啊？在自然造化面前，个体生命不过是大自然里一粒可有可无的尘埃，尘世间所有的功名利禄、恩爱情仇都不值一提了。置身于这博大荒凉的世界，内心骤然有一种深切的卑微，卑微到尘埃里。

车行半路，突然发现因临时决定，没来得及加油，汽油有点紧张。如果路上熄火，上不挨村下不搭店，那麻烦就大了。一路提心吊胆，最盼望能够遇到加油站。可检查站的人说，只有到察瓦龙才有加油站。于是，我们盼望亲人似的，盼望着看见察瓦龙。快到察瓦龙时，路边出现了很多仙人掌。山上几百米高处沙砾长年滚落，形成近百米宽的“大流沙”。据说，这里一年四季，碎石飞溅，从高处翻滚而下，呼呼有声。但这是这里通往西藏唯一的道路，再危险也必须往前走。我们的车辆经过时，师傅小心谨慎加快速度，我睁大眼睛盯着山体，心怦怦跳着提到嗓子眼，不敢说话，生怕一出声就把坡上的石头给震下来。还好，平安无事。

终于来到察瓦龙。果然，过了检查站，远远就看见有一个加油站，灯塔一般，很耀眼地矗立在路边。油加满，心放下，整个人突然觉得神清气爽。想歇下来休息一下，几条流浪狗一下围拢来讨要吃食，可一大早出门，我们车上没带任何适合它们吃的东西，只好愧疚地和它们告别。

察瓦龙是西藏比较边缘的一个乡镇。据有关资料，这个乡辖区有 4600 平方公里，7000 多人，是西藏林芝面积最大、人口最多的乡。

乡政府所在地坐落在怒江边的高地上，很平，应该有几千亩。据说常驻近两千人。镇里规划整齐，干净整洁，很是安静。一条主街，其实也是公路，顺着公路两边建盖有不少房子，都是藏式建筑，几乎都是酒店和餐馆。

走进一家川菜馆吃饭，老板是四川人，热情厚道，菜做得好吃。他说，自己在这里开餐馆快十年了，见证了察瓦龙的发展变化，和不少来来往往的人成了朋友。

听说我们打算在察瓦龙转转就回丙中洛，老板有些遗憾地说，你们应该去甲应逛逛，来到察瓦龙的人，没有不去甲应的。那是一个美翻天的地方，一路上可以得见梅里雪山的背影，开车、游玩，来回五六个小时足够了。

听过老板的话，我们心动了，朝着甲应出发。

十

梅里雪山的主峰“卡瓦格博”，被尊奉为“八大神山之首”，俗称雪山之神。在藏族信众心中，它不只是一座山，而是屹立在天边的神。每逢藏历羊年，是神山的本命年，西藏、青海、四川、甘肃的大批香客，便不远千里赶来朝拜，众人匍匐转山的场面，令人叹为观止。

千百年来，数百万人走过转山之路，但有一个叫甲应的小村子，就在神山脚

下，却一直被错过。因为转山是绕着梅里雪山走大圆，甲应不在圆上，而在圆心，便鲜为人知了。

在梅里腹地，其实有两处秘境，一个叫错给，另一个叫甲应。

同是秘境，但风格迥异。错给可以看冰川，壮阔无边，动人心魄；甲应则丰饶如海，草原、冰川、古木、圣湖、神山，映照千年岁月。有人说，如果有一个地方能见证沧海桑田，那就是甲应了。

据说，甲应村仅有四户人家。村子本来不存在，许多年前大活佛来此修炼，转世之后，仆人不忍离去，守护着修行圣地，此后，便有了隐秘、圣洁的小村甲应。

几年前，藏在深山人不识的甲应，被背包客发现，成为许多旅人向往的美妙仙境。一个喜欢自驾游的朋友说，他曾四次进入甲应。

按照导航指示的路线，照着餐馆老板描述的路标，我们摸摸索索，朝着甲应一路前行。全是简单修葺的碎石盘山公路，都是上坡。一边是高山，一边是悬崖深谷，许多路段都极为松软，有不少地方有山体滑坡留下的砂石，路过时，心中总不免有些紧张，担心山上会突然滚下石头来。

大山绵延，弯弯拐拐，翻过一座山，幻想着到尽头了，没想到，展现在眼前的，还是山。一座又一座，一山还比一山高，好像无始无终，没有尽头。有几座山不久前发生过山火，山坡上都是黢黑的灰烬，几乎所有树木都只剩下烧煳了突兀地伫立着的粗壮树干，几只乌鸦“哇——哇——”地鸣叫着，时而在天空盘旋，时而停歇在烧煳的树干上，看上去有些悲壮，有些苍凉。

沿着山路往上爬行，爬过几座山峰，一回头，突然看到远处与天际相连的地

方，明亮耀眼。在阳光下熠熠生辉的雪山，绵绵延延，浩浩荡荡，似一群奔腾在天边的白色骏马……

师傅说，那是梅里雪山。实在抵不住诱惑，在垭口处我们将车子停下来，眺望、拍照。山风很大，呼呼地吹着，稍不注意，手机就有可能被吹落到山坳里。

越往高处走，山势越发险峻，森林也越发茂盛，道路却越发狭窄。除了鸟，沿途见不着其他活物，静谧的森林里，只有偶尔的苦呕鸟的幽鸣和哗哗的风声在轻轻回荡。掩藏在森林中的狭窄土路，路面上还有没有化完的残雪，车轮行过，有些打滑，有些摇摆。

仙境般存在的甲应始终没有踪影。我们有些心虚，有些担心。这是通往甲应的路吗？来在一个山箐，终于得见两个闲坐在路边的小伙子。我们停下车来打探："请问甲应村是不是从这条路走？"

他们有些愕然："甲应村？没听说过。"

小伙子的不知所以，让我们有些蒙。连本地人都不知道，甲应真的在附近吗？看看太阳快落山了，车况也不是太好，担心天黑以后无法下山，我们只好忍痛割舍，调头返回察瓦龙镇。

察瓦龙四周，山很高，挡住了西下的太阳。天很早就黑了。天黑之后，星星就出来了，一颗一颗，闪亮在太阳的余晖里。

九点以后，小镇沉寂了，静得仿佛能听到天籁。山影黑魆魆的，静悄悄的，压在窗外。一抬头，繁星密密麻麻，好像一张手就可以捉到掌心里。

在繁星闪烁的静谧夜晚，在高原清透甜蜜的空气中，安然入睡。

甲应，成为我们梦里抵达的地方。

2021 年 3 月写于昆明

吴哥，
无法告别

去过，没有释怀；离开，没有忘却，而是更加深刻地迷恋与想念。

照片、文字、书籍、旅人……记忆，点点滴滴，仿若空气，无所不在。旅途中的所有，都那么美，那么好，那么珍贵。

触摸真实又神秘的历史，才发现，自己早已沉沦、迷失，沉沦在斑驳的城墙内，迷失在精致的废墟下。

——吴哥，成了我挥之不去的魂牵梦萦，始终无法告别。

发现吴哥，王者归来

说到吴哥，脑海中总会闪现一系列关键词：古老、文明、神秘、浪漫、微笑。这些元素，杂糅成一剂迷幻的药，对我产生魔幻般的吸引。可内心里，吴哥终是一个神圣的去处，是灵魂的朝圣、追寻与漫游。踌躇许多年，一直不敢轻易出发。

一个深冬的早晨，沐浴着春城温暖的阳光，赖在露台的藤椅上看台湾文化学者蒋勋的《吴哥之美》，抬眼看蓝天中一只长着美丽羽毛的翠鸟悠然飞过。突然，决定出发，去吴哥。

关于吴哥，研究的专家、学者很多，被记录的历史也不少，旅游的攻略更是不计其数。刚到吴哥在酒店住下，友人就送了一本最热门的《柬埔寨，五月绽放》。可阅尽所有，于我来说，那个神秘消失的王国仍然神秘。吴哥被淹没的秘密仍然太多太多。真相究竟是什么？没有任何答案。或许，永远不会有答案。或许，犹如吴哥美丽神秘的微笑，本来就没有答案。尤其是繁盛的吴哥为何迅速衰败？后来，近400年的历史，为何几近空白？

空白，对于要探究一个国度的文明史的考古或者史学家来说，也许有些悲摧，但对于闲逛的我来说，犹如中国画的留白。因了这些留白，吴哥比那些有详细历史记述可以解读的文明国度，更加魅惑。

据记载，公元802年，国王贾亚瓦曼二世统一了高棉王国，在洞里萨湖北岸兴建首都，定名“吴哥”。之后400多年，历代国王大兴土木，建造宫殿与寺庙，使吴哥逐渐成为整个高棉人的宗教及精神中心。

公元1295年，元朝使节周达观率领使节团出访真腊，来到吴哥。在这片古老的土地上，发现了这个风华绝代、盛极一时的城池，它的热闹繁华、熠熠生辉、辉煌雄伟，使周达观兴奋不已。回国后，他以游记形式创作了《真腊风土记》，饱含挚情，描绘了真腊国都吴哥城的建筑和雕刻艺术；详细叙述了当地居民的生活、经济、文化习俗、语言；并记载了真腊的山川、物产等；其中还记载了当时居住在真腊的海外华人的状况，为这个伟大的王朝留下了极为珍贵也是它后来被世人再度唤醒的重要史籍和印记。

1431年，暹罗军队入侵，吴哥遭遇浩劫，损失惨重。王朝被迫放弃吴哥，迁都金边。从此，骄傲的吴哥在柬埔寨的丛林中沉沉睡去，渐渐被世人遗忘。

直到几百年之后的1860年，高棉成为法国殖民地，法国植物学家亨利·穆奥为了收集植物标本，循着周达观《真腊风土记》中吴哥王朝的神秘影踪，来到暹粒，才在热带森林中欣喜邂逅了这座在几百年风雨沧桑的冲刷中已经破败不堪的城池。"此地庙宇之宏伟，远胜古希腊、罗马遗留给我们的一切，走出吴哥庙宇，重返人间，刹那间犹如从灿烂的文明堕入蛮荒……"

但这个世界常常真的很混沌，不是所有的诚挚都能被感知，不是所有的真实都能被认可，不是所有的真情都能被感动，不是所有的真理都能立足，不是你有多少努力就会有多少光亮……让人唏嘘的是，世人对亨利·穆奥的发现很是默然。据说，当他热切地向媒体宣布他在东南亚热带丛林里的所见所闻和惊人发现时，竟然没有一个人相信，还当他是个疯子，表情冷漠地看着他。这使一心怀揣要让吴哥古迹传遍世界良好愿望的亨利·穆奥心灵受到了重创。

面对世人的默然乃至嘲笑，亨利·穆奥哑默无语。最后，他伤心落寞地收拾行装，独自重返掩埋着吴哥古迹的热带雨林，同时一路收集他潜心研究的昆虫标本，特别是蝴蝶标本。更让人伤痛的是，返回丛林不久，年仅35岁的亨利·穆奥在1861年11月10日不幸去世。

35岁，多么美好的年华！他人生的种种璀璨才刚刚开始，便黯然陨落，好像繁盛的吴哥突然消失一样，让人有种无法言喻甚至窒息的不舍、伤痛与不甘。亨利·穆奥用自己年轻的生命，赤诚的情怀，对吴哥做了最虔诚、最崇高的祭奠。

据说，亨利·穆奥的离世是因身体严重劳累和体能极限透支所致。但我想，对他最深的伤害，或许更是他内心深处那种不被世人理解的不可名状的孤独、惆怅、无奈、落寞与荒凉的深深缠绕。对一个挚情、单纯的人来说，内心的孤独、荒凉与伤痛，往往要比体肤的伤痛更致命。茫茫尘世，作为个体，孤独似乎是人类无极的宿命，要与这个世界亲密融合，没有嫌隙，真不是一件容易的事，甚至是一种奢望。

常常，我们每个人在渴望被理解、希望遇到知音的同时，又总是简单粗暴地拒人于千里之外，习惯用质疑的眼光、防范乃至龌龊的心态，无情将别人囚禁于孤独无奈的牢笼之中。让－雅克·卢梭，学识渊博，多才多艺，如今已被誉为伟大的哲学家、思想家、文学家、教育家……世人似乎想把所有的溢美之词都加在他的身上。可曾几何时，他受到种种迫害和打击，几乎被整个世界抛弃。为此他开始了长达八年的逃亡生活。长期遭受迫害和漂泊无定，使他的身体衰弱不堪，几乎把他带到了疯狂崩溃的边缘，致使他不得不遁世隐居，去到了圣皮埃尔岛。为了剖析自己，冲洗掉世人涂抹在他身上的那些污泥，他写下了著名的《忏悔录》和《一个孤独漫步者的遐想》，为人类文明史留下了两部伟大的著作。“在这个世界上，我既无亲邻，也无友伴，更无兄弟，我住在地球上，就如同坠落在一个陌生星球上……”这是怎样的绝望与孤独啊！还好，后来在他的有生之年，世人终于理解了他的观点和精神，并给了他应得的荣耀与尊重。而世间很多人，是没有卢梭的幸运的。

不过，令人欣慰的是，有时候混沌的世界也会开眼——亨利·穆奥用热血与生命写就的关于吴哥的《 环球游记》，在他去世一年多后终于在世界引起多方关注。从此，“亨利·穆奥”成为“吴哥”的一部分，随着吴哥一起永恒。这也算是对亨利·穆奥灵魂最好的告慰吧。也是从那时起，伴随着对古迹的掠夺和偷盗，吴哥的发掘和修复工作一直在进行，直到现在也没有结束。

1992年，联合国教科文组织世界遗产委员会把吴哥古迹列为世界文化遗产，吴哥古迹与中国的长城、埃及的金字塔和印度尼西亚的婆罗浮屠，并称为东方四大奇迹，是世界七大奇迹之一。

神秘的意境，绝美的凄凉，别样的绚丽，成为吴哥吸引人们前来的致命引力。

这片沉寂了几百年的土地，再次人声鼎沸，熙来攘往。

怀揣各种心思的人们接踵而来，渴望能通过亲近拜谒沉睡了几百年的佛国，聆听佛陀的真言。柬埔寨，因吴哥这通往神话天堂的朝拜之门被叩启而声名大噪。

吴哥，这座由宫殿、寺庙、花园、城堡组成的古城，古高棉王国的首都，终于，王者归来，闻名于世。

吴哥的魅惑

从昆明辗转金边，再从金边到吴哥，一路上，柬埔寨低矮的房屋、飞扬的尘土、破旧的道路——满目的贫穷、落后，让我对这个王国曾经的期许有些黯然。但踏上吴哥土地的那一刻，才发现一路上的风尘仆仆，原来是吴哥为我预备的红尘古道，是千年回眸之前的无声叹息。

吴哥的深冬，依然闷热。

走出机场大门，一股热浪扑面而来，仿如进入桑拿房，让人一下通身冒出细汗，感到略微有些眩晕。

吴哥地处低纬度地区，属热带气候，11月至次年4月，平均气温为25 ~ 32℃，吹较干凉的东北季风，天天丽日蓝天，是吴哥最凉爽的旱季，也是旅游旺季。5月至10月，因受西南季风的影响，气温徘徊在33℃左右，加上雨量充沛，湿度高达90%，潮湿酷热。

“这可是吴哥最最舒服的季节了。”来机场接我们的云南文投集团住吴哥的傅先生看着我们燥热难安，上车后就把空调开到了最高挡。傅先生在吴哥已经有六七年了，为了《吴哥的微笑》。

《吴哥的微笑》是在中国文化部和柬埔寨文化部共同支持下，由云南文投集团投资，于2010年在吴哥打造的一台全方位展示吴哥王朝历史的大型文化旅游驻场演出，全剧选取吴哥文化瑰宝中最具代表性的文化意象，结合现代手法加以表现。演出气势恢宏，阵容庞大，内容精彩绝伦，由柬中两国艺术家共同编创，运用现代高科技手法，浓缩吴哥王朝所有精华，魔幻般呈现多维立体空间，被观众誉为“柬埔寨鲜活的文化艺术博物馆”。自2010年11月28日公演以来，已经演出近两千场，接待了来自60多个国家的100多万观众，受到了柬埔寨官方及各国观众的高度评价。2012年被中国政府授予“文化出口重点项目”，被柬埔寨政府授予“柬埔寨旅游特殊贡献奖”。如今，随着集团业务的拓展，除了《吴哥的微笑》，他们在这片热土上还规划了许多梦想。

傅先生本是云南人，从小在冬无严寒、夏无酷暑的云南长大。刚来吴哥的时候，那闷热的天气曾经让他极不适应。可没过多久，他就被吴哥魅惑了。

“这是一个隐匿在热带丛林中的魔幻世界，一旦深入，你便欲罢不能。”说起吴哥，傅先生的话语中都是挚情和赞叹。

“我们刚来吴哥的时候，才有一条街，房子也很少，来旅游的大多是欧美人。《吴哥的微笑》观众也不多，当地演出的演员经常流失，很难找。如今，吴哥的街道拓展了好几条，城市发展很快，来旅游、做生意的中国人也多了，《吴哥的微笑》观众也多了，每天一场演出几乎都满座。这几年吴哥房价涨得也很快。来我们吴哥买房子吧！”

几年下来，傅先生俨然已经把自己当成吴哥人了，每年只有休假才回国。家人来吴哥探亲之后，也爱上了吴哥。

“女儿把这里当成了另外一个家，每次放假都要过来住上一段时间。这是一个你来了不想走，走了还想再来的魔幻之地。”傅先生喜欢摄影和写作，他拍摄的大多是吴哥，写的也大多是吴哥。

“当你一踏进吴哥，你的心灵就会受到强烈的震撼；她的一切是那么残散，那么古老，又那么神圣。她是一部凝固的历史，一幅雄伟又凄美的画卷。尤其是日落的时候，吴哥给你的感觉无法言喻……”在傅先生的眼里，吴哥似乎处处都是好。

吴哥古迹其实是十几座石头建筑的寺庙废墟。吴哥王朝所有的人居建筑都是木质材料建筑，只有寺庙才使用石材。那些包括王宫在内的木质建筑早已在历史的各种灾难中毁灭殆尽，只有这些坚固的巨石砌筑的寺庙遗迹依然耸立于世，承载并见证着高棉人长达两千多年的智慧与文明、耻辱与荣耀。

吴哥通、吴哥窟、巴戎寺、巴肯寺、茶胶寺、圣牛寺、豆蔻寺、比粒寺、圣剑寺、龙蟠水池、空中宫殿、女王宫、东池、西池、北池……吴哥古迹由大小600多座雕有精美石刻浮雕的建筑物和许多宏伟壮丽的宝塔构成，大都是佛教、印度教庙宇和宫殿，犹如隐世高人，散落在吴哥地区方圆45平方公里的热带森林里。这些佛塔全部用巨大的石块垒砌而成，有些石块重达8吨以上。佛塔刻有各种形态的雕像，有的高达数米，生动逼真。其建筑艺术与雕刻艺术之雄伟庄严、璀璨夺目、浑然天成，处处显示出复杂、生动、高贵、静穆、庄严的伟大。充满活力、旋律、节奏、内涵与意蕴的建筑与浮雕，一下下撞击、丰富着你的内心，让你无法不诚服。在看到这一切的一刹那，你会感到心在战栗。此时，你除了怀着敬慕的心情默默凝视，几乎无法再组合一个词去赞美这建筑史上的奇迹，当你身处其中，只有满满的敬佩与震撼，所有的语言在这样的景观面前都显得苍白无力！这里，除了唯美，还是唯美。

吴哥寺，又称小吴哥（Angkor Wat），即蜚声世界的吴哥窟。它的形象不仅印在柬埔寨王国的国旗上，成为今天柬埔寨国家的标志，同时也镌刻在人类史册中，是吴哥古迹中最大而且保存得最好的建筑，是吴哥时代艺术鼎盛时期的代表。

吴哥窟，意为王者之庙，主门进入，是一条石板大道，直通中央的庙殿。中央大道两侧宽阔的广场芳草萋萋，巨石砌就的藏经阁颓败不堪，却又坚硬地屹立着。城墙蜿蜒起伏，没入葳蕤林莽。墙外的护城河幽光闪闪，河岸边的丛林郁郁葱葱。

围墙为方形，由三个大阶梯围绕着，四个角落皆有宝塔遗迹。墙内部分成东、南、西、北四廊，每廊又分两翼。回廊很长，上面饰满精巧浮雕，或歌颂信仰，或叙述历史，或纪录生活，多姿多彩。

中心是一座圣山样的宝塔，宏伟壮观，是山形庙殿的最高峰。登临庙殿，

四周风貌一览无余。庙殿里供奉着印度教的保护神毗湿奴神。据说圣山象征印度神话中位于世界中心的须弥山，五座宝塔，象征须弥山的五座山峰。它最初是苏利耶跋摩二世为供奉毗湿奴（传说中掌握宇宙大权的三大主神之一）而建，历时89年才完工，是吴哥遗迹中保存最完整的寺庙。据说，印度教崇拜东方，因为东方是日出的方向，象征着生命与兴旺，所以吴哥的寺庙都是朝东的。小吴哥是唯一一座正门朝西的建筑。有学者认为，这可能是苏利耶跋摩二世为自己建造的死后陵寝，所以寺庙正面朝西，面向日落，浮雕逆时针方向排列。我想，小吴哥或许寄托着一个帝国国王渴望千秋万代永远不朽的梦想吧。

女王宫是吴哥最独特的建筑群，誉为吴哥古迹的明珠。建于公元967年，比一般的寺庙低矮平缓许多，石阶没有陡峭的高度。女王宫其实与女王没有一点关系，它只是一个噱头。有导游说，当地原是一个无名的小村，后来出了一位美女，嫁入皇宫，在她的家乡建此寺，故名女王宫。又一说是因为这寺庙的雕刻精妙绝伦，疑是女工匠建造，所以才称女王宫。

女王宫的建材是一种含玫瑰红色的细纱岩石，在阳光的照射下，反映出浅浅的粉红色泽，精美绝伦！墙壁的颜色经过岁月的洗礼，呈现出无法言喻的斑驳而又丰富的色调，我想任凭世间再高超的画师，也无法调和出如此美妙迷人的色彩！

巴肯寺建在巴肯山上，是一座国家寺庙，有四座塔门直通山顶，都残留着巨大石狮的雕刻，守护着寺庙的庄严入口。寺庙通道和石壁上都残留着精美的雕刻。那些栩栩如生的人物、石狮，以及象征着男女生殖器的林迦、湿婆，明显表现出1000多年前石刻的精准技法与风格。千年过去，虽然岁月的风沙掩盖了昔日帝

都的雄风，流逝的光阴带走了当年城内的巍峨宫殿与繁华闹市，但是那精美的雕刻和悠悠的古塔，却明显昭示着它昨日的风华和古韵。

可是，崩密列的感觉却截然不同。崩密列，意为“荷花池”，是一座距离吴哥古迹群最远的遗迹。有人说这里是吴哥遗迹群中最值得去、同时也是最难前往的遗迹。不过，道路修缮后，现在的崩密列已不再难亲近。

崩密列建于 11 世纪末到 12 世纪初。这座印度庙宇是用来供奉湿婆神的，是吴哥建筑群第一座完全用沙石建筑的庙宇。这是一座破败、隐秘、未经修缮的寺庙，据说，因为还没有完工，原本应该有浮雕的寺墙上都空空如也。这里支离破碎，乱石林立，到处都是断壁残垣。穿行在残垣断壁的废墟之上，满眼坍塌的巨石、凋零的废墟、宏大的规模和依稀可见的昔日辉煌，会让你惘然若失，内心最柔弱的部分，会不禁为之隐隐作痛。

大吴哥呈正方形，方圆十平方公里，是吴哥王朝的首都。在当时可以居住上百万人，这样的规模远超过鼎鼎大名的罗马古城。全城 5 道城门，4 道通向城中心的巴戎寺，还有一道通向皇宫的胜利门。巴戎寺由 54 座大大小小的宝塔所组成，塔身四面都刻有一模一样的佛陀神像，这就是令吴哥窟蜚声世界的“吴哥的微笑”。

微笑的石佛坐落在城中区，是吴哥城庙建筑的标志性符号。据说石佛是国王阇耶跋摩七世的面容。

穿行在众多佛塔间，身处任何一个角落，这双微笑的眼，都会满是慈悲与怜惜地注视着你，眼中仿佛看穿世事却又悲悯众生。

巴戎寺是阇耶跋摩七世晚年为自己建造的陵寝寺庙。阇耶跋摩是大乘教信徒，所以整个寺庙的石阶石壁上精雕细刻着“罗摩衍那”的故事。

和吴哥所有寺庙又窄又陡的阶梯一样，攀爬在巴戎寺越来越陡的石阶上，你必须手脚并用，五体投地，而且要专心一致，虔诚投入。否则，你几乎无法前行。其实，攀爬的过程也便是参禅修行的过程。往上的过程中，你无法抬头仰视，但尖塔上一百多个静慕微笑的面孔，仿佛初日下水面绽放的莲花，温情地吸引着你继续向上攀登。

或许，佛陀并无悲喜，他不会因为无人问津的寂寂荒凉而忧愁，也不会因为众星捧月的至高荣耀而欣喜。宁静，致远，那穿越了万丈红尘的眼眸，早已看透千百年的轮回，那充斥了佛学精髓的胸怀中，早已包容了尘世的得失忧患。

吴哥的雕刻时光

任何一个古老的国家，任何一个伟大的民族都会在人类历史上留下种种痕迹。在没有“声光音画”记录的年代，除了文字书籍，建筑、雕塑以及雕刻，无疑便是今天人们了解这些国家民族历史，解读岁月最生动、最完美、最悠久、最准确、最真实的记录。

对于没有多少文字记录、几乎被世界遗忘的吴哥的那一段历史来说，每一处古迹、每一尊塑像、每一处雕刻都凸显出这一点，成为柬埔寨灿烂文明弥足珍贵、永恒多彩的“立体文字”。

远眺吴哥，气势磅礴，规模宏大，意境优雅，

矜持高贵，拒人千里。可除了雄伟、宏大的建筑，吴哥无处不在的雕刻和那些雕刻呈现的迷幻丰富的世界，则是它耀世辉煌却又亲切无边的另一种存在，是吴哥的魂灵。

短短三天时间的游走和知识的局限，我们无法深入了解吴哥文明遗迹内涵的所有表达，但是，那及目皆是的精美建筑装饰和雕刻艺术，却让人无不惊叹。

吴哥时期的人们用雕刻来表达思想，将灿烂的文明雕刻在每一块石头上。每一块石头，都诉说着一个故事。无论是佛寺、城堡、宫殿、花园，还是那些悠长的回廊，随处可见的雕刻，图说着天堂与地狱、战争与和平、爱恨与情仇，念诵着苍远的佛的印记，传达着来自远古的声息……漫步其中，就像在阅览一部生动的吴哥文明史，在品读一本刻在建筑上的石头书。

台基、回廊、蹬道、宝塔，构成吴哥错综复杂的建筑群。其布局规模宏大，比例匀称、设计简单庄严，全部建筑用砂石砌成。石块之间无灰浆或其他黏合剂，靠石块表面形状的规整以及本身的重量，彼此结合在一起。吴哥几乎没有大的殿堂，石室门道均狭小阴暗。吴哥许多古迹都以台基为基础。据说，台基结构源自希腊，传入印度，从印度传入真腊后，演变成为吴哥建筑的重要特色之一。10 世纪初建的巴肯寺有五层台基，10 世纪中叶建的空中宫殿有四层台基……

这种建筑结构起初可能是因为柬埔寨常遭受湄公河泛滥之灾为避洪水的原因，时至今日，柬埔寨的许多民居仍搭在高架上。但到后来，则发展成为吴哥建筑艺术的一个重要组成部分。河水不到的高层建筑，如吴哥窟第二三层的内院小藏经阁，也都有了台基。

如果说吴哥的雄伟是适合看的话，那吴哥的艺术装饰、各种雕刻则是最适合静品的。从吴哥的建筑和雕刻可以看出，吴哥时代无疑是柬埔寨艺术的黄金时代和古典时代。据了解，她的传统美术以婆罗门教和大乘佛教为主要内容，并伴随着对高棉国王神话的祭祀崇拜思想，主要通过婆罗门教神庙建筑和雕塑等主要形式表现出来。高棉民族在大规模的寺庙建筑为主题的艺术创造活动中，充分发挥了自己的艺术天分。

艺术装饰主要集中在建筑外部。一般台基上的圆雕神像有些沉重呆板，但浮雕却极为精致，手法娴熟，场面复杂，人物姿态生动，形象逼真，富有真实感，且有重叠的层次显示深远的空间。例如女王宫等的雕刻堪称精美，虽然复杂，但不琐碎。无论是门楣门框，还是墙壁石阶，每一幅图都构思奇巧，布局均匀，舒卷自如，像中国的丝绣、波斯的织毯、欧洲教堂的玻璃窗花，闪动着火焰，像一个个无法忘记的梦幻，是建筑艺术的伟大奇迹。身临其境，仍有着超乎想象的震撼。

雕刻就形态而言，既有圆雕，半圆雕，也有浮雕。浮雕中，既有浅浮雕，也有高浮雕，还有线刻。内容主要是有关印度教大神毗湿奴的传说，取材于印度史诗《摩诃婆罗多》和《罗摩衍那》及《乳海》等印度教神话传说，也有战争、皇家出行、烹饪、工艺、农业活动等世俗情景。装饰图案则以动植物为主题。

许多墙上都刻有婀娜多姿的人像浮雕，据说是象征仙女下凡，这一群手舞足蹈的美丽仙女叫作阿帕莎拉，又被喻为东方的蒙娜丽莎，相传是由浪花所变成的。

宏伟的吴哥，因为有了这群俏丽的仙女环绕，整个鲜活了起来。特别是“阿普萨拉”的舞蹈形象，个个体态丰韵，线条优美。无论头部发型，还是身上的配饰，以及下身的裙裾，都是细腻精巧，风采各异，如织锦刺绣一般。仙女的夸张动作和华彩服饰，显然是出自宗教仪式的表演，也是雕刻家审美的彰显。以千年前的雕刻技术来说，竟然能把仙女刻画得如此活灵活现，而且每一尊的表情、面貌、衣着完全不同，真可说是鬼斧神工之作。

仔细看来，每一座雕刻都表达了一段佛教的传说故事：湿婆神怀抱着妻子坐在五重山上，恶魔伸出无数手臂，大地震动，破浪翻滚，猴子乱窜，大象奔逃，神鸟高飞。

有的浮雕将具有多视角、多风格、多空间的雕刻造型置于一个层面，巧妙处理，有机融合，匠心独妙，出人意料却又合乎艺术的至情至理。古代艺人们似乎用他们对生命的感悟，纵情表现印度神话和柬埔寨的风土人情。还有的浮雕中点缀并填满了种种刻画生动、细致入微的动植物图像，并以图案手法概括。面对一面面横竖有致、线韵径流、画面优美的浮雕墙，历史、过往在你的眼前缓缓展开，空间在此错位，时间在此融合，一个源自人间烟火的极乐世界在你的眼前呈现。

除了墙面雕刻引人侧目，其他处处也可见精美细腻的刻画，有时是在柱子上，有时是在门楣、窗户上，有时是在墙角……有凸出的、也有凹入的，甚至是两者交替的作品也都不难发现。就连许多走廊上的窗子，也是以雕刻精美的小石柱作栅栏。当阳光透过窗子洒入长廊，便融合出一种人文与自然交错的美感。

吴哥寺的回廊似乎不是为了通过，而是邀请人们停留。因为回廊实在太漂亮，就像是一条漫长的时光隧道，用精美的浮雕生动地讲述了神话传说和人间的爱恨情仇，记录了当年君王的战争史与生活史……走在那些悠长的回廊里，明亮的光线透过陀形窗栅和或方形廊柱，照进回廊，形成一道长长的光阶，恍若隔世。明亮的光线透过窗栅和廊柱照进来，形成一道长长的光阶，恍若钢琴上的黑白键，弹奏着无声的梵音神曲；又像是岁月的阶梯，将你引回遥远的吴哥王朝时代。穿

过石室，我看到几百米外回廊尽头的光芒，那些光来自神殿外的天空，穿过了层层门槛；脚下的石块已被磨光，泛着森森的光。

有人说，文字记述的历史只能启动想象，而建筑和雕刻记述的历史，才是摸得着看得见的真实表达。只有你亲自去感受，伸手去触摸那些石雕石刻，用心与那些神秘的建筑、雕刻对话，你才能略微体悟吴哥。

如果不赶时间，你可以徜徉吴哥，找一条小路去走一走，找一座寺庙去看一看，在一面浮雕墙面前发一发呆，在一个雕刻精美的门楣下面坐一坐……仿若阅读一本故事书，一边闲走一边浏览，在博大而深邃的佛的世界，仰望着高高微笑的佛塔感叹，触摸着精美的浮雕遐想，凝视着佛陀神秘的微笑沉思，揣摩着神的悲喜一起感伤。与远古来一次没有任何功利的交流与对话，在安静沉默中，找到自己。

树，吴哥真正的永恒

吴哥是离不开树的。没有树，吴哥便没有了灵性，没有了风情。

吴哥的树，茂盛而神奇，静谧而盎然，是自然的本相，更是生命的礼赞。

漫步吴哥那些寺院庙宇之间，百年老树盘根错节，缠绕着千年古石，似乎剪不断理还乱，你说不出究竟是树缠石还是石缠树。许多庙宇与周围的树木长时间交融相处，使墙壁上生出了无数枝干，执着地与庙宇纠缠在一起，渐渐融为一体，自然与人文高度凝聚，古树扎根于石缝之间，抱石而生。巨大的根系如狂蟒纠结，然后沿石蔓生，遒劲的躯干如飞龙在天，就那样在乱石之间苍劲着，顽强着，不管不顾地伸展着。而今，葱茂的树叶就像祈神的臂膀，成功地伸向天际，与神庙交错相缠，蔚为壮观。

塔普伦寺，这座因《古墓丽影》和《花样年华》曾在此拍摄而蜚声中外的寺庙，据说是吴哥王朝的国王加亚华尔曼七世为他母亲修建的陵墓。据资料记载，寺庙兴建于1186年。如今寺院已被当地人称为蛇树的卡波克树所盘踞。据说，如今遮天蔽日已和寺庙纠缠得犹如人体的血脉筋骨一般的大树，最初由一颗不起眼的种子开始，历经数百年的努力，深稳紧密地缚住神庙，让枝干有力地向天攀升。走进塔布隆寺，你仿佛进入到丛林探险的冒险游戏中，树木蜿蜒如蟒蛇的身躯，与石室、石雕、石墙千姿百态地纠缠在一起，或沿着墙壁攀爬上下，或如藤蔓缠绕其间，或如巨人泰山压顶，树与寺庙的石块进行着震慑人心的对垒。塔普隆在与树的纠缠之中，不知不觉已散了架子。

在崩密列，杂树丛生，墙上、墙下、屋内，树根深深嵌入墙石的缝隙中，让你不知道乱石和树，到底谁才是这里真正的主宰？你不得不感慨，自然力量的神奇而伟大，一颗微不足道的种子，轻而易举地就摧毁了人类多少世纪孜孜以求的永恒。

犹如塔普伦寺和崩密列，吴哥的许多寺庙，都被古树缠绕着，巨大的热带树木，用巨蟒一样的根系紧紧地缠绕着庙墙寺塔，有些古树骑跨在围墙上，盘根错节，蜿蜒攀附。墙体与古树一起倾斜，崩裂，看似摇摇欲坠，却又勾连锁系，形成一种微妙特殊的共生关系。

在吴哥，随处可见树把围墙撕裂，树根从屋顶错落而下几十米，然后掀开了石阶又扎入地下。浅色的树干布满岁月的皱纹，光看枝干，仿佛早已枯死，在这里伸展着悲怆的历史造型，可是你沿着它昂然向上直指天空的势头望去，顶端却一下子涌出那些鲜活的叶子，披着金色的阳光。

坐落于热带雨林，吴哥周边的树种很是丰富。在吴哥寺的护城河边，有具备神性的菩提树；有给菩提做伴、苗条又伟岸、让人伸手可触却又高不可攀的桉树；有树冠铺展得很远，犹如一把巨大的绿伞，开满鲜艳红花，让5月的红霞也自愧不如，满城都是的凤凰树；有默默地站在吴哥寺前的水池边，陪伴吴哥经历了无数日出日落的棕榈树。

最多的是随遇而安、在吴哥随处可见、茂盛葱茏的榕树。榕树细如发丝的气根悬在空中就可以生长，一沾到岩石就巴住不放，如蛇一般四处乱爬，见缝就钻，遇石就缠，就膨胀，就壮大，就生长，就蔓延。她把自己的梦境布满天空与地面，用筋脉相通的网状根将一座座神塔整个包裹起来，形成树包塔的奇观！还有许多不知名高大威猛的树，挺立在废墟之上。

这些树将吴哥热带的世界铺满了无边的绿，陪伴悲怆苍凉的吴哥古城从远古走到现在，走向未来。但让人们纠结的是，熬过历史沧桑、战火摧残的吴哥，却正在逐步卷入另一场可怕的与树的纠缠之中。

据说当亨利·穆奥发现吴哥时，板根树已然占领了大片领土。近一百多年来，世界各国的文物保护单位为对吴哥窟的树木进退两难。建筑全部用石块垒成，没有用石灰水泥填满缝隙。加上早期伐毁的树木在一年近8个月的雨季里喝饱雨水，空气潮湿，温度适宜，旱季光照充足，占尽天时地利，这些不成材的树便痴痴地疯长起来。如今，人们轻易不敢去砍伐那些树，因为树撑起了吴哥茂盛的世界，但是由于她的板根强劲的撬动，那些近千年的古寺或许某一天便轰然倒塌。为了保护珍贵的世界遗产，世界许多国家都派出文物修复专家抢救吴哥窟。但是树木与建筑既相互依存又相互威胁的现状，让这些想保存吴哥窟荣耀的专家们倍感棘手：如果清理掉建筑中的树木，寺庙就会倒塌，因为树木的根茎是维系吴哥窟多处断壁残垣的唯一凭借。如果不清理这些树木，照此发展下去，树木的生长会不断挤压早已摇摇欲坠的脆弱建筑，用不了多久，它们就会摧毁这些千年古迹。文物专家们没有办法改变这些寺庙的现状，只能修剪一下这些树木。让人忧伤的是，或许，无论人类怎样努力，吴哥终会倒下，它们的位置将会被树木取代。无法改变的残酷现实，让为这些艺术瑰宝心醉的人心碎。

或许，这便是风水轮流转的自然法则。遥想一千多年前，这里没有建筑，而是南亚最大的一片热带雨林，各种树木，葱茏茂密，生机勃勃，竞相生长，构建着一片宁静而和谐的绿色王国。直到有一天，人类的足迹出现在这里，他们用刀斧，用火，蛮横地将一棵棵大树砍倒、烧死，最终，一片片森林被烧成灰烬，夷为平地。然后，许多巨石从别处运来，在上百年的时间里，一座又一座寺庙在森林的心脏地带挺起。最终，一座座令人叹为观止的世界奇迹产生了。但那些被砍倒的树木，并没有屈服于人类的屠刀烈火，它们将屈辱与愤怒的根须深深埋在地下，等待机会破土而出，收复自己的家园。接下来，在一场关于时间和耐力的比拼中，人类的文明开始屈服于自然。吴哥王朝覆灭后，吴哥窟被遗弃，树木的进攻由此拉开了序幕，一点点蚕食和瓦解，让这些“占领者”崩塌，破碎，走向毁灭。或许，先进的科技，精湛的工艺，能暂时延缓吴哥窟衰败的速度，但在强大的自然力量面前，她或许终究无法逃脱毁灭的命运。

树，因吴哥而永恒。说不清究竟是树伴着千年古石生还是石被古树缠。其实，无论如何没有人能够真正说得清楚他们之间的关系。纠缠了千百年，爱恨情仇只有他们自己明白。

有人说，做一棵吴哥窟的树，安静地站在那里，自有阳光来晒，暴雨来浇，脚下有肥沃的土地，不仅可以光合古寺里的神秘气息，还可以汲取千百年来的传说。你可以自由自在地生长，蓬蓬勃勃地向着天空，高高举起一生的青翠欲滴。

“如果有来生，要做一棵树，站成永恒，没有悲伤的姿势：一半在尘土里安详，一半在空中飞扬；一半散落阴凉，一半沐浴阳光。非常沉默，非常骄傲，从不依靠，从不寻找。”想起三毛的这段话，忽然觉得有些矫情，因为这对于吴哥的树

来说，或许它们根本不会去想什么悲伤，什么安详，什么骄傲，什么依靠，它们只是在践行一场生命最本真的使命：顺势而为，借助一切力量安静生长，长成树木原本应该有的模样。

树，或许才是这片土地上真正的永恒。

吴哥的晨曦暮霭

游走吴哥，无论如何是不该错过晨曦暮霭的。在晨曦的繁华与暮霭的落寞中，吴哥，用遗世独立、恬淡怡然的表情，写就一部无字经书，摆放在苍茫岁月辽阔无边的桌案上，述说着人世凡尘的悲喜苍凉与历史的雨雪风霜。

在中国人心中，无论在世界的任何一个角落，晨曦暮霭多少都有些诗意的韵味。傅先生说，早晨和夜晚的吴哥，才是最有味道、最值得咀嚼的。作为好摄之徒，在吴哥他拍得最多的照片是早晨和傍晚。但吴哥的魅力，是用再好的相机、再好的技术也难以捕捉诠释的。随着光线的折射，灰色，绿色，红色……混杂在一起的丰富色彩，搭配上石头质地独有的斑驳美感，亲眼见到，才能深刻感受那只可意会不可言传的美妙。来到暹粒许多年，他常常在傍晚游人离开的时候走近吴哥，或漫步在残垣断壁之间，倾听石头缝隙和精美石雕里来自远古的细语，或静静坐在廊桥上，看太阳从塔顶慢慢落下，看月亮从塔尖慢慢升起。落日和月亮的不同光影，在微笑佛安详神秘的面容上流淌，不断变幻着吴哥的面容。那时候的吴哥，神秘，幽静，迷幻。而看晨曦日出，小吴哥是最美的地方。

看着傅先生述说时沉醉的面容，我有些纳闷，小吴哥周围既没有山，也没有其他高地，怎么看日出呢？后来才知道，在小吴哥看日出，不是像日常一样地站在山头看太阳怎样冒出山尖，而是看早晨环绕小吴哥护城河的水面，看小吴哥在早晨旖旎霞光的万千宠爱中，倒映在水面的灿烂无比、神秘魔幻。

起大早去看日出的人很多，影影绰绰，游动在朦胧的晨曦里。无论是走在廊桥上，还是守候在护城河边，人们都静静的，悄悄的，轻轻的，似乎都怕惊扰了小吴哥的美梦，偶尔言语，也是窃窃私语。每个人似乎都怀揣一颗虔诚的心，在朦胧时光中触摸感受小吴哥晨醒时的脉搏与呓语，在庄严肃穆与静默期盼中，守候太阳从大地深处探出头普照在小吴哥和护城河的那魔幻一瞬。

晨曦时分，黯蓝的天空没有一丝云彩。在晨曦的微光中，踏上小吴哥的彩虹桥，循着自远古走来的足迹和斑驳的岁月，朝着那神妙的建筑靠近，靠近，轻轻的，轻轻的，一步，一步。

历史的，远古的，或传说、或魔幻的所有，蜂拥而至，扑面而来，有些悲壮，有些苍凉。内心陡然有种神奇的宁静，浑身上下感到从未有过的通透舒畅。

遥想千年前，王的身影，是否就是在每一个这样的早晨，这样呈现在他的子民面前？

伴随着苍茫大地微露的蒸腾，小吴哥似乎也从暗夜中慢慢苏醒过来，她那几乎地球人都熟知的美妙轮廓，在晨曦的微光中渐渐清晰。

环绕小吴哥的护城河，仿若小吴哥每天早晨醒来后梳妆打扮的镜子，借着天边渐渐泛白的光曦，慢慢明亮，平静的水面，闪射着迷幻的波纹。小吴哥渐渐清晰的轮廓，倒映在护城河波光涟涟的静水中，有一种难以言说的梦幻与神秘。

静水，流觞。

这护城河原本是为了守护小吴哥而修的。河在，水也一直在，这个忠实的臣仆从未懈怠，但它仍然无力拯救小吴哥随同整个吴哥城池破败颓丧的命运。

或许，这便是吴哥城无法逃遁的宿命？残缺，终是这座城池最好的圆满？

护城河陪伴小吴哥走过千年，见证了小吴哥的每一个晨曦暮霭，在注定的轮回里，不离不弃，看镜湖碧水、风花雪月、禅水云心、缘起缘灭、客来客往……我想，如果水有悲喜，那该是何等的柔肠百结，裂肺撕心？滴滴水珠或许都是五味杂陈的味道，那是小吴哥哀泣千年滴落的眼泪。

小吴哥的晨曦不仅仅是日月天地的晨曦，小吴哥的早晨不仅仅是凡尘概念的早晨。每个清晨，都是这个繁盛帝国几百年历史一个个轮回之后的一次次苏醒，一次次复活，一次次重生。无论辗转多少沉浮起落，流经多少悲欢离合，无论世事如何更迭沧桑，无论过客怎样为他心痛，为他悲愤，为他忧伤，他都傲然地清醒着，始终端坐莲花，闲对春花冷落，惯看秋月消残。晨曦，朝霞，太阳，都只是他的装饰，是为他每天沐浴更衣的臣仆，他，永远是这片土地上最耀世、最安稳的王。

而黄昏时分，坐在巴肯山上的巴肯寺石塔旁等待日落，则有另一种奇异的感觉。巴肯山是位于小吴哥边上的一座不高的山丘，因为附近几乎都是平原与苍茫的树林，所以一到山顶，便有一种“会当凌绝顶，一览众山小”的气势。其实，太阳每天浩荡地升起，安然地落下，对苍穹万物并没有厚此薄彼，但不同的是我们自身的感觉。山顶的神庙，早已经在岁月的流逝里坍塌，然而门前的眼镜蛇石雕，却依旧庄严威武，在时空的穿越里，一如既往地守护着皇家的尊严与崇高。尘世的风景于它们而言，不过是来来往往的云淡风轻，而身上的斑驳与残缺，却向游人仔细诉说着这几百年来被遗忘在密林深处里的苍凉。

夕阳西下，太阳渐渐变得不再刺眼，不再热辣，天空变幻了颜色，有了几许菲薄的云霞，霞光慢慢由醉红渐变成绛紫，在天空无垠的淡蓝画布上，曼妙晕染……

丛林深处吹来凉爽的风，轻抚面颊，含蓄，婉约。坐在台阶上，面对巴肯寺的残垣断壁和脚下残存的佛塔，远眺葱郁的树木和笼罩在夕阳余晖下小吴哥的五座石塔，在夕阳多彩的流光中，跌宕起伏，静谧精美，犹如一个梦幻的童话。久居都市的人，或许早已忘却了西天的黄昏，在拥挤而纷繁的人流中，匆匆而过。大约正是如此，当我看到巴肯山的黄昏时，心里是满满的幸福与安宁。

而夕阳黄昏中的僧侣，是吴哥魂灵般游动的绝美风景。在碧海般的蓝天下，在残壁颓塬间，偶有身着橘黄醉红服饰的僧侣映入眼帘，有时，他静默地坐在神庙的一个角落，冥想，打坐。有时，他安静地坐在石阶上等待日落。遥望他们炫目的身影，那种惊艳与绚美，是无法言喻的。畅想千百年前，无数和他们一样身着金红色长袍的僧人，在这宏大的建筑中，忙碌又有序的游走，每天伴随着晨曦暮霭，或身披万道霞光，庄严神圣，走在中心大道上；或双手合十，在佛前念诵祈祷。我总忍不住臆想他们身后的故事，猜想他们中间是否也有一如仓央嘉措的诗人情种？是否也演绎过悲欢离合爱恨情仇？游走在凡尘佛界之间的他们，内心是否也会有挣扎？

太阳，落山了，暮色四合，皓月当空。穿越暮色沉沉的道道门洞，走在幽深冗长的吴哥古道上，在空荡飘逸、古韵怅然的神祠里，吴哥显得苍凉、神秘、旷达、落寞、忧伤……与晨曦的勃勃相比，夜晚的吴哥，妖娆出了另一种芳华，复活成了另一种模样。

吴哥的晨曦暮霭，除了诗意，还更多了些许浮世的苍凉与悲壮。

柬埔寨——远去的贵族

昆明飞往金边的航班，很快：一本航空杂志还没有翻完，飞机就落地了。

虽然柬埔寨和云南山水相连，无论是人文还是自然，都有许多交融。许多云南人去那里就像到隔壁家菜地里一样随性。但一个人随着人流入境，内心还是有些忐忑。毕竟，这是一个陌生的国度，语言不通。

幸运的是，邻座的小伙子是个中国人，而且和我是家门，会柬埔寨语。看我对填入境表之类的流程不太熟悉，他很热心地全部代劳。

小伙子说，他在柬埔寨金边工作五六年了。大学里学路桥工程的他，毕业后在中国高铁下面的一个公司工作。本来干得还不错，可几年前，列车出轨、高层被抓、人事变故等等一系列事件之后，公司处于停滞瘫痪状态，他拿着基本工资基本没有活干。

晃荡一年多后，怕把自己闲废了，他就辞了职，应聘一家在柬埔寨做房地产工程的中国公司。几年后公司的项目结束，小伙子看到正在高速发展的柬埔寨有诸多机会，便组织了一个土建、水电工程队，自己当起了小老板，留在了柬埔寨；并且娶了个柬埔寨姑娘，成了柬埔寨女婿。如今孩子快三岁了。这次回国是远在河南的奶奶生病，他回去探望。

对于身处异国的人来说，遇见中国人便是遇见“老乡”。“老乡”是个奇妙的东西，无论这“乡”是远还是近，它在人的精神世界里产生的化学反应是难以言喻的。我像遇见了亲人，内心立马踏实安稳下来，跟着小伙子填单、出关，一切都很顺利。

金边的机场小，而且陈旧，和云南许多地市级机场差不多。人不多，出关也顺利快捷。走出机场，就看到一个眼睛里放着明亮光彩、鼻子和眉骨几乎一样高、皮肤有点黑的五十岁左右男人，举着一块歪歪扭扭写着我中文名字的小牌子。我猜想，那是酒店派来接机的司机，便拉着小伙子迎了上去。小伙子用柬埔寨语和司机沟通后，确认那就是来接我的司机，我便诚邀小伙子一起搭车。

正值下班高峰期，机场通往城里酒店的路是金边的主干道，也是金边最宽敞的路。但路两边的大多数地段被围挡起来了，几乎只剩下一半可以通行。摩托车、汽车和行人混杂颠簸在崎岖不平、尘土飞扬的路上，很是拥堵，车速很慢。

燥热的空气中弥漫着尘土的味道，让人感觉有些窒息。路两边不时有中文标识的小商店、超市、娱乐城、餐馆、酒店。建筑物的风格基本没有柬埔寨元素，大多是火柴盒式的钢筋水泥房，和国内落后的县城大同小异，就连总理府的建筑风格除了装饰的花边以外，也几乎就是北京人民大会堂的缩小版。

小伙子说，金边这几年到处都在搞基础设施建设，不大的城池犹如一个大工地。在中国的帮助下，主干道正在进行升级改造。有的地段建有桥墩，是要建立交桥。小伙子指着总理府附近一座三十多层高的建筑说，那是一家中国公司的写字楼，是目前金边最高的一幢楼。这几年，在金边做工程比较多的公司大多来自中国和韩国。金边的基础建设才处于起步阶段，有很大的发展空间。他的公司业务发展速度很快，他想在金边干上几年以后再回国发展。

柬埔寨本是一个自然条件十分优越的国家：地势平缓，雨量充沛，水稻一年四熟；洞里萨湖又是东南亚最大的淡水湖，渔业资源十分丰富；有海岸线，但无台风、地震等自然灾害。人们只要稍在土地上进行劳作，便能解决温饱。但多年来柬埔寨多灾多难，自吴哥王朝没落后，这个国家就再没有辉煌。

和小伙子一路聊着，不知不觉眼前的汽车、摩托车渐渐少了，不再拥堵，也没有修路施工的繁杂。路两边的树木也多了起来，甚至有了种葱茏的感觉。这种葱茏似乎才是我想象中的柬埔寨应有的模样。

穿过葱茏的林荫道路，来到一个广场，预订的酒店就在广场旁边。付款的时候，13 刀的车费，司机却无法找补。最后，车费被小伙子付了。

万分愧疚，十分感谢，我留下了联系号码和微信，目送小伙子的身影消失在暮色中，内心是满满的温暖。进入酒店，又碰上一个和气、会说中文的柬埔寨小伙子，一切妥帖，没有初入异乡的惶恐不安，好像回家一样怡然自得。

安顿好后，来到酒店游泳池，泡在清凉的水里，我安心等待从北京飞金边的雨的到来。

柬埔寨的旅行，就这样在一切无法预料随时反转却美好温暖的未知中徐徐铺展。

来到金边，就不能不去金边皇宫 (Royal Palace)。金边皇宫也称四臂湾大皇宫。皇宫建造于 1866 至 1870 年，坐落于金边东面，面对湄公河、洞里萨河、巴沙河交汇而形成的四臂湾，属于典型的高棉式建筑，极富高棉传统风格，色彩采用黄、白两色，据说黄色代表佛教，白色代表婆罗门教，所以看上去金碧辉煌。王宫建筑的屋顶中央都有高高的尖塔，屋脊两端尖尖翘起，造型美观。抬头仰望，宫殿屋顶中央耸立的尖塔直刺苍穹，在蓝天的映衬下，显得高远而幽寂。宫殿黄色的琉璃瓦顶，在阳光的照射下金光闪烁，富丽堂皇，格外引人注目。宫殿门前的七头神蛇以及屋檐下的鸟神雕塑，叙述着柬埔寨特有的神话传说。整个王宫分为两部分，各有围墙，中间为一条通道，有门相通。北面部分因有王室居住，游客不能入内参观，可供参观的为南面的银殿。除外国游客外，本地人来朝拜的也很多。

据说，现今所见的王宫是由法国工程师设计和建造的，始建于 19 世纪末，于 20 世纪初扩建。王宫初为土木结构，后改为水泥浇制，但风貌依旧。王宫面积不大，但苑内几株杧果树和菩提树粗壮繁茂。内苑一如西式花园，草木修剪得非常平整，各种不知名的花卉在阳光下竞展风情，旅人蕉在洞里萨河吹来的微风中轻轻摇曳，楚楚动人。

太阳快要落山的时候，走出皇宫。从河边到王宫之间有一方绿草茵茵的广场，成群的鸽子时而在草丛间觅食，时而在空中翻飞。市民和游客悠闲地在此休憩、游览，许多小贩在广场上售卖各种特色小吃。小摊用一张张草席铺在地上，消费的人席地而坐，像个大型的野餐会，气氛一派祥和。沐浴着金边河吹来的凉爽晚风，我一边吃一边看太阳掠过皇宫辉煌的屋顶，在远山深处坠落，非常惬意。

我壮着胆子要了一份当地人很喜欢吃的毛蛋，据说，那蛋壳里有正在孵化的小鸡，煮熟后蘸上一些佐料，很是美味。在一个小摊前，我们买了蛋以后，店主连比带画教我们如何吃，语言不相通，眼神中却透着友善，让人开心又温暖。

除了大皇宫，还有一个必须去的地方——国家博物馆。第二天一早，我们便来到博物馆拜谒。博物馆建于 1913 年，收藏着不多的柬埔寨历史。目前馆内收藏有 4–10 世纪、吴哥王朝等时期的手工艺品及雕刻艺术品，数幅法国摄影师拍摄的吴哥照片，以及很多吴哥窟雕塑的真品。猴哥猴弟打仗、印度教的三大天神、四面脸的梵天神、三只眼的湿婆神……精美的石头雕像里面藏着柬埔寨的文化和过往。

但因为藏品不多，而且没有系统性，从博物馆出来，我对这个国家的认识还是肤浅、模糊。

走在金边不算宽敞的街头，时时可见身着黄色或者深红色袈裟的僧侣踟蹰而行，给灰色的都市增添了一抹温暖明亮的色彩。那是金边比较另类的风景。

柬埔寨是一个信奉佛教的国家，在金边除塔山寺外，还有乌那隆寺、波东瓦岱寺、兰卡寺、岛寺、大官寺等几座古庙，后来修建的佛寺更是不计其数。据说，在柬埔寨，男性佛教徒上至国王，下至平民，一生中都必须有一段时间出家剃度为僧。男子出家，不仅是出于宗教信仰，也是为了学习知识，传承文化。出家少则数日，多则终身为僧。社会也将出家当僧侣作为一件大喜事，把剃度作为评判人品的重要尺度。因而，剃度过的人还俗之后，在求婚、就业等方面都有优越性。

寺庙在柬埔寨历来既是宗教活动的场所，同时也是学习文化的学校。僧侣们不仅向人们传播佛教信仰，也负责教儿童识字、学文化，还宣传卫生常识和生活

经验，因而寺庙在柬埔寨具有举足轻重的地位。

到了近代，随着社会发展需要，国民仅靠在寺庙学习文化已经远远不够了，必须建立新式学校，实行普遍的义务教育。法国殖民统治时期，开始将西方教育制度逐渐引入柬埔寨，也培养了一些人才。但频繁的战乱使这个国家的教育非常羸弱，根本无力担负启发国民心智的重任。据当地导游介绍，柬埔寨现行的教育体制规定儿童满 6 岁开始入学，小学学制 5 年，中学学制 6 年。其中初中 3 年，高中 3 年。学校有公立和私立两种，虽然公立学校初级教育是免费的，但由于贫穷，教育投入不够，只能实行半天学制，上午上半天课，下午放假。教师因工资十分低下，他们必须用剩余的半天时间干其他兼职或办收费补习班。而家庭经济条件好的孩子们，会去上补习班；经济条件差的很多孩子就在外乞讨。

来到金边，你会发现这里遗留了许多欧洲殖民的痕迹。不算宽敞、两边种植有法国梧桐的街道上，布满了大大小小的咖啡馆，全球连锁的品牌更是随处可见。在金边河畔、使馆和大学地段，你总能轻易找到柬埔寨的“星巴克”。虽然店里的咖啡也并不便宜，但不分时段，里面总是塞满了人。除了外国人，光顾咖啡馆的更多是柬埔寨人，尤其是年轻人。柬埔寨学生把这里当自习室，商人到这里谈生意，恋人来这里约会……

除了咖啡馆拥有可以媲美国际一线咖啡连锁品

牌的硬件和产品，还有简洁的内饰、敞亮的空间、品类齐全的欧洲咖啡。更重要的，还有柬埔寨人对这一杯咖啡的热爱。

对咖啡的热爱从早餐铺开始。金边的早餐铺有一种搭配，一碗汤米粉，一杯当地的冰咖啡。米粉就是河粉，是中国潮州人带来的，咖啡是法国人带来的，两者合起来，感觉是个奇怪的搭配，但是柬埔寨人都习惯这样吃。

柬埔寨的经济情势，从吴哥的城市状况也可看到一些侧影。吴哥是柬埔寨最著名的景点，这个富裕的城市却尘土飞扬，类似工棚的临时建筑四处可见，即使人山人海的旅游地巴肯山，也是尘灰满地的土路，无法想象雨季来临时的泥泞。这里看不到出租车，我们看到的“出租车”是三轮摩托，当地人称为突突车。一个著名的旅游城市没有出租，的确让人有些诧异，或许是因当地人的确无钱购买汽车才致如此吧？

没有出租汽车公司的吴哥，却高档宾馆林立，所见的最好的建筑往往都是宾馆，而且设施和服务都还不错。我们住的四星宾馆还有游泳池。依附于吴哥窟，暹粒逐渐发展成一座举世闻名的旅游城市。暹粒市区不大，几条窄窄的马路，路边林立着法式殖民风格和柬式特色的建筑楼。

这里的街道有些凌乱，谈不上市政规划，唯有洋人街堪称繁华，酒吧、浴足、桑拿、餐饮、小商品店应有尽有。这里的价格对于当地人应该是贵得离谱，而于我们，与国内相较也相差无几。这里居民的生活状况，与洋人街和豪华的酒店间形成一种强烈的反差。

开着“嘟嘟车”每天专门把我们送到各个景点的司机小马哥说，吴哥的许多居民散住在古城周围的森林里，房子大多是简陋破败的吊脚木屋，许多人家除了木屋基本没有什么家具。即便是暹粒城里的居民，大多数人的生活也不富裕。小马哥二十多岁，家住吴哥附近的一个山村。几年前，他来到暹粒开“嘟嘟车”，认识了在《吴哥的微笑》工作的一个中国人，跟着他学了点中文。这些年来吴哥旅游的中国人越来越多，小马哥有语言优势，加之人诚信活络，生意也越来越好。

在他的三轮“嘟嘟车”上，还专门打着中文广告。“明天我让我叔叔来接你们，我要去办买地的事情。”小马哥满脸灿然地告诉我们，几年下来，自己已经存了一点钱，他准备用这钱在暹粒买一块地，盖一间房子，把爸爸妈妈接到城里来住。

虽说经济落后，但柬埔寨人的朴实却让我们印象深刻。我们20美元租车一天，走到哪都可以让小马哥停下。到某一景点玩两三个小时，小马哥也好好等候着，中途绝不载其他客人，也绝对不甩客。有时还给你准备好一瓶冰水，当你又热又渴的时候，递到你的手上。

我想，在这片土地上，虽然繁华早已远去，但这个民族藏在骨子里的高贵气质还在延续。

洞里萨湖，喜茫茫空阔无边

刚到暹粒，友人就说，来到吴哥，除了观赏王城遗址和古老寺庙，最该去的地方还有洞里萨湖。

之前我孤陋寡闻，没有做过洞里萨湖的攻略，对这个地方一点不了解，心想，那大约就是一个风光优美的风景区吧。在暹粒市区吃过中午饭，我们便驱车前往这个“最该去的地方”。

洞里萨湖距暹粒市区30公里，从市区到洞里萨湖码头的道路大多是毛路，但还算平坦顺畅，驱车不到半个小时便抵达码头了。码头上零零落落有些卖船票之类的设施，几乎都是简易建筑，有些简陋。靠湖边停靠着许多船只，有可以乘坐三五个人的机动木船，还有可以乘坐二三十乃至上百人的中型、大型机动游船。许多船主热情地在码头上吆喝，有的甚至操着生硬的普通话“坐船了坐船了”，在招揽生意。站在码头放眼瞭望，湖面上船来舢往，很是热闹。

我们两个人包了一只可以坐五六个人、有凉棚的机动木船。船主是个三十岁左右的帅气小伙子，皮肤黝黑，眼睛深邃，地道的柬埔寨人。会几句简单的中文，英语说得马马虎虎。他热情周到地招呼我们在船上坐稳之后，便开足马力朝着湖中心前行。游船的柴油发动机声宏嗓大，它用“突突突”的最高调门，伴随我们一路前行。浩瀚水波中，有大大小小的游船和我们快速擦肩而过。蓝的天，白的云，黄的水，天水相接之处，一眼望不到尽头。晴朗的阳光照射在湖面上，有些刺眼，也有些灼人皮肤，但迎面吹来凉爽的风，将船尾激起的水浪、水花漫洒开阵阵水雾，让人觉得非常舒爽。

离开码头，水的颜色也渐渐起了变化，水面越来越宽，烟波浩渺的湖面上，散落着成片成片的树林，那些树半截树干隐藏在水里，半截树冠裸露在水面上，影影绰绰，犹如一幅美丽的水墨画卷。小伙子说，每年雨季，湄公河河水泛滥，洞里萨湖的水位就会上涨。这时候，沼泽森林就会被大水淹没，等湖水退去之后，石化的树木便显露出来。

据说，洞里萨湖是柬埔寨最大的淡水湖，也是整个东南亚淡水湖之首。每年枯水季节，湖水经洞里萨河流入湄公河；而当雨季来临，喜马拉雅山上的冰川融水倾泻而下，奔腾数千公里之后，汇入湄公河，汹涌的河水又从洞里萨河倒灌入湖中，这时，巨大的输水量会填满整个洞里萨湖区，湖里的水深会从旱季时的一米增加到十多米，岸边的树林都将被淹没在水中，只有那些参天大树的树冠才能露出水面。因此在这片土地上覆盖着一层特殊的植被，它们被称作“水下森林”。这样的自然现象在世界范围内也是独一无二的。

洞里萨湖物产丰富，她像一块巨大碧绿的翡翠，镶嵌在柬埔寨的大地之上，为高棉民族的发展与繁荣，提供了坚实的资源保障，被柬埔寨人民称为“生命之湖”。因为湄公河水内含冲积物质所带来的养分，使得湖中滋生大量鱼虾，季节性的淹没又使洞里萨湖周围的树林成为鱼类最理想的觅食场所。因此，无论旱、雨季鱼虾都出产甚丰，湖里盛产300多种淡水鱼，每年30多万吨的产鱼量使洞里萨湖成为地球上最大的水产地之一。而在水深不足一米的枯水期，水位线上又分布着大片肥沃的稻田，是闻名于世的优质“米仓”。

游船进入湖水深处，航道两边的水面上，出现了一间间吊脚楼，而在树林后

面稍高一点的地方，则有鳞次栉比的房顶。我以为那是湖中的岛屿，房子建在岛屿上。游船靠近了才发现，其实房子都建在船上，用锚和缆绳固定在湖岸边。所谓的船，少数是货真价实的铁船、木船、水泥船，而更多的则只是几只汽油桶，或几十只加厚塑料桶，或老旧的汽车内胎捆绑在一起，组合成一艘艘承载不同房屋的小船……

水道愈来愈宽，航道两边的船上人家，一户挨着一户。贫富悬殊从房子上便可看得一清二楚。有的是大铁驳船，两层楼，宽敞明亮，船头船尾摆放着盆花，顶上还有阳光房，状似别墅，鹤立鸡群。大多数却很简陋，八个、十个汽油桶铺上木板，几根木头就支撑起一个家。有孩子围坐在船头戏耍、吃东西、喝水，有女人蹲在船尾洗衣物。

放眼堤埂上密密麻麻几百间房屋连接在一起的水上村寨，那些用木板、铁皮和树叶搭建的简陋房屋，大多四面透风，许多房屋里没有一件像样的家具，一眼便可看穿。房屋周边，一丝不挂的小孩浑身黝黑，在浑浊和飘荡着各种水草、生活垃圾的湖水里摸爬滚打、玩闹嬉戏。有载满货物的小船，穿行在房子之间，兜售衣物、香料、小玩具、盐巴、美食等等。

村落里有水上学校、教堂、商店、医院、警察局、杂货店、篮球场等，陆地上有的这里似乎都有，一切都在水上悠然缓慢地进行，只是交通方式都是划船。在这个纷繁浮躁、战火不断的世界上，于他们来说，也许简单贫穷、日复一日的水上生活，反倒成了一种达观自在的状态。与世无争，逍遥自在，无论条件如何艰苦，在这里，生活仍然继续。

刚好看到水上学校放学，一派接孩子的繁忙景象。年纪稍大些的几个人一条船就自己开走了。年纪小的似乎有家里人来接。看孩子们欢天喜地的样子，一点也看不出跟难民扯上什么关系。的确，他们出生在这里，成长在这里，有可能一辈子也离不开湖区。他们眼里乃至心中的世界，或许就是湖里的世界。洞里萨湖对他们来说，无疑是个世外桃源吧？

水上教堂遗世独立，在空旷寂寥、水天一色的水面上孑然孤寂，尖尖的塔顶直插云天。整体粉刷成深蓝色的建筑，看上去比村落里的那些房屋要体面许多。在这个周围除了水一无所有的教堂里祷告，不知内心是不是更纯净一些？而如果祷告能够带来福音，不知上天是否原谅了他们祖辈侵略掳掠的过错？如果上天有爱，不知能否拯救他们，让他们尽早结束这种水上漂泊的生活？

来到一个水上商店。商店里除了各种日用品，最多的是大米和油。商店和居家结合在一起，最显眼处挂着越南前主席胡志明的画像，还有主人的结婚照。老板会几句简单的英语。他告诉我们，在“水上人”家里，许多船屋墙上挂的是胡志明主席的照片，水上学校的教室内，同样也是越南的文字和语言。看来，尽管被抛弃多年，但这群弃儿的内心仍然渴望回归，仍然牵念着自己的来处。

我们原本只想看看，并不打算买东西，可老板提着一袋米想让我们买，而且脸上一直带着温和慈爱的微笑，让人不忍拒绝。可一袋米大约有三四十斤重，我们不可能带回国。老板似乎很执着，连比带画给我们销售。最后我们才终于弄明白，他说，那是一个慈善商店，买米的钱用来捐献给学校。出发前友人曾警告我们，这里到处是坑，在许多地方会有小孩强行给你按摩、捶背等，不给小费就不肯离开，有的直接乞讨，还有各种募捐，因此一定要有心理准备，提高警惕，别上当。我们无法核实老板说的话究竟是真是假，但看着他慈善的面容，我们选择了相信，最后捐了点钱，拜别离开。

湖面一望无际，浩浩汤汤。游船走走停停，无拘无束。一个多小时后，到了最后一站：水上观景台。我们的小船刚停靠，便有当地小孩来兜售饮料，还有一个女孩脖子上缠着大蟒蛇要求拍照。看见蟒蛇，别说拍照了，我吓得连滚带爬一口气逃到了顶层。其实，所谓的观景台都是水上商店或水上餐厅的老板们为招徕生意，特意打造的平台。

观景台有三层，底层就在湖水里。用钢筋水泥做成牢笼和鱼池里，凶猛的鳄鱼和温顺的鱼儿隔壁相望。二层是餐厅和商场。餐厅主要以活鱼和鳄鱼为主食。而商场里都是从岸上批发来的旅游小商品，看上去大多来自中国。特色商品只有看上去有些吓人的鳄鱼肉干。顶层是平台，摆着一些热带普通花卉，郁郁葱葱，嫩绿可爱。

站在木头搭建的平台上，举目四望，洞里萨湖烟波浩渺，水面广阔，水天相连处不易察觉地横出一条细线。生长在水面上的树林，疏疏朗朗，影影绰绰。灿烂的骄阳毫无保留地将万道金光抛洒在湖面上，满湖波光随着起伏的水浪跳跃闪烁，让人如入幻境。可看着湖上那些简陋破烂的船屋和穿着破烂的孩子胆怯、乞求、困苦的眼神，我却找不到“秋水共长天一色，落霞与孤鹜齐飞”的美好感觉。这旖旎的自然风光，和与之相伴的水上人家凄楚的生存现状，构成了一幅幅极不和谐的画面。在这片看似美丽热闹的湖面上，悲苦的剧情每时每刻都在上演，无论如何，你都无法美好，无法喜悦。

回程了，内心有些沉重。船行半程，突然发现迎面开来的一艘坐着十几个人的游船上，一个好久不见的老友正在向我们挥手。我有些诧异，不敢相信自己的眼睛。在这悲欣交集的洞里萨湖中，在这茫茫空阔的水面上，在这来来往往的游走瞬间，竟然遇见老友？我有些恍惚，直到两船擦肩看清对方的刹那，我才相信，那是真的。

世界并不大，有些美好，有些惊喜，总在你没有任何准备的瞬间发生。

“喜茫茫空阔无边……”

吴哥，无法告别

或许是当年盛极一时的辉煌过往，或许是五朵莲花塔之上的那抹金色，或许是《花样年华》里梁朝伟暧昧的倾诉……吴哥，在向往它的人眼中，总像一声神秘幽远的叹息，吸引着全世界各地的人，跨越万水千山，来虔诚地膜拜。

在我灵魂的深处，去吴哥，不是去看风景，更不是去旅游，似乎是去朝圣，是一次心灵游走，去寻找一种与宗教无关只滋养内心的信仰。

心灵游走虽是自我享受的精神大餐，但内心深处却总希望有个人一同去感受，去品味。毕竟，无论是美妙的风景，还是灵性的私语，能与人分享，才有温暖。有温暖的分享，才能觉出真的美……但踌躇多年终于发现，生命中要遇到一个可以同行并肩游走天涯、闲看世间落寞与繁华的人，实是一件极为奢侈的事。犹如亨利·穆奥发现吴哥时的孤独，或许，“孓然”是他的宿命，也是我吴哥之行的宿命？

吴哥就在距离柬埔寨的第二大城市暹粒6公里开外的地方。只是咫尺的距离，却被这个世界遗忘了几百年。等到再见天日，已是满目疮痍，令人唏嘘。站在那些废墟面前，你瞬间便能深切体会到，幻灭和残破也能产生强大到无以复加的美，那种美的多元、震撼以及触动你心灵深处的力量，是任何完美都无法抵达的。吴哥的美无所不在，精致的美，灵魂的美，信仰的美，禅意的美，静默的美，故事的美，时间的美，空间的美，神秘的美，残破的美，幻灭的美，自然的美，宏大的美……

置身于吴哥窟的废墟里，你总是分不清那究竟是神的领地还是人的空间。神性和人性在这个密林中的古城里交汇。走进去，犹如走进迷宫，每个宫殿、神庙都庄严肃穆，心也不觉间跟着神圣起来，不敢出声，生怕惊动神灵。幽深的长廊，沉默的石头，精美的浮雕，残破的城堡，高耸入云的圣塔……残破散乱的一切，却让敬畏、神秘、感动和心悸成为萦绕心中永远的情绪。

走累了，坐在光影恍惚的门洞里，看着地上斑驳的光影，总让人产生今夕是何年、灵魂不知何处去的迷幻感觉。

目漫那些曾经豪华奢侈、恢宏庞大的建筑群和那些精美绝伦的石刻、石雕、艺术宫殿遗址，你不得不惊叹他曾经的富有、强大、辉煌。但面对现实，贫穷落后的柬埔寨，又毫无遮掩、赤裸裸地冲激着你灵魂深处的每一个触点，让你百结愁肠。

在寺庙周围，在石佛的微笑之下，都会遇到乞讨者、伤残人员和弹奏当地音乐的艺人。他们大多是战争的受害者，在生活中、劳动时不慎触动战争中埋下的无处不在的地雷，被炸断了腿，炸残了手臂，炸毁了五官，缺眼少鼻。但他们活下来了，比那些死去的人庆幸。所以他们拖着残疾的肢体，毁坏的脸，在游人面前微笑着乞讨……

男男女女，老老少少，这些伟大吴哥的后裔，面目黯黑，形体消瘦，衣衫褴褛，在他们祖先的微笑瞩目下，卑微地向前来向他们祖先创造的伟大奇迹朝拜的游客祈求施舍。想象得出，他们哭过、恨过、愤怒过、绝望过、哀伤过、嫉妒过、报复过，在那一张张脸上，有过各种不同的表情。当这些表情一一成为过去，包容了爱和恨，超越了生与死，通过漫长的岁月和传递，最后，就像是从污泥池沼中升起的一朵朵莲花，微笑，成为这个城市永恒的表情。

当辉煌灿烂的吴哥王朝雄霸南亚的时候，美国连雏形都还没有，欧洲的一些国家也才刚刚起步。可千年过往，风水轮流，如今，吴哥的臣民却捧着祖先创造的“金饭碗”，向这些徒子徒孙们讨饭。记得许多年前游走到有七八个世界文化遗产的尼泊尔时，也遇到几乎同样的场景。你如果好心慈悲打开钱包，瞬间就会引来更多的祈求者，最后，你不是落荒而逃，就是无奈应对。每当这时，你的内心和道德观就会遭遇难解的考验。看着他们卑微祈求的眼神，你却无能为力，这时你不免会产生一种深重的罪恶感，觉得那些所谓的感慨、艺术震颤，多少有些矫情。

我最爱看佛陀的眼睛，永远那么纯净，好像不含一点私心和杂念，那么慈爱、温和。那种眼神，只有挚爱的父母才会有。一百多年来，这个国家经历了无数次的外侵内战、天灾人祸。现在，战争消失了，尸横遍野的场景不见了，只剩下这淡定得难以捉摸的“高棉微笑”在阳光下荡漾。在战争年代，在血流成河的年代，在饥饿的年代，在人比野兽还野蛮、残忍的年代，它一直如此淡定地微笑着。是因为它看见了什么？还是因为它领悟了什么？或许它什么都没看见，什么都没有想?

有人说，今天的吴哥，不再有力量。神没有了，信仰没有了，那种叫作“永恒”的东西没有了，建造她、信仰她的生灵都远去了。但曾经的宇宙中心，曾经人神共居的世界天堂——一个被年轮、战争、自然力量冲刷千年的城池，虽伤痕累累、残砾遍地，却犹如一位智者，归隐在南亚大地茂密的丛林中，坦然沉静，目视着周围繁荣花哨得近乎疯狂的世界，任各色人群来来往往，熙熙攘攘。

在那些几近坍塌的建筑中，每一块石头，每一幅雕刻，每一幅图案，所有的空间，所有的石块，都神奇地昭示着历史遗留下来的精神。没有一个文字，没有一个声音，但它们强烈而智慧的表达却无所不在。它们叩击着你的心扉乃至灵魂，让你不由自主随着它们的引领，在历史的隧道中穿行。历史的魅力，从来不在于一切都是尽善尽美的完好，而是那份历尽沧海桑田的痕迹，让人看到久远以前不曾经历的岁月。

吴哥，留下了日月星辰一样照拂世间万物、让生命不息的光亮。这光亮披星戴月，携沧海桑田，穿越千年，虽湮灭于森林俗尘，没有显耀，没有张扬，只有永远的微笑，却足以昭示她昨天的智慧与辉煌。

在那些残破却没有颓废的建筑面前，你不知不觉就会降低身段、压低声音，你甚至无法放开自己的内心去恣意，不知不觉，便会毕恭毕敬，低下高昂的头颅，放下倔强倨傲的内心，谦卑，顶礼、膜拜。

有人说，没有吴哥，柬埔寨是一个没有灵魂的国度。我说，失去吴哥，世界也将黯然失色。邂逅一眼，便是永恒。

历史与今天，有着久远的距离，但似乎又有着无数一脉相承无可探寻的秘密。今天的我们，竟然不远千里在吴哥相遇，这也是一次来自远古的召唤吗？而这样一次相聚，难道也是从远古就结下的缘吗？我们之间的，我们与吴哥之间的……

神秘微笑。

仰视高耸入云的五柱高塔，感受这塔嵌入这个国度国旗的历史价值和文明传承，感受着她现实的贫穷与曾经的所有，有些许感伤。

或许，因为心灵的牵连？

或许，因为将要的告别？

……吴哥，无法告别。

2017 年 1 月与沈雨蒙合作，写于昆明

清迈，不动声色

一个多小时，打了个盹，飞机便降落在泰国清迈机场了。

去过几次曼谷，清迈还是第一次来。内心深处却没有发怵和陌生，仿若来过多次，似曾相识，感觉挺亲切。

对于云南人来说，泰国就像隔壁家的后花园，想去，就去了。而对清迈，不知什么理由，云南人似乎总有一种特殊的好感，不少人在那里置业、上学、做生意。

其他地方的人，想要休闲度假晒太阳，可能到云南、海南，云南人想要休闲度假，则是去泰国，去清迈。有的来来往往，一年要去好几次，真的就像去逛周边的商场、公园一样随性。

在网上搜了一下，清迈好像除了花，除了庙，似乎也没有什么特别的。这个以玫瑰花著称、素有“北国玫瑰”雅号的地方，到底有什么魔力让天天得见鲜花开的云南人如此倾心呢？

泰国和云南，无论是气候还是环境，

有许多相似之处，尤其是清迈。据说，清迈人的祖先大多是从云南过去的，所以清迈保留着许多云南的文化习俗。

清迈机场不大，设施也有些年头，陈旧，古朴，但是干净，仿若云南的许多地州级机场。过关的速度还算快。第一次落地签，我有些紧张，贼惊惊地来到关口，递上护照。关口上那个蜜糖色皮肤、浓眉大眼、帅气英俊的关员，拿着我的护照翻了翻，又抬头一脸和气地看了我一眼，没有任何诘问，一盖章，一摆手，便让我过关了。我有些意外，慌忙拖着行李一脚跨进关口大门，长长舒了一口气。

走出出关大厅，就有各种租车服务和售卖手机卡的地方。大概是考虑到中国人来得太多，服务人员大都会说中文。所以，即便你不会英语、泰语，交流也没有任何问题。租车价钱比网上预订的便宜，他们推荐开车的司机也大多会说中文。

诸事和顺。顺利办理好相关手续之后，我们便欢天喜地朝着预定的目标出发，开始我们的自由行。

时值 3 月，风和日丽，阳光很好。

据有关资料，清迈古城建于 1296 年，是纳兰王朝的首都。作为泰王国曾经的首都，清迈至今仍保留着很多珍贵的历史和文化遗迹。古城中心，一段段褐红

色砖块砌起的城墙和四角的城门，经历了千年的风雨沧桑，如今虽已是残垣断壁，但清澈碧绿的护城河，仍然在太平盛世下静静流淌。

清迈位于泰国北部，是泰国第二大的城市、泰北经济中心。闲歇在清迈，慢慢地你便发现，清迈环境优美，气候凉爽，她的气质与曼谷、普吉截然不同。这里房子不高，马路不宽，天空很蓝。没有海鲜排档，没有人妖，没有车水马龙，没有林立的商场大厦，没有大城市咄咄逼人的疏离感。茂密的植物连成一片一片，道路边缘随处可见或紫或红的三角梅，开得轰轰烈烈、恣意盎然；许多居民家的窗台、院落，种满了各种花花草草；阳光下，大大小小的庙塔耀眼神秘，金光闪闪，各种佛像斑驳沉淀，庄严静谧……整个小城，清新浪漫，却又温暖祥和。

一切，离尘世很远，离心灵很近。

清迈民风淳朴，治安很好，很多民宿旅店是没有大门的，摩托车、小汽车、嘟嘟车，在门口随意停放。这里的时光，缓慢而散淡，这里的人，也缓慢而散淡。街边的小店，要到中午才咿咿呀呀、懒洋洋地打开店门。老板和店员不慌不忙地整理完内务，然后，才与跨入店门的顾客在寒暄声中开始一天的经营活动。顾客来了又走，走了又来，老板和店员送往迎来，又迎来送往，不紧不慢。即便日渐升温的旅游热，似乎也无法改变本地民众悠然生活的日常。

到达清迈的第一天，恰逢星期六塔佩门著名的周末夜市。从素贴山上下来，在酒店匆匆洗漱了一下，便来到了塔佩门。塔佩门整洁的街道两边，都是老式或仿古建筑。建筑物不高，大多是一两层，最高也就三层。高脚式的木构建筑，古色古香，古韵悠长。无论是居家还是公共场所，门前都弥漫着一种恬静、温馨、宜居的气息，要么是生动活泼的雕塑，要么是花繁叶茂的花坛，要么是绿草如茵的草坪。

华灯初上，夜未黑，集市上已是人头攒动。这里集聚了类似云南集市里的各种元素。吹拉弹唱的民间艺人遍布集市的每个角落，十八般武艺的表演无不让人驻足欣赏。夜市里商品繁多，有艳丽的香皂花、精美的木雕小象、炫目的壁灯等琳琅满目的当地手工艺品，而且价格亲民。我买了两幅干花制作的小画作为纪念。几步就有一个的水果摊，榴梿、山竹、杧果、菠萝等等各种水果，新鲜又便宜，渴了就能买到各种鲜榨果汁、冷饮。

夜市里最热闹的就是美食街。从各种特色小吃到优雅浪漫的格调餐厅，能满足饕餮食客的不同需求。杧果糯米饭、菠萝饭、香兰叶鸡蛋烧、炸海鲜、香蕉薄饼等等小吃，应有尽有，光看那热火朝天的场面，就能让你垂涎欲滴、胃口大开。顺着各种美食小摊绕一圈，每样尝上一口，就能让你饱得走不动路。

逛吃，逛吃，吃饱喝足，但高跟鞋可能会让你的脚很不舒服。没事，你可以立即买一双夹脚拖，往脚上一套，舒舒服服继续逛。

这是一个如此欢喜喧嚣的地方，所有的色彩、声响和气味，汇聚成一个欢乐的海洋，再寂寞的人，置身其中，也会不知不觉被感染，被融化，被温暖。

除了夜市，清迈最值得逛的还有寺庙。这里的寺庙蕴含着一种建筑之美，更蕴含着一种禅意之美。既有庄严神圣的百年古刹，又有浑然天成、清新静谧的小寺庙，帕烘寺、布帕壤寺、乌孟寺、古道寺、南邦鲁安寺、普拉辛寺、清曼寺、契迪龙寺等等，掩映在城内城外的青山绿树中，成为这座小城的最大特色。

清迈城内居住着泰、华、苗、瑶、阿卡、傈僳、克伦等众多民族，居民大多笃信佛教，钟鼓声声，香烟缭绕，相同的宗教信仰，维系着各民族世代友好、和谐共处。据说，泰国国内大大小小的庙宇 2 万多座，其中大部分都在清迈。古城里几乎每隔 100 米就有一座寺庙。三分钟一个寺庙，五分钟一个咖啡馆，形容的就是清迈。随意走在大大小小的街巷里，就能与百年寺庙不期而遇。在那些寺庙中，没有嘈杂的人声，没有过多欲望的祈求，没有乱七八糟要给你算命的大师，你能感受到最原始、最纯粹的佛教文化。这里，是心灵最好的安歇之地。

闲逛于寺庙院落、大堂圣殿，耳旁是暮鼓晨钟，眼前是僧侣信徒……佛在人的拱卫中，人在佛的护佑下，平淡，安乐。

“小城故事多，充满喜和乐……”犹如邓丽君歌中唱的那样，清迈是一座随

和安详、充满喜乐的城市，骨子里始终散发着随性、慵懒的气质。

除了寺庙，这里随处可见的还有咖啡馆、酒吧和按摩室。无论是在参天树木掩映的寺庙内度过一个无人的下午，还是在街角的咖啡馆就着一杯咖啡，或闲聊、或发呆，或看书、或写上一沓明信片遥寄思念，还是在按摩师的推拿中沉入梦乡，都是此处动静结合颇受欢迎的休闲方式。

我们入住的艺术画廊酒店，位于古城外的宁曼路。距离酒店不到一百米，就是著名的休闲购物中心——宁曼一号。

宁曼路是一条充满小资情调的马路，除了一条主路，还有许多小巷。小巷沿途可见各式风格独特的建筑和开放式的咖啡馆、按摩馆等特色小店。街头巷尾，有不少地方出租自行车，还有随处可见的嘟嘟车。

租一辆自行车或招一辆嘟嘟车，沿街闲逛，悠悠穿梭在那些小巷里，你永远无法预料下一秒会在繁花深处邂逅怎样的精彩。也许，你会看到种满花草的庭院。花荫下洒落细碎的暖阳，木制的桌椅上放着精致的茶杯，古旧的雕花门窗飘荡着白色的窗幔……也许，你会碰到小巧雅致的咖啡馆。店外摆放了各种盆栽，在满眼绿意的环境中，店内则复古味十足，店主人在角角落落里安放了不少老物件，几个异乡人坐在彩色布艺沙发上，喝着暖暖的咖啡，正在和漂亮的老板娘唠嗑。也许，你会碰上上次拉过你的嘟嘟车司机，正停在路边和人闲聊。也许，你会看到曾经给你售卖过鲜榨果汁的清迈小哥，正在对你微笑。也许，你会偶遇穿着橘红色袈裟、眼神纯净的小僧侣……

如果说白天的清迈是温婉安静的，那夜晚的清迈却充满了激情，是魅力四射的。泡吧是清迈夜生活的重要内容。清迈著名的酒吧一条街在塔佩门外不远处。*Yellow Bar* 是这里最火的一家酒吧，深受欧美玩家喜爱。在导航的指引下，我们来到了 *Yellow Bar*。还不到 9 点，店里的人已经不少，站台上挤满了人，各种肤色的男男女女，有的端着酒杯，有的手舞足蹈，大家跟着打碟 DJ 的节奏，扭动着身体，在迷幻的夜色里尽情释放，嗨成一片。

对于我们来说，*Yellow Bar* 太过喧嚣。因为没有吃晚饭，我们来到了位于美萍河边的 *The Good View*，据说在这里可以吃上正宗的泰国菜，还有日料和西餐。

The Good View 倚河而居，门面不大，但内里宽敞，环境很好。厅内一分为二，一边是酒吧，一边是餐厅。酒吧里有现场乐队演奏泰国风情的音乐。我们到达的时候，人还不多，但没一会儿就基本满座了。

夜渐深。坐在临河边的位置，沐着清凉的晚风，吃着美食，喝着威士忌，听着音乐，欣赏着影影绰绰迷人的河景……酒劲稍稍上头，夜色中那种散淡、平和、若即若离的味道，让人渐渐忘掉尘世所有的争斗、烦恼、欲望，不知不觉，在空灵无边的迷雾中“糜烂”。

三天时光，一梦而过。即将离开，我开始有点明白：清迈，说它有什么特别的景致吧？好像什么都没有，说它没有什么吧？又似乎什么都不缺。只要留心，似乎处处都很美。你若太匆匆，便几乎无处可看。就像它的名字“清迈”，淡雅，精致，清爽，说不出的美，都在不经意间的小细节中绽放。某年某月的某些天，来过，没有电光石火，只是温柔地爱上，轻轻淡淡，仿若烟雨。

沉入清迈，就像生命沉入母体的子宫，不知不觉间，你就被包容、被滋养、被成长。

我想，多数人喜欢清迈，其实不是因为她的景致，而是她的节奏，她的氛围，她的气质，她的举重若轻，她的，不动声色。

2019年3月19日写于清迈

大城遗址：一个王朝的落寞背影

大城，是泰国历史上辉煌一时的朝代，称为大城王朝，距今已有近500年的历史。行走泰国，要了解泰国的历史、文化，大城遗址非去不可。

大城遗址位于泰国首都曼谷以北88公里的湄南河畔，距离曼谷一小时左右车程。

从曼谷去大城，可以租车，可以自驾，可以坐大巴，也可以坐火车。我喜欢火车，我们就去了火车站。

从来觉得，菜市场、公交车、火车站，都是最有人间烟火气的地方，每到一地，只要有时间，我都喜欢去这些地方逛逛，只有深入到这样日常的地方，才能体会当地人最真实的生活状态。

曼谷火车站有些陈旧，有些嘈杂。站台周边，长条椅子上，站着的、坐着的、躺着的，横七竖八，都是人。

开往大城的火车，类似国内的绿皮车。我们选择了普通列车二等座。车上没有空调，只有开窗吹自然风。乘客中游客不多，大多是泰国底层人士，有的身着传统服饰、脚穿拖鞋、提着箩筐和大包小包的物件；有的背着双肩包，穿着时尚，看上去像学生。除了乘客，火车上还有两类人，一类是售卖小商品的小贩，另一类是乘警。小贩或背着或提着各种小食品、日用百货，游走在车厢里，嘴里一遍遍嘟囔、叫卖着商品；乘警则悠闲许多，他们在车厢里晃晃悠悠，一会儿来看看乘客的车票，一会儿解答一下乘客的问题。看他们腰间别着的警棍，我想，他们最重要的职责应该是安全保卫。

摇摇晃晃，走走停停，吹着清风，穿过田野，穿过村庄，不知不觉便摇晃到了大城火车站。

大城火车站规模不大，建筑设计也比较简单。有三条铁轨，每一条有通往不同方向的列车进站。而你要去的目的地到底停靠哪个轨道，一定要事先弄清楚，不然很可能会错过列车。

出了火车站，有很多嘟嘟车停在附近拉客，还有不少租车的地方，有摩托车、自行车。大城主要景区都在火车站附近，搭乘嘟嘟车在遗址里转悠，是一个快速方便又省钱的方法。我们包了辆嘟嘟车，买了杯鲜榨果汁，吹着春风，喝着果汁，心情惬意，朝着大城王朝遗址出发。

大城王朝泰文名叫“阿育他耶”，与我国的明清同期，是继高棉帝国之后的东南亚第二个超级大国，孕育了泰国的古文明和文化。首都大城是当时最大的中心城市，由乌通王始建于1350年。据说，由于受当时盛行一时的天权神授思想的影响，辉煌时期建立了众多庙宇、宫殿和佛塔。

在梵文里，“阿育他耶”是“固若金汤、不可破灭”的意思。但美好的祈愿似乎并没有给这个王朝带来好运。1767年，大城国都被入侵的缅甸军队攻陷，全城居民惨遭杀戮，整座城市被付之一炬，宫廷、庙宇和整座城池，在大火中被毁于一旦。大城，这个在泰王国历史上最长的朝代，带着她所有的风华、魅力和繁荣，戛然而止。

大成王朝灭亡后，第二代华人达信收复失地，统一泰国，将都城南迁近百公里，建都吞武里。大城府被彻底废弃，成为遗址。从此，大成王朝所有的故事和风情，都写在了她的遗址里。

往后，她安然静卧在曼谷边缘，看人群往来观赏祷告，不疾不徐，不悲不喜，冷眼旁观着周围繁荣得近乎疯狂的世界。

在几百年的漫长岁月里，大城遗址历经旱灾、洪水，但作为世界文化遗产，她总能用无与伦比的魅力、坚韧和包容，吸引着全世界的游客前往凭吊。

大城王朝的国土面积很大，古迹也较为分散。据有关资料，在王朝最辉煌的时候，王朝都城内一共有三座皇宫，三百多座寺庙。大城遗址公园囊括了大城王朝都城三分之二的遗迹，包括大城王朝时期的王宫、寺庙、博物馆等，共 95 处。这些遗址一半以上已沦为残垣断壁，仅有 4 座寺庙仍在使用。

同在泰国，这里没有曼谷的快节奏，也没有清迈的闲情雅致，更没有芭堤雅的昼夜狂欢，只有历史岁月留下的苍凉静谧，连空气似乎都掺杂了历史的况味。在到处弥漫的沉静光芒中，这里似乎更容易看到时间，更容易听到来自时间深处那渺茫苍劲的声音。

东南亚的烈日，炙热地灼烤着大地。白花花的阳光，晃荡得人难以睁开眼睛，把游人到处游动的身影拉长、变形，变成一片灰暗，烙印在干渴的大地上。在炎炎烈日下，大城遗址颜色单调、枯燥，看上去枯黄、苍凉，有些落寞，有些孤单，有些破败。

大城建筑用料基本都是红砖，建筑风格多为高棉风格及斯里兰卡风格，晃眼看上去，和柬埔寨的吴哥窟大同小异。但比起用石头雕琢而成、雄峻精美的吴哥窟，大城要质朴、低调、谦和得多。她没有精美雕花的墙壁，没有妖娆灵动的屋檐，也没有百转千回穿梭的长廊，更没有吴哥那样庞大的建筑群。

虽然没有像吴哥一样，被大树等植物毁损，但用红砖堆砌的大城，在岁月风霜的侵蚀中，更容易坍塌。历经数个世纪的风吹雨打，多数建筑已经破损。岁月毫不留情地剥蚀了佛寺宫殿檐头浮夸的琉璃，淡褪了门壁上炫耀的朱红，坍圮了一段段高墙的玉砌雕阑……出于被焚烧的缘故，许多建筑几乎没有房顶，大多只剩下断垣残壁和地基，破败苍凉地散落在稀疏葱茏的杂树林中。

穿梭在残砖断瓦之中，佛塔、残柱、浮屠静静述说着当年佛寺庄严、皇宫的气派。遗迹有岁月风化的痕迹，也留有被战争侵袭后的伤痕。断壁残垣间，仿佛能看到当年皇城恢宏的气势，似乎能够听到繁华大城人来人往、车马轩辕的热闹声和僧人缥缈低沉的诵祷声……

不少地方如今还顽强站立着许多圆柱子，不知道是哪座宫殿曾经的支柱，被大火熏得半红半黑，颤巍巍地矗立在骄阳下。早已蒙尘的暗红色砖块，表面凹凸不平，有的已经破损断裂。没有破损的，长着颗粒状的绿黑色青苔，密密麻麻，蜿蜒而干涩地爬满了缝缝褶褶。一切，都诚实地记载着大火的焚烧、烈日的烤炙和风雨的侵蚀。

三座灰白色水泥佛塔，是大城遗址的地标性建筑。它们建于 15 世纪。时光似乎无论如何也无法将它们摧残殆尽，其中一个塔尖顶端竟然倔强地长出了一棵树；不少鸟儿在残破的砖缝里做窝、嬉戏、追逐、打闹……生命，在这里仍然以别样的形式在律动。旁边的许多小塔虽破败严重，但依然高耸入云，像庄严守立的士兵，威武、挺拔、肃穆。失去生命或伤残的建筑坚强站立着，在凋败和残破里，义无反顾地卫戍着昔日的荣光与苦痛。

行走在城池旧迹里，你会不时为突然出现在墙角的一双石雕佛脚、一块断裂

的手掌而唏嘘，它们不是肢体断裂，就是有身无头。残破的肢体令人触目惊心。隔着时空，仿佛依然能感受到那场屠城大火带来的绝望。

罗塔苏卡寺，现在只剩下野外的寺庙地基与巨大卧佛。卧佛长度不小，目测 50 米左右，高度大约有六七米高的样子。如此之大的卧佛，难以想象当年这里究竟有多么宏伟的建筑才能容下。卧佛形态自然，安静地躺在那里，卧看人间俗世风尘。

在遗址建筑群里，“树佛”或许是每个到大城的人都必须去拜谒的。“树佛”是一颗废弃的佛头被菩提树根层层环绕之后形成的“树包佛”的奇特景观。传说缅甸大军入侵之际，佛寺尽毁，房屋倒塌，一颗佛头在烈火之中滚落下来，机缘巧合来到菩提树边。几百年的岁月里，菩提树树根生生不息，伸出双臂，轻轻地环抱住这枚落下的佛头，不偏不倚地在大树的中间慎重地展露出佛头的面容，因此，成为整座大城府遗址的标志。佛头面容安详，一种与世间万物同在、超乎生死的气度和神奇，让他看起来

充满永恒的力量……

几百年来，尽管风霜雪雨肆意雕琢着遗址上的各种残破，但有些东西似乎是沧海桑田也无能为力的，譬如塔尖上永恒不变的落日；譬如每一块红砖在寂静夜晚月光散漫大地时闪烁出的灿烂；譬如鸟儿在砖墙之间的嬉戏打闹、生儿育女；譬如佛像无论风吹雨打、世态苍凉都坦然安卧、不悲不喜。

恍惚想到同样被战火焚烧的圆明园，两地虽然相距遥远，但人类残暴酿造的许多伤痛，似乎总有某种相似之处。

悲喜生死转头空。在遗址信息的介绍板里，你看不到任何有关仇恨的文字，只有用泰文、英文写的遗址名字，再无任何其他信息。两百多年前的繁华，只能凭借古书里的文字和大城人民口口相授的记忆，世代相传。两百多年的时光，似乎早已平息了一场战争的血雨腥风。与当地人交谈时，他们脸上总是带着这个国度的人特有的平和与微笑。

岁月无情又温和，它将所有的过往埋葬在了时间的流沙之下。王朝的风华已经被历史的尘土毫不留情地掩盖了，随时间消失的不仅有刀光剑影，还有愤慨激昂和悲怆仇恨。历史像一阵迎面而来的风，将荣光和不幸轻轻吹落，随后，一切烟消云散。

残败的建筑或断垣残壁之间，不时会突现几株叫不出名的绿意漫天的大树，一种或鲜红或雅白的花，在阳光下开得绚丽灿烂，茂盛盎然，自在坦荡。

一切，仿佛都在启示：遗址荒芜，但并不衰败。

大城，虽然衰落了，但是光辉的精神还在。

大城遗址，一个王朝落寞庄严的背影，游逛在过去、现在、未来。

2019 年 3 月写于昆明

行走 尼泊尔

行走，是潜藏在人类灵魂深处与生俱来的一种欲望。人类在行走中完成了从蒙昧到文明的蜕变；在行走中实现了从爬行到站立的进化；在行走中探索未知的世界；在行走中延伸生命的空间。行走，充满了意味：意味着别离，意味着选择，意味着未知，意味着发现，意味着意外，意味着艳遇……

梦在远方

在我心中，尼泊尔是一个神秘、魔幻、质朴又迷人的国度，离世俗很远，离心灵很近。就连多年前震惊世界的王室惨案，似乎也蒙上了一层神话与传奇的色彩。人类文明历史中，多少沧桑与繁华，都和这个微小然而不容忽视的国度有关。有机会行走尼泊尔，与这个魂牵梦绕的国度亲密接触，那是怎样的一种诱惑？

从昆明到成都到拉萨，再到加德满都的航程，经停，转机，出关……繁杂，漫长，又单调。但飞行途中与珠穆朗玛峰的相遇，却使这段行程充满了近乎庄严神圣又惊艳的温馨与美丽。虽然只是从他面前飘然而过，但短短几分钟邂逅带来的震撼，却如一道永远无法消弭隐逝的痕，深深印刻在我的灵魂深处，让人难以逃遁。

珠穆朗玛，地球的地标，人类的精神家园。我想，在地球上，大概没有几个人没听说过这个名字。他是我生命启蒙中视线所及之外的从书本上认识的第一座大山。他让我明白，在这个世界上，除了家乡很高很高的高黎贡山，在中国国土上一个很远很远的地方，还有一座更高更高的山，他叫珠穆朗玛，他是世界上最高的山。高黎贡山已经很高很高了，世界最高的山那该有多高呀？他究竟是什么样子呢？在我幼稚的心灵中，他是神秘、崇高、神圣的化身，是一个梦，是我生命中无法企及的圣地。长大后，虽然眼界开阔了些，但对这座山的神往与膜拜，仍然根植于灵魂深处。

突然间离他如此之近，倒让我一时有些不知所措。他矗立在茫茫大地上，沉静，安详，雄伟，博大，万仞银亮，光芒四射，气势恢宏，不可侵犯……即便飞机飞得再高，在他面前，你也会觉得自己无比渺小，微不足道。

我们像遇见久违却又尊贵的亲人，那样陌生，又那样熟悉，那样亲切，又那样欣喜。每个人心中都充满了敬畏，没有大声说话，只是抬着相机、摄像机，在飞机上窜来窜去，拍照，摄像，忙个不停。直到他的影子渐渐远去，有人才轻轻说了句“看不见了”，语气中带着许多不舍。

突然间，我恍惚明白了那个表情娴静、眼睛半睁半闭却能参透世间万事、普度众生、作为人类精神导师之一的佛教始祖释迦牟尼，为何会诞生在他的脚下。有他的滋养，有他的庇佑与守护，中华，是有福的。

艳遇珠穆朗玛的欣喜让人还没有回过神来，尼泊尔的首都加德满都到了。加德满都机场从建筑和格局上看，没有太多的个性化和民族文化标识，找不到半点“异国情调”，而且规模很小，建筑和设施也显得有些陈旧，让人感觉仿佛置身云南某个地州启用了许多年的老机场。直到走出关口，看见在门口接机的高鼻子、大眼睛、皮肤有些黯黑的导游古尔玛，才真正明白“尼泊尔到了”。

驱车进入加德满都市区，突然发现梦想与现实的距离是那么遥远。市区里几乎看不见光鲜亮丽的高楼大厦，大多是杂乱破旧的钢筋水泥堆砌的低矮的四五层的红砖楼房。街道拥挤、杂乱，坑坑洼洼，路边随处都是垃圾。街道上人很多，车也很多，但鲜见好车，多是低档车，摩托车如蝗虫，在街道上窜来窜去。路边常有架着自行车，随意卖水果蔬菜的。道路上很少看见红绿灯，车辆行驶、行人走路似乎也没有规矩，各种汽车、摩托车和人群在狭窄的街道里横冲直撞；野狗、黄牛在大街上恣意闲逛；杂乱的电线像蜘蛛网一样，在建筑群中穿行；五花八门的广告牌随意悬挂……这就是在不到14万平方公里的土地上却拥有7个世界文化遗产、让我梦魂牵绕的古老又神秘的国度？我不免觉得自己对这个国度曾经的梦想与期许有几分矫情。

正在惶惑，同行的欣小声发出了“怎么是这样？折腾几天，我们国际下乡来了”的感慨，但迫于对同车导游古尔玛的尊重，大家没有过多议论，可每个人脸上失望的表情却不言而喻。大约是看出了我们的失望，古尔玛连忙用不太熟练的中文圆场说，自从皇室惨案以后，尼泊尔的政局很乱，几年来几乎处于无政府状态，到处在罢工，城市没有人管，街道也没有人打扫。古尔玛指着一个挂得歪歪扭扭的横布标说：“你看，明天又要罢工了。”

后来遇到三个广东游客，一见面，他们就忍不住发牢骚说，本来他们一行有

7 人，抱着很大的兴致来，可刚到加德满都，待了半天就有 4 人因失望而即时买了机票打道回府了。听说我们是云南电视台的，有一人语重心长地提醒我们，回去不要乱宣传，否则又要有很多人“上当”了。看来，失望的不仅仅是我们。不过，不到黄河心不死，我们一行六人没有一个提出提前回国，每个人的内心似乎仍然对未来的旅程充满了期待。

莉说：“但愿下一站会好些。”

我告诉自己：也许，梦在远方。

我拿什么奉献给你？我的神！

加德满都留给我们“脏乱差”的第一印象，让我很难明白，为什么有人会到尼泊尔旅行十几次，许多人甚至来了就不想再离开？尽管媒体常常报道尼泊尔局势动荡，冲突不断，但迷恋上它的人却仍然义无反顾？然而，在尼泊尔待了十几天，我渐渐发现，尼泊尔，这个贫穷又奢侈的国度，像珠穆朗玛的冰雪一样，晶莹于物质世界的边缘与精神王国的高处。当你穿越时光隧道，拂去现实浮华杂乱的面纱与历史的尘埃，放慢匆忙的脚步，沉下躁动的心，细细品味这个国度，在不知不觉中，你会被一次次震撼。其中，留给我震撼最多的就是尼泊尔的神和寺庙了。

据说，人口只有 2300 万的尼泊尔，有 3 亿多位神祇；每隔一个建筑就有一座寺庙，每隔一天就有一个节日。我无法考证这些说法是否过度夸张，但所到之处，寺庙和节日确实非常多。作为世界上唯一一个将印度教作为国教的国家，尼泊尔四处林立着印度庙和佛塔，拥有全世界佛教徒捐建的各种寺庙。许多寺庙建筑巧夺天工，无不经历了数百年的历史沧桑。著名的大梵天庙、大佛塔等建筑气势雄伟、金碧辉煌，每年吸引着成千上万的外国旅游者。巴格马提河左岸的古赫什瓦里庙，是用来祀奉湿婆之妻雪山女神的，庙宇形制为三角形，殿脊四条金色蛇簇拥宝顶，十分壮观。哈努曼多卡宫西边不远处的贾格纳特寺，寺内所存马拉王朝最古老的碑铭及木雕毗湿奴神像，是珍贵的文物，寺顶和檐角的飞鸟等异形瓦件也是近世少见。

加德满都素称“寺庙之城”。在它占地 7 平方公里的市中心，尼泊尔历代王朝兴建了大批庙宇、佛塔、神龛和殿堂，日积月累，仅加德满都城区里的庙宇、佛堂、经塔就有 250 多座，形成了“庙宇多如住宅，佛像多如居民”的壮观景象。熙熙攘攘的街道旁常常就有一座庙，这些大大小小、历史悠久、建筑精美的寺庙，杂糅在民居、街道或古老或现代的建筑群中，成为市民生活的一部分，也成就了这座城市的精彩乃至灵魂。许多寺庙里挂有挂钟，在市区里游逛的行人往往去拉一下钟，双手拜拜，在额头上点一点朱砂，然后在钟声的袅袅余音中悄然离开……所有动作行为自然天成，仿佛与生俱来。在这个国度，似乎宗教就是生活，生活就是宗教，而不是一次盛大的聚会，一次精心装扮的表演。在我们看来遥不可及的神，其实已经渗入他们的血液和民族的灵魂。

有的寺庙有专人讲经传导，听众中老人、妇女居多。许多人一边听，手里还忙着捻灯芯之类的活计。据说那些灯芯是用来制作供奉佛祖用的蜡烛等贡品的。我们无法听懂传经人讲授的内容，但仅是看他们每个人的表情都很享受。他们听一段，又和着讲经人弹奏的音乐大家唱一段，非常怡然，有人一边唱还一边摇着手铃……遥想当年，孔子之类的传经授道，大约也就是这种场景吧？

街道边的小摊上，随处可见印度教诸神的彩色图片，这些图片形象生动，色彩鲜艳。据说每个图片代表一个故事，而这些故事尼泊尔人从小就耳濡目染，他们的众多宗教节日都是从这些故事里来的。

离加德满都不远的巴德岗，也是尼泊尔寺庙比较集中的一个古老城镇，是 14—16 世纪马拉王朝在加都谷地的首都。这是我最喜欢的“尼泊尔”，因为在这里我找到了想象中的尼泊尔——精美绝伦的建筑、辉煌厚重的历史和神秘魔幻的宗教气息。

进入巴德岗的第一步，首先就是跨过那不知矗立了多少年，装饰有精美木雕的高大城门。跨进城门，就好像整个人被时空机器一下扯到了历史的幕布前。古老的街道，历经风雨与现代建筑融在一起的古老建筑和寺庙，精美的木雕窗户、屋檐，用传统手工制作食物的小餐馆，制售铜器、围巾、唐卡等各种手工艺品的小商店和手艺人……林林总总，杂乱地粘揉在一起，无序又有序，世俗又超凡。我们和这里的一切好像格格不入，但又丝毫不影响这里固有的秩序。

巴德岗的古老建筑和寺庙属于世界文化遗产，虽然历尽沧桑，但仍然出类拔萃。它们犹如一张张历史文明的名片，不容置疑地向世人昭示着曾经的辉煌与荣耀。置身其中，恍如隔世。看着那些建筑精良、用材考究、气势恢宏的寺庙，我难以想象当年那是一种怎样的奢华与虔诚。不过，在这里，即便雄伟精美的古建筑给你再多震撼，你都不会觉得历史是被围起来参观的东西，而是一种身在其中的真实生活。我想，世界上很少有哪个民族能够享有这样的奢侈。漫步幽深的条条小巷，更真实的生活展现在眼前。廊角檐间回旋的是无法挥去的古老感觉。阳光从雕花窗格中透进来，木质的回廊中光影舞动。

杜巴广场是巴德岗的市中心。广场红砖墁地，大约有一个足球场的面积。由于年代久远，砖地坑洼不平。广场四周是数十座寺庙、塔及亭阁，这些建筑多为红砖建造，个别塔或亭子是石结构。广场周围，除了寺庙，便是当地人的民居。民居

也多为红砖砌就的三层楼，楼与楼之间是狭窄的街道，大多仅两三米宽，街道也是红砖铺地。无论是寺庙还是民居，都十分陈旧，写满沧桑，没有任何修缮的痕迹。整个古城没有任何现代建筑，甚至没有一寸柏油或水泥路。稍微上点年纪的人，都穿着传统服装，男人戴着各种图案的小圆帽，女人多穿长袍似的莎丽，艳丽斑斓。无论男女，多黑瘦干枯；无论是建筑还是人，似乎整个古城，都停止在远古之前。

杜巴广场边的回廊上，一群男人在分声部唱着我听不懂的歌谣，有些人虔诚认真，有些人两眼迷茫。他们坦然安逸的姿态，不免让人产生几分嫉妒。我想，这也许就是这里千百年都不曾变化的历史，巴德岗人的祖祖辈辈就生活在这种历史之中。游客眼中的新鲜，无非就是他们日复一日的日常程序。

距离加德满都200多公里的兰毗尼，是佛祖释迦牟尼的诞生地。那里是没有理由没有寺庙的。到那里去朝拜，大约是每个佛教徒一生最大的愿望，因此这里每天香客如云。佛祖母亲的寺庙、印度阿育王证明佛祖在此降生的石柱，都是世界文化遗产。如今，围绕着佛祖诞生地，已经建成或在建着不少寺庙，有许多国家的人参与了建造。德国人建造的寺庙很精美、很漂亮；中国人建造的中华寺很大气，中华寺就像杭州灵隐寺的缩小版本，赵朴初的题字清晰可见。

走进中华寺的时候，我的内心骤然有一份特别的亲切与神圣。僧人们正在做晚祷，气氛安详而庄重。住持说，他们都是从中国各寺庙里选去的僧人，几年轮换一次。我们在寺庙的回廊上安静地坐了很久。离开寺庙的时候，大家有些沉默。东打破沉默："我们回了一次家。"大家听了，不出声会心一笑。

走出寺庙不远，一群大大小小的孩子蜂拥着围了上来。最小的孩子大概只有三岁，黑黑的，瘦得不行，全身就穿了一条破烂的短裤，走路似乎都还不大稳当。大概看出了我们是中国人，他们尾随着我们，用中文不断念诵着"释迦牟尼，南无阿弥陀佛"。一开始，我们不明白他们的目的，后来才知道是讨要。孩子们边唱边用乞求的眼神巴巴地看着你，看得你心里阵阵发酸。我掏出钱包刚打开，没想一下子围上来七八个，有的甚至来抢我手上的钱，吓得我不知所措。古尔玛一边大声喝骂，一边连拉带拽，才把我从人群的包围中"拯救"出来。可几个孩子还是一直尾随到酒店门口，大家却再也不敢打开钱包。不过，看着孩子们渴求的双眸，我内心有一种湿湿的东西在蠕动。

离释迦牟尼诞生地和豪华的寺庙群不到半公里的地方，就是孩子们居住的简陋破旧的村庄，村庄的房屋大多数是用篱笆、泥土支撑起来，高不过三米的茅草小屋。施舍建庙的施主难道看不到眼前的贫穷吗？是什么力量使这些人放弃今天的现实而去寻求来世的幸福？各路养尊处优的神仙，你们给尼泊尔人民带来了什么？

神啊，你的子民连自己的温饱都无法解决，他们拿什么奉献给你？

礼赞生命　以节日的名义

来到在脑海中憧憬无数次的博卡拉，感觉睡觉是很罪恶的浪费，于是我早早起床，坐在酒店用深色木条作围栏、种有绿色植物、可以俯瞰大半个博卡拉城的露台上，让自己的身心融化在飘着田野气息的晨曦空气中，等待日出。朦胧中突然发现，在酒店布置讲究的园林中央，有一座小巧精致的神庙，酒店的员工和一些住客都在那里排着队拜神。拜完后，一个看上去像是长者的人端坐在神庙中央，给每个人的额头上点朱砂。气氛安详、庄重。导游古尔玛也在排队。后来听古尔玛说，那天是一个节日。

尼泊尔几乎所有酒店都建有过节拜神的地方。吃过早餐离开博卡拉，一路上看见乡村里拜神的人，上学的孩子也放了假来参与仪式。

据古尔玛介绍，尼泊尔各种节日每年多达300多个，节日大都与宗教、农时有关。宗教节日遵从阴历，而国家节日则有固定日期。尼泊尔政府规定放假的节日有近50个，如洒红节、佛诞节、圣线节、神牛节等。尼泊尔人每年几乎要花三分之一的时间来庆祝。过节的形式多种多样，包括举办庙会、跳舞、游行等等。有些节庆是古代流传下来的，源于万物有灵论，或来自传说；有的节庆则是由某些位君主直接下令庆祝的。过节，是尼泊尔人生活乃至生命的重要组成部分。世界上很少有地方会像尼泊尔一样，为了节庆花费那样多的心血。对于尼泊尔人来说，宗教节日于他们似乎与生俱来，甚至占据着他们的灵魂。无论你何时何地来到尼泊尔，差不多总能遇上一个或多个特殊节日。在尼泊尔的十天中，我们就遇到过好几个节日。

到达巴德岗的那天，刚好碰上神牛节。神牛节是尼泊尔最为著名的节日之一，始于中世纪。古尔玛说，这个节日源于一个美丽的传说：国王的儿子死了，王后整天悲伤哭泣。国王为了安慰王后，就对她说，不要悲伤，你走出王宫去看看，世界上每天都有人失去亲人，但他们都很高兴，因为他们亲人的灵魂升入了天堂。为了让王后相信，国王下令这一天所有失去亲人的人家都要上街游行庆祝……从那以后，每个头年有人过世的家庭在这一天都要领头牛到大街上游行，因为尼泊尔人相信牛会帮助已故的亲人早日升入天堂，没有牛的家庭可以让男孩打扮成牛来代替，亲戚朋友也都来参与。这一天，最为热闹的地方要数加德满都谷地的三座古都。

站在城门外，就能感受得到巴德岗热闹非凡的气氛。全城的人都放假了，许多人悠闲地坐在那些镶有精美的雕花门窗、被冠于世界文化遗产名头的古老寺庙和建筑的回廊下，怡然地看着狂欢的人群。学校也放假，游行队伍里大多数是男孩子，他们每人手里拿一根两尺多长的竹棍，变换各种花样，有节奏地在敲打，一边敲打一边喊口号，脸上画着他们喜欢的各种脸谱。女孩子则穿上传统的盛装，甚至是新娘装，打扮得很华丽，看上去十足一个狂欢节。

阳光很灿烂，每个人脸上洋溢着欢乐与兴奋。和我们一样，许多游客被那欢乐的气氛感染，不自觉地就加入到了游行的队伍中。十几个来自欧洲的学生，好像早有准备，人手一根竹棍，也又敲打又喊叫，不亦乐乎。来到加德满都的塔庙，更是人山人海，朝拜的、跳神舞的、游行的、演讲的、购物的……把个佛塔挤得水泄不通。

我想，在这个古老的国度，千百年来，这种场景不知重演过多少回，但所有人似乎都兴味盎然。一个怀念逝去亲人的节日，竟是如此气氛，让我很震撼，震撼他们对生命的释然与豁达，震撼他们对生命概念的诠释与理解，震撼他们把节日当作释放生命能量与快乐的这种方式。尼泊尔几乎所有庆典的真谛在于：大家共同欢乐，与神灵共享一切与荣耀。

古尔玛说，在许多节日里，人们有充分的自由与放纵，想干什么、说什么都可以，甚至怒骂国王，都不会有人来根究。报纸这一天也可以大放厥词。神牛节这一天就可以这样。在塔庙，看见许多人围着一个人在听他演讲，我们无法听懂讲什么，看那人一边讲一边在推销手里的 DVD，我们猜想，肯定是他们的著名歌星在签售或促销自己的唱片。向古尔玛求证才知道，那是一个政党的人在骂另一个政党、在骂国王，而且制作了 DVD 和标语。尼泊尔人对宗教的敬仰和虔诚让人肃然起敬，然而，即便是被我们认为神圣乃至诚惶诚恐的宗教，在他们那里又似乎有许多世俗与玩乐的成分，甚至在每一个寺庙那些做工精美的廊柱上，都雕刻有非常直白的让我难以理解的性爱形象。我无法分清在他们的文化里，哪些是人性，哪些是神性。或许，人和神之间本来就是“无间道”。

尼泊尔，这神秘的国家！是否就因了这许多神秘，才让人流连忘返，欲罢不能？

逝者如斯　生命如歌

那或许是我生命中一个永远无法释怀的下午——在不到三个小时的时间里，三个生命在我的眼前灰飞烟灭。死亡，离我如此之近，不到二十米，那样真实，那样直白——那是在尼泊尔加德满都附近的巴格马蒂河岸边。

巴格马蒂河，原本同世界上许多普通的河流一样，但因为与生命、死亡、信仰联系在一起，所以，变得不再普通。这里是印度教徒举行火葬的地方。印度教相信，死后燃烧躯体，并将骨灰撒入河中，灵魂就可以脱离躯体而得到解脱。大约就是因了这种信仰，在尼泊尔，我们没有看到过一座坟墓。

河岸两边都用长条青石镶嵌起来，规整，气派，不知道经过了多少岁月沧桑，但看上去仍然牢不可摧。难以想象当年花费了多少人力物力。沿河有六座石造平台，导游古尔玛说，那是火葬台，位于上游的一座属于皇室专用，其他五座是平民百姓的。平台被烟火熏得黝黑，多少年来，究竟有多少个遗体在这些平台上化为灰烬，谁也无法说清，只有平台知道。河岸两边除了著名的湿婆神庙，还有许多居民住宅。

平台上每天都有死去的人被焚化。我们到达的时候，有两个火堆正在熊熊燃烧，在旁边装饰有非常精美的雕花门窗的回廊里，许多男人一边喝茶聊天，一边有意无意地看着燃烧的火堆。他们大约是死者的亲朋好友。过一会，有人用长长的木棍翻搅一下火堆。在距离焚尸火堆不到五米远的河里，四五个六七岁的男孩在欢快地打闹嬉戏；河的下游，几个妇女在洗衣物；一条被河水浸泡得肿胀发白的死狗顺着河水在漂浮；河边二十多米远的神庙里，一些男男女女摇着手铃悠然唱着我们无法听懂但旋律优美的歌谣，火堆燃放的烟雾升腾后在他们周围缭绕。

一个平台上正在架大块大块的木柴，一个遗体摆在旁边，没有棺木，只是简单地放在一个担架上，上面盖着颜色鲜艳的布，还有一面党旗，头发被剃光了，抹了红色的朱砂。古尔玛说，去世的是一个比较大的政党的议员，所以遗体上盖有党旗。还来了许多官员，来人大多给死者敬献用鲜花做成的花环。一个老者在旁边念叨一阵之后，平台上去了五六个人，其中还有一位女士，古尔玛说她可能是死者的女儿，因为除此之外，其他女人是不能上去的。他们抬着遗体围着搭好的柴堆绕过几圈之后，将他放了上去。随后将覆盖在他身上的所有东西全部抛到河里，只剩下一层白布。死者的长子点着火把，放在死者的嘴里。整个仪式没有哭泣，没有喧闹。我们和大部分游客一样，站在河对岸观看，静静地，呆呆地。韩国一个电视台的记者架着摄像机，拍下了仪式的整个过程。

天很蓝，阳光很好，但我内心却始终阴郁。浑浊的河水在静静流淌，红色火苗在燎荡中发出噼噼啪啪的响声。

恍然想起不久前一个远房亲戚，也是自小一起长大的朋友，四十多岁，事业有成，家庭幸福。父亲瘫痪十几年后去世了，应该说这无论是对病人还是对家人都是一种解脱，但按照传统，家里请来道士念了三天三夜的经。作为众人夸赞的孝顺儿子，他要招呼来吊唁的客人、处理安葬的事情，还要陪跪。父亲的后事终于处理完毕，几天没有好好睡觉的他终于可以睡上一觉了，可因劳累过度，加之原本心脏不太好，睡下后他再也没有起来。父亲入土的第二天，他便丢下媳妇和还在上高中的儿子，丢下人世间的所有牵绊，跟着父亲去了。听到这个消息，我震惊，悲愤，又茫然。逝者如斯，为什么？为什么要让死人折磨活人呢？很长时间，我无法从迷茫与义愤中解脱出来。

看着熊熊燃烧的火堆和周围怡然自得的人们，突然感觉生命其实很简单，也很脆弱，甚至不如一棵小草。小草死了，可春风吹来，她还会再次焕发生机。人却不一样，去了就永远去了。这是人类无法逃脱的宿命，是自然无法逆转的法则。但无论怎样，太阳照常升起，生活照常继续，活着的人能够做的，恐怕就是坦然面对，好好活着……印度教徒对死亡如此释然，究竟是对生命的漠视，还是悟透了这生生死死的许多道理？

一个火堆燃尽了，两个人用铲子没几下就将灰烬推到了河里，另一个人用水桶在冲洗。没过几分钟，平台便被冲洗得干干净净。一个曾经鲜活的生命，就这样随着河水逝去了。据说河水流向通往天国的神圣之河——恒河。

旁边的一个平台又抬来了一个遗体，许多人又在忙活着做准备工作，重复那些或许千百年来都在重复的程序。

活女神·苦行僧

在加德满都嘈杂、热闹的老王宫对面，有一座不起眼的三层白色小楼，所有窗户都呈褐色，门口两座石狮忠实地守卫着它的主人，还有许多叫卖的小贩。小楼虽然由于年代久远而显得老旧，但源于17世纪马拉王朝鼎盛时期雕栏玉砌的精美工艺，还是让人能感受到这座楼的主人不同寻常。这就是在尼泊尔人心目中拥有极高地位的库玛丽庙，尼泊尔人敬奉的活女神库玛丽（意为处女神）就住在这里。每年的因陀罗节，国王都要来这里拜祭祈福。

尼泊尔敬奉着数不清的神仙，但库玛丽是唯一的活女神。从17世纪开始，挑选、敬奉以及更换活女神正式成为一种制度出现在加德满都。加德满都老王宫的活女神最为有名，被称为“皇家库玛丽”。

古尔玛说，每天中午12时和下午4时，库玛丽女神会身着特有的红色服装，头戴银饰，出现在窗口，供游客瞻仰。我们走进活女神庙的时候，是下午3点多，庙里已有几个欧洲游客在等待。

据说，“活女神”的甄选严格而且神秘，她必须出自佛祖释迦牟尼出身的释迦家族，祖辈必须生息在加德满都的两条圣河——巴格玛蒂河和威斯奴蒂河岸边。要求具备三十二种美德，例如，出身清白，从未生病、流血，身上没有任何斑点，也不缺牙齿，脖子像贝壳般发亮，身体像菩提树一样挺拔，睫毛像母牛的睫毛般锐利，腿像鹿儿般笔直，眼睛和头发必须黑得发亮，手和脚必须修长漂亮等等。作为尼泊尔王国的保护神，她的星座还必须与国王相吻合。另外，还必须拥有超常人的冷静和智慧，诸如不惧黑暗，在漆黑的庙宇中必须同杀来祭祀用的羊头和水牛头共处一室，度过一夜，而且不哭。

“活女神”每天要遵守严格的日程安排。早晨，侍从帮她穿上红金相间的锦缎长袍，梳上发髻，在额头绘上“火眼”。大约9点钟，“活女神”会坐上宝座，神职人员则会献上祭品。此后“活女神”要花上几个小时的时间赐福朝拜者，然后是每天的功课，所有这些完成后才是她玩耍的时间。即使这时“活女神”也不能随处乱跑，“活女神”双脚不能着地，也不能穿鞋，而是穿上红色的袜子。活女神庙里面都铺了厚厚的地板和地毯，她只能走在铺有锦帛的地面上，还不能走到阳光下，每年只有几次巡游时她才能待在露天，但每次出行都要由仆人抱着，或是乘坐金色的轿子。“活女神”的母亲每个星期只能去看望她一次，而且还要以普通朝拜者的身份，不过她的姐妹可以在每周六陪女神玩耍。

几百年来，库玛丽女神都来自平民家庭。据说，20世纪80年代，每到挑选库玛丽女神的时候，数百户人家就将自己的女儿送到神职人员那里，争相角逐这象征着荣耀和富足的职位。但到2001年，当皇家神职人员又开始寻找候选人时，只有 5 户人家愿意将自己的女儿送出来参加挑选。现在人们的想法已有所改变。他们宁愿自己的女儿将来去做工程师和医生。因为大多数“活女神”恢复凡人面目后，没有接受过现代教育，缺乏收入来源，过着不幸的生活。而且人们认为，如果同前女神结婚，就会早死。很多前女神因此无人敢娶。现在还活着的八名前女神中，有七位至今独身。

1984 年至 1991 年的皇室“活女神”拉斯米拉 12 岁还俗后，不得不从小学二年级开始学起，她根本就不适应生活的改变。拉斯米拉的姐妹说：“她经常哭，要求我们将她带回神庙。有一次她竟然真的跑出家去，然后自己找到了女神的住所。”不过凭借着家人的帮助和个人努力，拉什米拉学习成绩十分优异，并且不断跳级。18 岁那年从中学毕业，并进入大学学习，她现在是尼泊尔第一个拥有大学学位的库玛丽女神。她还在别人的帮助下完成了第一部库玛丽自传《从女神到凡人——一位前库玛丽女神的真实生活》。

其他的“活女神”就没有拉斯米拉这样幸运。由于她们刚懂事就进入了女神庙，不需要上学，不用干活，主要生活圈子是一群仆人和少数几个必须完全服从她的玩伴，因此，她们几乎没有学会基本的沟通能力，不会与人合作、讨论、争辩。

为改变这些前女神一旦还俗受到社会抛弃的悲惨命运，尼泊尔政府在 2006 年宣布，给所有的前“活女神”每月 40 美金、前皇家“活女神”80 美金的补助，这笔钱是当地人平均收入的几倍。此前，皇家活女神得到的所有报酬是还俗时收到的一枚金币。

古尔玛说，当现任库玛丽普瑞迪·释迦家的门被敲响时，她母亲非常担心自己 3 岁的女儿会被挑走：“我不想女儿离开我，但我又怎么能说不？”

听着古尔玛的讲述，我难以想象这个千挑万选、活着的女神该是怎样一个女孩。 时间到了，我有些紧张。女神悠然出现在窗口。她也就七八岁的样子，神态端庄、大气，额头有一点朱砂红，画着淡妆，脸上带着若有若无的笑意，闲适地看着大家，在大家还没有回过神来的时候便消失了。前后不到三分钟。

这就是活女神？褪去她身上的光环，卸去她的神装，她该是一个活泼可爱、漂亮动人的邻家小女孩。如此鲜活的一个生命，要是凡人，该有怎样的精彩？把她作为神供奉在这个阁楼里，她的内心与平常女孩会有怎样的不同？退出神坛后她的生活将怎么过？中国人常常憧憬“神仙日子”，可看来真做了神仙，日子未必如意。于我凡人的思维，作为一个女孩的母亲，我想，我情愿让她过凡人的生活，也不愿意让她成为孤独寂寞的神。不过，在神的面前，凡人常常显得很无奈，就像她的母亲所说：“我不想女儿离开我，但我又怎么能说不？”

与养尊处优的活女神截然相反的是苦行僧。在许多寺庙，都可以看见苦行僧的身影。他们精瘦矍铄，披头散发，衣衫褴褛，忍饥挨饿，风餐露宿，给游客充当拍摄模特得到布施。他们用佛彩将自己装扮起来，一生在人世间流浪，没有终点……

在湿婆神庙遇到三个苦行僧，大概是天气比较热的缘故，他们身上除了一条短裤，几乎赤身裸体。由于脸上画满了佛彩，我们无法分辨出他们的实际年龄，但看上去他们都活蹦乱跳，很精神。似乎是许多年都未曾洗过、剪过的头发，像干枯的树藤缠绕在头上，看上去像一顶帽子。我们想和他们合影，他们说可以，但每人要付 200 卢币，折合人民币大约 18 元。说到钱的时候，他们很职业，我心中充满敬仰的神圣一下子消失殆尽。也许其他人也和我有同样的感觉吧，后来大家也就没有合影，不是因为钱的缘故，只是因为不太好的感觉。

我想，在尼泊尔这个神秘的国度，无论做人，做神，还是做僧，自由，随性，随心，大约就是最高境界。

文明与文明的较量

朋友听说我们要去尼泊尔，很是紧张："你去哪不好！怎么想到去尼泊尔？那里随时都在发生动乱，很危险的！"旅行社的领队也一再跟我们交代，如果碰上罢工、游行什么的，千万不要拍照，不要采访；出门的时候最好准备好防护用的面巾……也许是记者职业养成的喜欢凑"热闹"的烂脾气，说到动乱，我们倒也不以为然。对于长期以来生活在和平环境的我们来说，动乱充满了另类的意味。不过，毕竟背井离乡，远行的将是一条未知的路，未来的事情谁也无法预料。大家嘴上说着过瘾，心里还是有些虚的。于是，临行之前，我们要下了中国驻尼泊尔大使馆的电话号码，东说："真被绑架了什么的，我们就打大使馆的电话。然后回来写纪实文学，肯定畅销。"

尼泊尔的动乱还真是名不虚传。2007 年 8 月 21 日，抵达加德满都的我们刚走出机场，导游古尔玛就指着路边的一条布标说："明天加德满都要罢工。"

2001 年 6 月，尼泊尔王室突发血案，比兰德拉国王等王室成员在并非乱世的时候惨遭灭门之灾，比的胞弟贾南德拉登基。这件惊天动地的大新闻占了当天几乎所有报刊的头条，将名不见经传的尼泊尔骤然推到了世界瞩目的焦点。自那以后，尼泊尔就不得安宁了，作为经济支柱之一的旅游业也随之逐渐萎缩。面对尼泊尔那些精美绝伦的建筑和辉煌灿烂的历史，我恍然：那些辉煌博大、让我们幸福遥想的古迹和世界文化遗产背后，究竟曾经经历了怎样的腥风血雨？

主要靠做导游为生的古尔玛有些无奈地说，几年来，尼泊尔政局一直动荡不安，各派政治势力不断冲突以争取扩大对民众的影响力。尼南部特莱平原少数民族团体以罢工、示威甚至袭击警察方式表示抗议，而加德满都等大城市也不断发生各类抗议示威。据警方统计，最高峰时，一个月内仅加德满都就出现了至少 125 次示威和抗议活动。举行示威的政党和团体，不仅包括尼共（毛主义），也包括首相柯依拉腊领导的尼泊尔大会党。近一年来情况有所好转，来尼泊尔旅游的人也渐渐多了起来，但要让尼泊尔真正成为旅游胜地，路仍然很遥远。

让人颇感意外的是，罢工前一天的加德满都没有我们想象中那种山雨欲来风满楼的紧张气氛，街市上仍然热闹非凡，一派祥和、宁静的景象，人们的生活照样进行，让人难以相信这里会有武装冲突，会有小规模的战争。难道游行示威、罢工已经成了尼泊尔人生活中的一个组成部分？古尔玛说，他们已经习惯了。他上中学的弟弟每天早上起床后的第一件事就是给同学打电话，询问有没有罢工，如果有罢工，学校就要停课，他就会欢呼着去找同学玩。或许对于世界所有的孩子都一样，不用上课那是最高兴的事了。

来到据说是国王开办经营的国王酒店，酒店里入住的几乎都是外国客人，这里也没有丝毫的紊乱和异样，一切服务都很体贴周到。第二天，我们的目的地是齐达旺。古尔玛交代，第二天要赶大早，晚了说不准就会因为罢工几天都出不了加德满都城。我说，那就太好了，总算碰上点事了。不过，第二天电话一响，大家还是乖乖离开了温暖舒服的被窝。

旅行车开出酒店不久，就碰上了一个路障。一个三十多岁的男子抬着一面红旗走过来，和司机、导游叽里咕噜说了一阵之后，男子把头伸进车里看了看，友好地和我们“NAMSTE”（尼语“你好”的意思）了一句之后，司机便调头绕路走。古尔玛说，前面的路被堵起来了，那男子听说我们是中国游客，所以建议我们走一条小路。看来，即便动乱，在这里中国人也有特殊的待遇，我们不禁有几分自豪。

经过难以想象的颠簸和左冲右突，我们终于走上了铺着柏油的康庄大道。道路的一边停满了各种准备进城但被路障阻挡的车辆，有两三公里长。车上所有乘客都下车走路，一条车流一条人流，狭窄的道路显得很热闹。看着那些车辆和安然行进的人流，我恍然想到中国农村里赶庙会或赶集的场景。

沿路遇到多次检查，即便在偏僻的山区，转过一个弯，不经意就会出现一个路障，路障有些是铁马，更多的则是种了花的大花盆，或燃烧的轮胎，或竖立着的大油桶。走过来的检查人员大多都很年轻，看上去 20 岁左右，还有许多是女孩子。听说是中国游客，他们都很友善，基本就是看了看我们的护照，简单盘问一句“中国人？”扫一眼我们的行李以后就放行了。

在博卡拉遇到一群示威的人，男男女女两三百人，抬着写有口号或要求的牌子，静静站在政府的办公大楼门口，很是文明、安静。我难以想象这种示威究竟有多少作用。但愿这种甘地式的反抗，这种文明与文明的战争，是最有力量的。历史在不断进步，斗争的方式也应不断更新。或许，历史不一定要通过屠戮才能达到进步。

这一次罢工看上去很平和，没有看见冲突，也没有听见喊口号，不过，只要有冲突，始终不可能绝对安宁。晚上从电视新闻上获悉，很多外国游客的车被堵在了加德满都，游客只好下来走路。还听说在塔庙附近有几家商铺，因为不听招呼开门营业，被罢工的人砸了。

沿途还遇到好几起收费的路障。古尔玛说，有几处收费是尼政府规定的，但好几处是“乱收费”。在一个村庄旁边遇到一个路障，车刚停下，几个十五六岁的男孩走了过来，和司机叽咕了几句，司机便从口袋里掏出几张卢币递了过去，男孩撕了几张票后几个孩子欢笑着打开了路障让我们前行。古尔玛说，那是几个中学生，他们准备搞一场足球比赛，要我们买几张票赞助。如此的收费让我们很是惊讶。后来又遇到了诸如此类的几起，有的说是要修路，有的说是村里要修建花园。不过，收费人的态度都非常友善，有的“乱收费”处还有简单的答谢赞助人的表演。

想到斯瓦扬布纳特佛塔（Swayambhunath Stupa）上那双俯瞰整个加德满都山谷的眼睛。仰视它的时候，整个心灵都为之震撼，那是一双仿佛看到你心里去的眼睛，微笑着，无论在哪个角度都像是在与你对话，仿佛用一种空灵的梵音，讲述着平和与宽容。这个最受尼泊尔人崇拜的神，你的子民什么时候能够听懂你的梵音？

学生，尼泊尔的另类风景

尼泊尔的学生好像永远在路上。

在嘈杂、烦乱的街巷，在离城市很远离乡村很近的公路边，在一辆辆校车上……他们身着深蓝或深红校服，背着书包拿着书，友善有礼、神采奕奕，脸上透出灿烂如夏花般干净、单纯的神情。无论在城市或乡村，男学生都西装笔挺，皮鞋锃亮，雪白的衬衣领下是统一款式、颜色的领带。女学生都是裙装，各色百褶裙，白袜黑皮鞋，或配着西式上衣，或配着毛衣。不知为什么，那些漂亮的身影总让我有一种难以言说的感动，许多次想记录下来，可他们总在行走，无法定格，于是，镜头里的影像总是那么模糊。但在我的记忆深处，那是一道最为清晰、最有韵味的尼泊尔风景，每当想起，就有一种特别的亲切与温馨在心底颤悠。

尼泊尔人均 GDP 只有中国的三分之一，人民生活水平也不高。在那里，我们这些中国的工薪阶层几乎都可以称“大款”。但学生无疑是这个国度最受尊重、最受保护的群体。在热闹的街市，在破旧的茅草屋前，在肮脏的村落里，在不修边幅、懒懒散散的人群中，那些身影总是那么显眼、漂亮。我曾久久注视一个母亲和她身边的孩子，衬着母亲那并不鲜亮的纱丽和凝在脸上的疲惫神情，孩子身上漂亮的校服让人望去是那样格格不入。与加德满都拥挤狭小、破烂不堪的公交车相比，学生乘坐的校车也是那么整洁、宽敞，即便在偏僻的乡村，也能看见这种校车在行进。

在齐达旺的一间农舍里，看见一个漂亮女孩在做作业，课本是全英文的，旁边坐着一个老者，以为是女孩的爷爷，一打探才知道，那是女孩的学习辅导老师。不知道他们的教育和升学考试制度是否像中国一样，但看老者和女孩的认真劲，我想，无论怎样，学习于他们来说一定是一件神圣的事情。

据导游古尔玛介绍，尼泊尔的学校有公立的，还有私立的。目前全国有 5 所大学：特里布文大学、马亨德拉梵文大学、加德满都大学、博克拉大学、普尔阪查尔大学。其中特里布文大学下设 61 所直属分院、4 座研究中心和 134 所私立分院。到 2006 年，共有学校 34543 所，在校学生 646 万。公立学校比较便宜，面向所有人，小学和中学都实行义务教育，大多数学校都有专门接送孩子的校车。偏远农村孩子的校服是免费发放。私立学校就太贵了，没有标准，不同学校之间差距很大，一般人家的孩子是上不起的。

古尔玛说，9 月以后是尼泊尔的旅游旺季，他要努力工作，多接几个团队，以帮助爸爸妈妈供养上学的弟弟妹妹。弟弟现在美国学计算机，再过两个月，妹妹也要到美国学习，花费会很大。不过，古尔玛很开心："自从当上导游以后，我的收入越来越高，现在就是国会议员的收入也比不过我。"这两年，中国到尼泊尔旅游的人越来越多，中文导游也越来越紧俏。古尔玛的梦想是成立一个旅行社，专做中国团队。

古尔玛大学学的是历史，毕业后当过保险推销员、售货员，做过生意。后来，一个从中国学计算机回国，又办了一家旅行社的朋友建议他去学中文。一年以后，操着很生硬的中文，古尔玛做起了业余导游。两年过去了，如今，能说四种语言的古尔玛，中文已经说得很溜，甚至能够理解我们教给他的"有朋自远方来，不亦乐乎""沉鱼落雁"之类的语句和成语。他说，像他这种水平的中文导游，目前尼泊尔只有 20 多个，其中，大部分都是到过中国的留学生。不知是中国经济发展速度越来越快、渗透世界经济的能力越来越强的缘故，还是比较起来到中国留学的费用比较便宜的原因，近年来到中国留学的尼泊尔学生是越来越多了。

出国时在飞往加德满都的飞机上，遇到一个气质高雅的尼泊尔女孩，看见她旁边的座位空着，几个"好色"的男士凑了过去。英语刚一出口，女孩却说起了中文。女孩名叫苏玛，是中国南京一所中医学院的留学生。她说，中医在尼泊尔很吃香，学成回国后她要当一名中医，开一家中医院。看她气质不俗，经侧面打探，又得知她家住皇宫附近，我们兴奋地猜想：尼泊尔那么穷的国家，能够送孩子出国的家庭，肯定不是一般家庭，说不准我们"艳遇"的是一个公主……哪知，到尼泊尔后才发现，关于和公主"艳遇"的童话破灭了——在尼泊尔，送孩子出国留学早已不再是皇家的“专利”。古尔玛告诉我们，孩子中学毕业后，有条件的人家大多会想方设法让孩子去国外留学，留学如今成了尼泊尔的一种潮流。尼泊尔学生留学的国家主要是中国、印度、美国和部分欧洲国家。

回国的时候，遇到20多个同机从加德满都飞往成都的尼泊尔年轻人。坐在我旁边的男孩说，他们都是在成都上学的留学生，他在四川大学学计算机专业。“我们学校有900多名留学生，尼泊尔的就有两百多个。”说这话的时候，男孩脸上充满自豪。

恍然想起一句在中国几乎人人都会说的话：再穷不能穷教育，再苦不能苦孩子。我不知道尼泊尔有没有这种说法，但那些永远在路上、深蓝或者深红的身影启示我：一个崇尚知识、崇尚教育的国度是值得自豪的；一个崇尚知识、崇尚教育的国度是值得尊重的；一个崇尚知识、崇尚教育的国度是不容忽视的！

尼泊尔的电视没“文化”

电视，对于中国人来说，已是非常普通的消费品。在城市，即便是贫困的人家都有电视机，在农村电视机也非常普遍。而电视频道、台套、节目更是让人目不暇接，仅模拟数字电视就可以让你看个够，更不要说正在蓬勃发展、能够充分满足你的个性需求、让你想怎么看就怎么看的数字电视了。可在尼泊尔，观众就没有这种福分了，他们的电视与他们拥有的世界文化遗产极不匹配。

尼泊尔本国目前有5家电视台，6个频道。其中，尼泊尔电视台属于尼泊尔的国家电视台，于1985年12月28日在首都正式开播，有两个频道，目前每天播放18个小时。还有4家私营电视台利用卫星传送节目。电视节目大多是用英语和尼泊尔语播出。古尔玛告诉我们，尼泊尔电视台还是中国政府援建的。听到这话，我们内心非常自豪。其实，在尼泊尔还有好几个中国援建的项目，例如他们的环城路，例如几个大型会议场。

据说，尼泊尔电视台是20多年前从一座小房子起家开始播放电视节目的。

根据中尼两国政府2000年7月1 0日换文规定，中国政府同意承担尼泊尔电视台包括演播室、节目后期制作与播出用房、控制系统、发射台及附属设施等在内的近4千平方米综艺楼改扩建工程。2005年12月，中国援建的尼泊尔电视台改扩建项目综艺楼工程竣工剪彩，自那以后，该电视台的播出信号覆盖了尼泊尔65%以上的人口和45%的国土面积，全球2 2个国家和地区可以通过卫星接收该台电视节目。新综艺大楼投入使用后，尼泊尔电视台又增加了城市频道……说到这些，看得出古尔玛脸上那种由衷的感动。我想，尼泊尔人对中国人那么友好，除了中国逐渐强大的国力，恐怕还源于中国人民一直以来扶贫济弱的敦厚品质。

尼泊尔工业生产的能力弱，甚至连餐巾纸之类的东西都要靠进口。所有你能想到的横行世界的品牌在这里都能见到广告，争相诉说着来自日本的电饭煲、DOVE香皂、中国摩托一类的幸福生活。令尼泊尔人万分骄傲的国产工业品似乎只有方便面。尼泊尔人使用的许多家用电器大都是中国进口的，其中电视机是一个主要产品。几年前，电视机在尼泊尔还是奢侈品，随着中国产品的大量进入，如今许多普通人家都有了电视机。古尔玛说：“我们家里现在有两台电视机，都是中国产的，我用的手机也是中国产的。”只是他们本土的电视节目内容还很单调，主要就是歌舞类娱乐节目，另外，还有少量电视剧，但看上去内容、拍摄、制作都很粗糙。不过，新闻节目做得还不错，时效性很强，视觉也很开放。美国、印度和英国的电视台占据了绝大部分频道。或许是受印度文化影响比较深的缘故，印度的电视节目、歌舞、明星在尼泊尔大行其道，在加德满都，各种印度明星笑容艳丽的广告牌参差错落地耸立在城市的大街小巷。

不过，尼泊尔的电视人并不甘于满足这种现状。在加德满都的老王宫门口，我们碰上两个扛着摄像机的年轻男子对着坐在佛塔台阶上一男一女两个年龄和他们差不多的年轻人偷拍。他乡遇同行，一种由衷的亲切油然而生，我们忍不住贸然地主动上去打招呼，对方很友好。原来，他们是一家刚开播三个多月的私营电视台的记者，正在制作一个有关艾滋病在年轻人中蔓延的专题节目。两人看上去也就20多岁的样子，听导游介绍我们是中国去的电视同行，他们很惊诧，随即露出了欣喜放松的笑容，你一言我一语地和我们交流起来。虽然我们无法听懂他们的语言，经过导游的翻译也只能知道一个大概的意思，但瞧他们兴致勃勃的样子，我们能够感受到他们对自己工作的热情和对外交流的渴望。在尼泊尔近十天，我们就没有看见过一个尼泊尔本土的电视台自己制作的专题节目。

远看两个被偷拍的年轻人，20岁左右的样子，打扮很普通，他们坐在神庙的台阶上，似乎在闲聊，行为并不过分。在他们头顶上，是神庙圆柱上雕刻得非常直白的性爱雕像。我怎么也没有办法将他们与艾滋病联系起来，我难以想象节目做出来会是什么样子。不过，看着两个顶着烈日认真拍摄的年轻人，我相信，尼泊尔的电视不会永远只有新闻、歌舞，一个如果按平方面积计算，拥有的世界文化遗产几乎排列世界第一的国度的电视，也不应该只有新闻，只有歌舞。

分别的时候，我们高兴地相互留了联系方式，还合了影，遗憾的是，回来的路上相机出了问题，照片没有了，但尼泊尔同行的身影却深深留在了我们的记忆里。

尼泊尔的“中国味道”

地域的魔力实在很奇怪。随着飞机飞过喜马拉雅，我们似乎便将一切遗留在了山的另一边，以往熟悉、平淡的一切转眼间离我们如此遥远，同时，又让我们如此牵念，即便简单如一顿饭，都会让人念念不忘，更遑论异国其他种种的“中国味道”。

大约是怕我们水土不服，到达尼泊尔后的第一顿饭，古尔玛就把我们带到了一个中餐馆。餐馆名叫中国大酒店，看上去一幢普通的三层小楼，门口悬挂的两个极具中国特色的红灯笼很显眼，室内的其他装修和布置风格，倒是和国内的普通餐馆没有多少差别。餐馆规模不大，摆放着近十张十人座的圆桌，生意似乎也清淡。我们走进去的时候，有七八个中国游客正在用餐。老板娘是一个30多岁的湖南妹子，细瘦、白净、五官秀巧，很是精明能干的模样。餐馆的服务员大多来自中国，有湖南的、四川的、重庆的……古尔玛在这里如鱼得水，一进门就和服务员“阿哥阿妹”地叫着，茶水、碗筷放在哪里都很熟，一副到了自己家里不把自己当外人的感觉。餐馆的中国菜做得极地道，麻婆豆腐，青椒洋芋丝，红烧肉，回锅肉……熟悉的味道，加上熟悉的乡音，让大家没有半点身处异乡的感觉。后来离开尼泊尔之前，我们又去吃了一顿，给我们做购物向导的大使馆的张女士说，今年春节，使馆的年夜饭就是在这个餐馆里吃的。看来，餐馆的名气还真不是吹的。

尼泊尔有名的中餐馆不只中国大酒店，还有一家北京烤鸭店。店门口放置着一幅一人多高的京剧名旦的剧照，一看就知道这店和中国有关。开店的是一个满口京腔的北京壮汉，一见面就热情地和我们聊开了。几年前，他和弟弟一起到尼泊尔旅游，发现这个号称“世界美食中心”的地方中国餐馆不多，就开了这家北京烤鸭店。“生意好做吗？”“马马虎虎。尼泊尔这地是小资的天堂，一般人不会选择这地方旅游。来这里的大多是背包客、穷游族、文艺青年之类的。不过这一年来游客慢慢多起来了，从店里的生意就可以看出来。”

古尔玛说，近年来，中餐在尼泊尔日渐走俏，中国的饺子在尼泊尔已经是非常普通、广受欢迎的食品。在加德满都吃过一顿味道、“形象”都非常地道的饺子，虽然饺子还是饺子，可感觉真的不一样。

在尼泊尔，让人难忘的“中国味道”不只有中餐和饺子。尼泊尔没有工业，除旅游外的各个产业发展滞后，近年来瞄准尼泊尔商机的中国人越来越多，经营水电、医院、手机、家用电器、药材、酒店、手工艺品、餐饮等等，目前在尼泊尔注册的中资公司已有40多家。而无论是在加德满都还在博卡拉，那些让人流连忘返的小商店，许多店主都来自中国，其中大部分又来自西藏。他们大多都能够讲流利的汉话。游走加德满都琳琅满目的各种商店，日用品八成以上也是中国制造。

翻开历史，中国和尼泊尔的关系其实由来已久。传说加德满都谷地原来是一个湖，是来自中国的高僧文殊菩萨用剑在山背上劈开一个豁口，让湖水从那里排出，才形成谷地。如果说传说虚无缥缈的话，那盛唐时代尼泊尔的赤真公主来到中国西藏，嫁给了西藏赞普松赞干布的事却是有史可查的。而尼泊尔人熟悉的中国高僧玄奘，在赴西域取经的途中也遍访尼泊尔各地，留下了许多精彩、详细的记述。尼泊尔古代杰出的建筑工匠阿尼哥于13世纪来到中国，他主持修建的北京白塔至今还风范犹存。两百多年前，尼泊尔王国成立的第一个外交部门，就是处理对华关系的。中华人民共和国成立后，尼泊尔是在拉萨设有总领事馆的唯一一个国家。

另据了解，1956年，百废待兴的新中国开始援助尼泊尔。当时的尼泊尔连一条像样的公路都没有。作为中国的友好邻邦，尼泊尔是中华人民共和国成立后最早援助的国家之一。50多年来，中国向尼泊尔提供无偿援助总价值高达人民币15亿元。在中国援助的亚洲国家中，尼泊尔的受援规模排名第二。中国对于尼泊尔的帮助，已经深入到每一个尼泊尔人的日常生活中。在加德满都，人们出行最重要的环城路是中国援建的；国际会议等大型活动通常在中国援建的比兰德拉国际会议中心举行；在农村，农民们浇庄稼用的是中国援建的灌溉系统……

我想，中国和尼泊尔其实就隔着一条山脉——喜马拉雅。而真正的遥远和陌生，或许并不是时间上的，也不是距离和地域上的，而是人类自身在灵魂深处设定的一种樊篱。背负着这种樊篱，身处异国，人的感情特别脆弱——看着如今看来不算气派的比兰德拉国际会议中心，我们的内心有一种特别的温馨与自豪。来到中国驻尼泊尔大使馆，见到“家人”，这种感觉就更强烈。

出发之前，为便于非常情况下有个照应，热情的中方领队承诺给我们联系中国驻尼泊尔大使馆。虽然心存感激，但我们想，人家大使馆有多少大事要忙，咋能顾得上我们？说说罢了。可到达尼泊尔的当晚，吃过晚饭刚回到酒店房间准备睡觉，电话突然响了。一听，说是大使馆的人在酒店大堂等我们，内心顿然有些不知所措。几个人连忙整理衣冠冲到大堂，一见面恍如隔世：“怎么这样面熟？”

突然想起，女士是云南老乡，在昆明一个藏族餐馆里常常见面但没有打过交道，而同来的先生也是迪庆人。他乡遇故识，那种突来的亲切与感动让我们不知所以。后来，热情的张女士还充当了我们在加德满都的购物导游，还带我们参观了大使馆和她的家……在国内常见不相识的人，因了这地域的魔力，恍然间便变得那样亲近了。

往往，生命中最熟悉的事物一旦成了习惯，就变得像空气一般若有若无。于是，许多的缘分与我们擦肩而过，许多的珍贵被我们漠视、忽略。远行，看似拉开了与现实的距离，但也留下了一份空间：让我们沉淀以往，守望未来……

尼泊尔的柔软时光

游历本是生命中的过往。游历中的人与事，有的擦肩而过，有的却植入你的生命。从尼泊尔回来，时常想起加德满都，想起博卡拉，想起费娃湖，想起巴德岗，想起纳加廓特，想起那些几乎让人“糜烂”的柔软时光。心头掠过回忆时，常常微微悸动。

尼泊尔，四季如春的气候，悠久的历史，浓烈的宗教氛围，懒散悠闲的老外，贫穷的国度，浪漫的旅人……就像这个国家历经的种种过往与将来、微笑与伤痛、幻象与觉悟，不断带给你惊喜，带给你意外。

游历尼泊尔，加德满都是所有旅人的首选。这个让人恨之切却又爱之深的城市，糅合了这个国家全部的生活态度：宁静、顺受、滞怠、永恒。漫步加德满都，犹如在历史老人满是皱纹的额头上爬行。时光，在这里被模糊，生命中许多坚硬的特质，在这里被揉软。

白天，这里交通混乱，奥拓状的小车、摩托、三轮和行人，一起在很窄、满是坑洞的路上拥挤，喇叭震天，但几乎没有因混乱而发生的吵闹、争执，也没有看见过交通事故。这里的人民并不富足，但淳朴友善，几乎没有偷盗和欺骗，在这里游走和购物，都感觉特别安全、踏实。这里没有发达的工业，可各种小商品，尤其是手工业品却应有尽有。这里脏乱，嘈杂，却旅者云集，而且来自世界各地。这里没有摩天的高楼大厦，却积聚了反映尼泊尔包括庙宇、花园、祈祷集会中心等各个艺术层面的 7 个世界文化遗产。

傍晚，太阳即将落山，喧嚣的城市渐渐安静下来。古老的神庙屋檐下，有老者在打瞌睡；有孩子不知疲倦地嬉戏打闹；有狗在阴影之处呼呼大睡；有黄牛在悠闲漫步……漫步城市深处的条条小巷，更真实的生活展现在眼前，居民在雄伟精美的古老建筑中来来往往，现代世俗世界中的一切烦扰，是那么遥远。

早晨，当夜色和星星开始隐褪，一个个庙宇里的一盏盏羊油灯，纷纷在虔诚的仪式中被点亮，各种神庙的光芒迅速在大地上蔓延，构成另一道星空。

——在喧嚣与倦怠中，加德满都古老的躯体，在新时代车轮的碾压中泰然轮回。

我们入住的国王酒店，处于脏乱的城市边沿，但环境静逸，布置古朴、优雅，房间干净。进入酒店大门，便仿佛进入了另外一个世界。其实，在尼泊尔，旅馆无论大小，都非常干净。

加德满都，世俗又神圣、脏乱又干净的城市，仅仅用眼睛是看不透的，它需要用心灵慢慢去体味，去感受。

与加德满都一河之隔的巴德岗，却少了许多城市的烟尘味，充满艺术气质。这里很少有汽车，年轻人大多骑摩托。建筑精美的佛塔、神庙分布城市的每个角落。杜巴广场上的神像，神秘，宁静，默然在岁月中伫立。广场上，卖菜、卖工艺品的小商贩悠闲而快乐。不知道建造于什么年代的古老城池中，裹着沙丽的女人在洗刷，光脚的孩子提着水罐汲水，神兽的大嘴里侃侃涌出的泉水，日复一日从未停歇……我想，城事一幕幕上演，不为慕名而来的旅人，旅人终究都不过是过客，这片土地上的住民才是永远的主角。

如果说加德满都和巴德岗是人类智慧结晶的话，那奇旺便是大自然赐予尼泊尔人的福地了。奇旺位于恒河平原。这里道路平坦，绿树葱葱。一望无际的稻田，焕发着郁郁的生机，与散落在稻田中的村庄、小树，构成一幅幅明信片般美妙的图画。奇旺国家野生公园坐落在贫穷的村庄旁边，相隔不过500米，却没有一个守护的人。公园的生态好得让人难以置信，高大茂密的原始森林，阴暗的地上完全没有路，只有被大象踩出的一个一个深坑。犀牛、马鹿、孔雀等各种野生动物在森林中自由觅食。从公园旁边流过的拉不堤河里，随时都有鳄鱼出没。鳄鱼似乎早已适应了游人的存在，懒洋洋地躺在河边的沙滩上晒太阳。

我们入住的旅馆坐落在一望无际的田野中间，旅馆设施简单却干净。旅馆入住的客人不多，住在那里的两天，只有我们、一对法国夫妇和他们收养的两个尼泊尔孩子，很是清静。每天从景点回来，洗刷干净，坐在旅馆的阳台上，要一杯醇香的尼泊尔奶茶，沐着清风，嗅着田野里秧苗和泥土的味道，或看书，或发呆，或几个人闲聊。晚上，伴着村庄里偶尔的狗吠和稻田里的蛙鸣声入眠，闲静，安详……面对大好的景色，爱好运动的欣和东忍不住天天早上天不亮就起来去田野里跑步，一跑就是几公里，甚至大太阳当顶的白天也要去跑上一趟才罢休。

纳加廓特，原定的行程里没有安排，但古尔玛说，那是到尼泊尔不能不去的地方。古尔玛有一个梦想，就是在纳加廓特盖一幢房子，安一个家。

纳加廓特离加德满都城大约30公里，位于加德满都谷地边缘的山谷里。进入纳加廓特的山路，弯多、狭窄、崎岖，一路遇到车身四周蚂蚱似站满了人的小客车，表演杂技似的在山路上狂奔，我紧张得手心出汗，猜想不出这种地方究竟会有怎样的好。进入茂密森林遮蔽的山路，才渐渐觉出这地方的魅惑。

山谷里有大大小小十几家酒店。一幢幢结合了东西方建筑风格、屋顶、墙面涂上了红色、黄色的房子，隐约散落在森林覆盖的山谷中，很有童话的味道。这里宁静，平和，没有眼花缭乱的店铺，没有城市的喧闹，只有青山，白云，清新的空气，自由、随性的生活。

入住的酒店，装修古朴，服务周到体贴，感觉像家。大堂里有钢琴，有装满书籍的书架，不过中文书很少，大多是日文和韩文。布置极具尼泊尔乡村风格的房间，推开窗户就能看到云雾缭绕的喜马拉雅山脉。房间里有可以自己做饭的设施。每间房间有一个阳台，楼下还有一个大大的花园。坐在群山环抱的花园里，听着森林深处清悠的鸟鸣，看着脚下朵朵白云从群山深处漫来，恍惚之中不知身在何处……

酒店的旅客不多，晚上来了几个尼泊尔年轻人，在花园里烧着篝火、弹着吉他、唱着尼泊尔民歌，很是快乐。夜晚的月亮很好，我们坐在阳台上也不甘寂寞，要了一些烧烤、几瓶酒，一边聊天一边唱，几乎把所有会唱的歌曲都唱了，欢乐的气氛甚至吸引了酒店经理，他也忍不住加入了我们欢唱的队伍……

与群山中的纳加廓特不同，博卡拉位于喜马拉雅山脉脚下的谷地。这个被誉为“人间天堂”的地方，有着非亲临不能体会的浪漫和美丽。它曾是嬉皮士疲惫灵魂栖息的乐园。20 世纪 60 年代，许多对现实不满的欧美年轻人，从欧洲的阿姆斯特丹出发，唱着“加，加，加，加德满都”的摇滚，一路经过阿富汗的喀布尔、巴基斯坦的马甸、印度的果阿，最后以博卡拉作为他们的终点站。那时，在博卡拉美丽的费娃湖畔，到处是嬉皮们的帐篷和简陋的小旅店，自然的壮美和宗教的安详，成为嬉皮士的不二法门，一时的热闹喧嚣使博卡拉成为世界嬉皮士的大本营。

博卡拉号称尼泊尔的第二大城市，实际规模看上去却不及云南的一个县城。与加德满都比起来，这里安静、整洁、亲切，几乎没有“城市”的味道。依山而建的街道两侧全是酒吧和旅店。这里没有高大建筑，大多是三层左右、别墅式的民居。许多民居开成旅馆、咖啡馆和售卖各种手工艺品、围巾、书籍的商店。

养花种草大约是这个城镇居民的爱好，各家各户的院子里、房前屋后，到处开满了各种颜色的花，明媚得让人不由自主地快乐。

博卡拉河谷四周是海拔 7000 米以上的皑皑雪山，而河谷里却绿树成荫，芳草连天。位于河谷中心的费娃湖，温婉清澈，静静的，让人迷醉。

阳光很好。我们租了小舟去费娃湖上看风景。可小船离岸不到一百米，欣就经不住清澈得几乎让人眩晕的湖水诱惑，纵身跳到了湖里，一边游还一边唱歌。看着欣那样欢畅，几年不游泳的古尔玛也跳到了湖里。两人赖在湖里不想上岸，干脆随着小舟游了一个来回。小舟上的其他人则忍不住放声高歌，歌声惊飞了湖心小岛上的鸽子，还引来了对唱。靠近一打探，才知道和我们对唱的是两个四川女孩。她们已经在博卡拉待了一个多月，钱快花光了，可仍然不想离开。和她们一起的还有一个德国男孩，他是半年多前到博卡拉的，住下就不想走了。有人曾经猜想，詹姆斯·希尔顿在《消失的地平线》一书中写的香格里拉就是博卡拉。如今香格里拉究竟在哪里，人们已无法准确考证，但我想，或许，我们每个人心中，都有自己的香格里拉。

我们住的酒店名字也叫香格里拉。酒店前面是朦胧的雪山，背后是一大片长满青苗的稻田，旁边是费娃湖。香格里拉像个花园，布置极具田园和自然味道，很多房顶盖的是修剪得非常整齐的茅草，但服务却是五星水平。每天，雪白的被子上总有从酒店花园里采摘来的美丽鲜花在绽放，鲜花淡淡的幽香沁在被子里，那种美好与温馨的感觉妙不可言。酒店住客川流不息，来自世界各地，但非常安静。

在香格里拉住了两个晚上，喜好睡懒觉的我却每天天蒙蒙亮就被小鸟唤醒，起来坐在阳台上发呆，等待太阳从雪山顶上慢慢升起。阳台上可以远眺喜马拉雅雪山，俯瞰整个博卡拉和费娃湖。早晨的空气中有股异常宁静的味道，雪山湖水带来的清凉微风吹拂在脸上，什么都可以想，什么都可以不想，只有惬意的滋味在心头弥漫。

在尼泊尔的十天，时间对我们来说仿佛不存在，忘却压力，忘却纷争，忘却生计，没有现实的痕迹。这可是我生命中从未有过的一段奢侈时光。

常常，我们甚至都忘记了没有灯光、没有喧哗的夜晚，忘记了抬头仰望天空，忘记了夜空中还有星星在闪烁，忘记了田野中还有蛐蛐在鸣叫。现代文明带来的物质富有，多少是用我们的浮躁和空虚作为代价的？或许，没有电视，没有电脑，没有电话，没有汽车，生活照样继续，甚至会少许多匆忙和凌乱。

我想，如果注定无法逃离尘世，我们就该拯救自己，能否让我们每一天的脚步慢一些，再慢一些？从容的步伐也许让我们有机会感悟身边的人和事，不再错过美好的风景，不再错过许许多多的弥足珍贵。

十天的旅程结束了，踏上飞机舷梯的时候，欣说，下次要带上家人一起来；莉说，尼泊尔，来的时候不想留，走的时候不想走。

2007 年 8 月写于昆明

曾连载于《云南广播电视报》

获云南报业副刊作品一等奖

塞班，让你无法不惬意

无论古今，无论中外，无论人种，无论阶级——无论如何，“世外桃源”从来都是人类共同的理想栖所、梦寐家园。

身居俗世，滚滚红尘，总以为如此处所，人世间是断然没有的。然而，来到塞班，我恍然明白，超尘出世的“桃源”，还是可以有的。这个地方就是塞班。

最初知道塞班，其实并非因为它的“桃源”，而是源于那场腥风血雨的塞班岛战役。世间的许多事情，往往就是如此不可思议的撕裂。

据有关资料，第二次世界大战时期，日本军队和美国军队为争夺塞班岛展开了激烈的战斗。1944 年 6 月 15 日，美军开始进攻塞班，史称塞班岛之战。7 月 9 日战斗结束，日军指挥官切腹自杀，三万名守岛日军士兵战至只剩一千人。

史料记载，早在公元前约 2000 年，塞班岛便开始有人类居住。而它的美丽被世人所认识，则是在 1521 年著名的航海家麦哲伦环球旅游后。

1565 年西班牙人登陆该岛后，宣布永久占有为其领地，并于 1668 年用西班牙皇后的名字，将包括塞班岛在内的群岛改名为“马里亚纳”。

1898 年美西战争后，西班牙将关岛割让给美国，将北马里亚纳群岛卖给了德国。20 年后，德国在第一次世界大战中战败，被迫将北马里亚纳群岛让给日本。日本占领期间，从日本本土和冲绳、朝鲜等地引进移民，在塞班岛上大量种植甘蔗。

二次大战，美军和日军展开了塞班岛之战。日本战败后，联合国将北马里亚纳群岛、密克罗尼西亚群岛、帕劳岛和马绍尔群岛一起划给美国政府托管，托管期从 1945 年到 1985 年，总共 40 年。美国负责托管地的国防及外交事务。

托管期结束以后，密克罗尼西亚群岛、帕劳岛与马绍尔群岛分别独立，成立为共和国；而北马里亚纳群岛在 70 年代决定不寻求独立，转而寻求成为美国领地。1975 年与美国达成协议成立联邦，成为美国政治联盟。1978 年联邦政府成立并通过了宪法。1986 年 11 月，经全民公投归属美国，成为美国领地，管理则由当地政府自治管理一段过渡时期。岛上居民自 1986 年起，全部持美国公民护照，社会安全卡（即税卡）由美国加州统一管理。与其他美国领地相同，北马里亚纳联邦在美国参议院不设席位，在众议院有无投票权的代表席位，但可以在众议院委员会投票。

纵观塞班的历史，内心有些唏嘘。这个美丽的岛屿，可谓命运多舛，好像一个流浪的孤儿，总被收养，又总被抛弃，似乎总是难以找到真正的灵魂归属。或许，正是源于这种多舛的命运，如今的塞班，才最大程度地保持了自己天然、淳朴个性的同时，也具有了包容的胸怀，成为纷繁世界中能够满足世界各国驴友美好梦想的“世外桃源”。

为了宣传、开发塞班的旅游资源，受有关旅行社的邀请，作为媒体人，2013年，在开满鲜花的5月，我和十几个来自各旅行社的导游一起，前往这个世外之岛做旅游线路考察。

据说，5月是塞班最好的季节，属于旱季，天气晴朗，水温合适。岛上美丽的凤凰花，花开正好。

中国前往塞班的直飞航班都是旅游包机，这也是为什么几乎半个中国前往塞班的团都拼在一起的原因。我从昆明飞到广州拼团，再从广州飞五个多小时到塞班。塞班包机确实不错，崭新的空客A330，每个座位都搭载视频和娱乐设备，

陪你度过枯燥的飞行。

飞机抵达塞班国际机场，已经是当地时间凌晨 2 点多。因为免签，加上工作人员非常细心，尽管有六个关口，可出关速度还是非常缓慢。或许是担心大家烦躁，出境前领队就做了交代，让大家要有耐心。所以出关秩序非常井然。近 250 人绕着不到 50 米的隔离带，“走”了近两个小时，才终于入关进入塞班。

走出机场，一阵热浪扑面而来，但不是想象中的那般无法忍受。可能是海风不断的缘故，空气湿湿的，很滋润，到处是茂盛的热带植物，还有盛放的粉白妖娆的凤凰花，很是舒爽。抬头仰望黯蓝的夜空，繁星点点，深邃悠远。

出门见到的地接导游是北京人 Z。40 岁左右的 Z，皮肤虽然已被塞班的阳光

晒成了健康的古铜色，但一开口还是浓浓的京腔，倒让人没有了初入异乡的陌生。Z说，塞班的许多导游和司机都来自中国。

Z已经在这里生活了近十年。不过他说，过几年还是想离开。由于地理位置接近赤道，天气太热，这里的人寿命都不长，平均年龄只在60岁。

“我还想多活几年呢。要不赚钱多没意思啊。”Z一边说一边爽朗地笑笑。

到达酒店，已是塞班时间4点多。塞班的酒店不多，但大多是位于海边的五星级酒店。我们入住的酒店位于塞班岛的最北边，日式装修风格，设施、调调都非常不错。

一路劳顿，困得不行，简单洗漱了一下，倒头便睡着了。一觉睡到早晨9点多，被阵阵海浪声唤醒。懵懂之中起身拉开窗帘。天呀，一望无边的蓝色大海，铺展在眼前。大海之上，是蓝得让人想哭的蓝天，蓝天中飘荡着朵朵白莲花般的白云。大海和房间之间仅隔着一片不到两百米宽的绿化带，绿草茵茵，树木葱茏。恍惚之中以为是梦境，好一阵回过神来，才想起这就是塞班了。突然想到著名诗人海子的诗：我有一所房子，面朝大海，春暖花开……

环岛游是塞班旅游的必备项目，岛上可以租车，可以自驾开敞篷车，也可以骑越野摩托。在环岛的过程中，可以全面了解塞班岛的历史以及风土人情。让我印象最深的是万岁崖，那是当年战败的日军跳海自杀的地方。据说，万岁崖原本没有名字。当年日本人战败后，南云中将下令让岛上的军人带着家属到这里，面对日本国土的方向，先把家属一个个推下去，然后跳崖，以示忠诚。跳崖之前，每人大喊一声：“万岁！”所以，这里就叫“万岁崖”。

据说，当年因自杀人数众多，鲜血染红了这一片海域。难以想象，那究竟是怎样的一种场景？来这里打仗的应该都是年轻人吧，那些刚刚绽放的生命，要抛却或父母兄弟、或妻儿恋人的亲人，走向死亡，那该是怎样的撕心裂肺。

如今，万岁崖上芳草萋萋，野花遍地。几十米高的崖下，海水碧蓝，涛声阵阵，海鸟在海面上翩然翻飞。崖上大小碑石数量众多，都是日本人来这里参拜的

时候立下的纪念碑。站在万岁崖上遥望大海，视线非常好，可以看到很远很远海天相接的天际线。面对美景，习习海风轻抚脸颊，本来非常惬意，但看着那些碑石，想着那段惨烈的历史，仿佛听到海风中有一种悲戚的呜咽，让人不忍驻足。

日军最后的司令部则满是战争遗留的痕迹，现在这里已经改成了二战日军、美军的残破武器露天展馆，陈列着当年各式各样的武器。满布弹孔的石墙、破损的机关炮和只剩骨架的装甲车，无声地向游人诉说着当年战斗的激烈，见证着战争的残酷。

日军司令部是当年美军的重点轰炸区，但由于修筑得非常隐蔽和牢靠，在轰炸中基本都保留下来了。

处处绿意公园似的露天展馆，现在根本看不到具有司令部特征的地面建筑，只能依稀见到一点点墙根。我们沿着山壁左拐右拐，终于在山崖边找到一个小小的甬道。这个甬道在外面看来一点也不起眼，其实，顺着甬道走进山洞，里面就是司令部。山洞很小，人要弯下腰来才能进去，非常隐蔽。

据说，修建这个司令部的时候，日军着实花了一点心思，千挑万选了这处炮弹难以着弹的山壁，把里面挖空，再用水泥加固，并另外挖了一条通往后山的通道用于逃生。可惜美军还是通过跟踪司令部发出的电波信号，发现了日军司令部的大致方位，并且集中火力轰炸。不过，在倾泻了无数的炸弹后，也仅仅只有一枚打中。后来日军在塞班战败，这个司令部的军官就在这里剖腹自杀，包括当时日军塞班司令南云中将。这位二战太平洋战争中相当出名的南云中将，最大的战绩是指挥舰队偷袭了美国珍珠港。据说，战后南云中将的家人想尽办法，想来塞班拜祭，但是时隔 50 多年，美国政府没有忘记南云给美国人带来的伤痛，一直拒绝发出签证。

为了纪念马里亚纳战役中牺牲的五千多名美军将士，美国在岛上建立了美国纪念公园，并将牺牲者的名字刻在纪念碑上，供人瞻仰。公园绿草如茵，悬挂着美国陆海空军的军旗。园内有网球场、沙滩野餐地区、1.5 公里长的沿海慢跑道，还有一个纪念第二次世界大战的博物馆，收集了军队的武器、军服，以及一些纪录性的相片。

极具戏剧性的是，后来美国在日本投下的两颗原子弹——“小男孩”和“小胖子”，就是在塞班岛附近的天宁岛装载后起飞的。“小男孩”和“小胖子”彻底改变了二战的进程，也改变了许多人的命运。如今，当年的发射坑安静地闲置在那里，成了供游人参观的景点，而凤凰花在周围开得很是灿烂。

岛上还有日军的无线通信站、日出神社和许多废弃残破的水泥建筑，据说都是当年迁居到这里的日本人留下的。这些地方当年曾经很是繁华热闹。

80 多年过去，小岛上的战火纷争早已成为云烟。如今，塞班成了许多人趋之若鹜的世外桃源，其中，来得最多的是日本人和韩国人，他们大多是前来凭吊自己的先人的。而吸引其他游人不远万里赶来膜拜的，则是塞班那些天然的美妙景观。

蓝洞是塞班号称“世界第二洞穴潜水点”的最著名景点。来到附近，呈现在我面前的是在塞班岛随处可见的悬崖，而蓝洞是悬崖底部的一个石灰岩洞穴。石灰岩经过海水长期侵蚀、崩塌，形成一个深洞，与太平洋相连，海水透过洞底的3个水道，将深洞灌满了深蓝色海水，水道能通到外海的不同地方。

蓝洞里可以清晰地欣赏到各式各样、五颜六色的热带鱼。这里是海洋生物的天堂，没有渔民可以威胁他们的生存，一切都悠游自在。但据说在蓝洞潜水要非常小心，在水里，人的方向感欠缺，容易迷失而找不到回来的水道。已经有好几个持有高级潜水证的人在这里失踪了。几乎是旱鸭子的我，看见深水就眩晕，虽然对多彩神秘的海底世界充满向往，但打死我也不敢潜水。对我来说，这就是一个美丽陷阱。不过，蓝洞是一定要看的。

还有鸟岛、军舰岛等地方也不容错过。鸟岛是环着塞班岛的众多小岛屿中最美丽的一个。湛蓝的海水、灰白的岩石、葱葱绿树、翱翔的海鸟……风景很美！站在塞班岛上的观景台上，可以清晰地欣赏到鸟岛的美态。因为小岛就像情人般依偎在情人的臂弯里，当地人叫这儿“情人湾”。据说越洋的候鸟喜欢在此休憩，因此得名“鸟岛”。军舰岛则拥有全塞班最漂亮的海滩，整个海岛被银白色的沙滩围绕，外围布满珊瑚礁的海水，经过阳光折射，变幻着奇幻的色彩，岛上满是浓绿的热带植物。由于有着天然珊瑚礁长堤的护卫，所以这里的海水不仅透明，还十分平和，是潜水爱好者的天堂。岛上的沙子雪白，是正宗的珊瑚沙。极目远望，海天一色，一波波雪白的浪花线涌来，为海天分界。有许多人不下水，只是在沙滩晒太阳或躲进树荫里闲聊，岛上不时有日语的广播通知，我听不懂，看来岛上还是日本客居多。

军舰岛的名字，与战争有关。据说第二次世界大战，美军在空中轰炸时，将这座小岛误认成一艘军舰，于是一阵猛烈轰炸。但奇怪的是怎么炸也炸不沉，在轰炸机上一瞧，才发现这根本就是一座岛。从此就命名为“军舰岛”。

另外，神奇喷水洞、星砂海滩，都是塞班的打卡地。神奇喷水洞，因悬崖下的海浪拍击海岸时，不时有水柱喷涌而出，甚是壮观。星砂海滩有星星点点的多角形砂粒，据说，那些神奇的砂粒具有美好吉祥的寓意。当然，这恐怕是所有旅游景点的套路，信不信由你。

除了各样的星岛景点，你还可以爬上塞班最高点塔波乔山。在这里，你可以俯瞰整个塞班岛，远眺天宁、军舰岛，菲律宾海和太平洋海景一览无遗，铺展在眼前。

据有关资料称，塔波乔山的山脚是全世界最深的马里亚纳海沟，从沟底算起，山的高度比珠峰还要高出许多！山顶上矗立的白色耶稣像，或许也能让你得到某种加持。

土著的塔加屋遗址，也是该去拜谒的地方。位于天宁岛南部的塔加屋遗址，是塔加族的石屋遗迹，有3500年的历史。据说当时相当于是酋长的王宫，当时建造房子用的石头称为拉提石，高达6米，而到底如何搬运这些重量不小的石头，现在仍然是一个谜团。 塔加屋是由十二根柱子所撑起的，现在仅存一根。据说欧洲探险家发现这个遗迹时，都为这巨大的石柱及顶在上面的巨石而赞叹，更为古代查莫洛人的刚劲有力及他们的手艺而大大感慨。12根石柱已经陆续倒下。传说，每当世界危机发生的时候就会倒下一根，例如两次世界大战就各倒下了一根。现在只剩下一根了，只是依旧朝着大海，看世间沧桑变幻。土著人传言，如果这根倒下，土著人就面临灭顶之灾了。祈祷上苍，就让它永远伫立如常吧。

当然，如果你和我一样，不喜欢潜水，也不想闲逛，平时工作又很忙很累，那就好好享受一下塞班的阳光与海滩吧。白天，面对美景，晒晒太阳、发发呆；夕阳时分，懒散地坐在沙滩上，一边听海水轻轻拍打沙滩的浅吟，一边看海边日落、海鸟翩飞；晚上，在海滩上，一边烧烤，一边欣赏当地土著人的特色风情舞蹈。

塞班，让你无法不惬意。

2013年6月写于昆明

印象
俄罗斯

难以释怀的“俄罗斯情结”

俄罗斯是我从小就向往的地方。

向往莫斯科的红场和克里姆林宫；向往圣彼得堡的冬宫；向往叶卡捷宁娜宫；向往涅瓦大街；向往安娜·卡列尼娜和沃伦斯基相遇的火车站……向往多了、久了，渐渐便成了一种“俄罗斯情结”。这种情结，有点像想去外婆家的感觉。

其实，我的“俄罗斯情结”，恐怕大多数中国人都有，而且有些复杂。

在中国人心里，俄罗斯是“老大哥”“苏修”“老毛子”“北极熊”“克格勃”……说起来，中俄两国有点像两兄弟，有时亲密，有时反目，曾经抱团取暖，也曾经分道扬镳。冷战后，在西方的压力下，又开始重新调试关系。进入新世纪，关系迅速升温，在战略上相互协作，好得让西方嫉妒。虽然历史上他们欺负中国的

种种过往，想起来仍然让人内心愤懑，但看着如今两国元首经常“你侬我侬”，我还是挺高兴的。毕竟，国邦之间相安无事，对民众总是好事。何况，远亲不如近邻，多个朋友多条路。如果俄罗斯和别的国家吵架，我大多也会不自觉地站在俄罗斯一边。有点偏心，但没办法。或许，就是源于这份复杂的“俄罗斯情结”。

一个多世纪来，俄罗斯是几代中国人的集体回忆。“十月革命一声炮响，给我们送来了马克思列宁主义。”毛泽东 1949 年 6 月 30 日写成的《论人民民主专政》一文中的这句话，早已成了中国家喻户晓的名言。从那一声炮响之后，中国渐渐赶上了俄罗斯的发展步调。这个庞大的邻国，年复一年，用意味深长的目光注视着我们的生活。即便苏联解体，在中国人的内心深处，它仍是一个挥之不去的情结。

和许多二十世纪五六十年代出生的中国人一样，我的 “俄罗斯情结”在某种程度上是“俄罗斯文化情结”。

受那些文学艺术作品的影响，在我的概念中，俄罗斯几乎就是“贵族、浪漫、优雅”的代名词。当然，“文化情结”的形成有其历史渊源。五四新文化运动前后，俄国的文化与德国的马克思主义和法国的启蒙思想一同进入中国，成为五四运动的思想来源。俄苏文学的流行，为中国的近现代文学注入了新鲜血液。中华人民共和国成立后，尤其是 20 世纪 50 年代中苏友好时期，许多中国人留学苏联，大量苏联专家来中国工作，他们在中苏文化间牵线搭桥，使苏联的文学艺术在中国产生深远影响。

“俄罗斯情结”不仅渗透到许多中国人的社会生活中，还深入了不少中国人的灵魂。从列宁的思想观念到列宁装，从列夫·托尔斯泰的小说到普希金的诗歌，从电影《列宁在一九一八》到电视《这里的黎明静悄悄》……电影、音乐、绘画、文学、艺术、生活方式乃至世界观，中国社会的许多方面，无不充斥着俄罗斯元素。20 世纪 40 到 60 年代出生的这几代中国人，不是穿过列宁装，就是读过列夫·托尔斯泰的小说，背过普希金的诗歌，看过俄罗斯的电影，唱过俄罗斯的歌曲，听过柴可夫斯基的音乐，欣赏过列宾的绘画……作为五六十年代出生的人，如果没读过《钢铁是怎样炼成的》《我的童年》，不会唱《山楂树》《莫斯科郊外的晚上》，没看过苏联电影，你都会觉得不好意思。如我之类的一些人，甚至对俄罗斯的历史和文化有种眷念和偏爱。如今，虽然欧美、韩日文化在年轻人中影响广大，但无论如何，没有哪一国的文化像俄罗斯文化一样，对中国有如此深远的影响。《乡村女教师》《静静的顿河》《牛虻》《战争与和平》《列宁在十月》《列宁在一九一八》等等，都是中国人耳熟能详的电影，许多电影里的经典段落为人们津津乐道，许多电影里的经典台词成为人们的日常用语："面包会有的，一切都会有的。"即便乡村里的老头、老太太，都会念叨，成为我们日常生活中处于困境时候互相鼓励的一句用语。保尔·柯察金奋斗的一生感动过无数人；高尔基"让暴风雨来得更猛烈些吧"的呐喊，激励过多少人学会昂首挺胸；卓雅和舒拉，成为几代中国青年的精神图腾……彼得大帝、列宁、普希金、托尔斯泰、乌兰诺娃……这些伟大人物，深深印刻在许多人的记忆里。

俄罗斯，离我们如此真切、贴近，却又那么神秘、遥远。莫斯科、圣彼得堡，素昧平生，却又耳熟能详。

2019年深秋，在中秋节前夕，下载了两个翻译软件，不懂半句俄语的我，和黑海豚俱乐部的几个驴友，兴高采烈地踏上了这个向往了大半辈子的国度。在莫斯科、圣彼得堡游逛了十多天，虽然只是浮光掠影、走马观花，但印象、感性的认识，更加深了我对这个国度的好感。午夜时分涅瓦河上的灿烂落日、红场上永不熄灭的火炬、冬宫博物馆里深沉静美的大师画作……每一个画面，每每回忆起来，都让人心旌摇荡。看来，我的"俄罗斯情结"恐怕是难以释怀了。

作为世界上第一个社会主义国家，成立于1922年的苏联，曾经创造了辉煌的历史，无论经济规模，还是国防实力，都不逊色于美国。但1991年12月25日，苏联总统戈尔巴乔夫宣布辞职。从此，苏联解体。后来几年，关于"俄罗斯崩溃"的说法甚嚣尘上。而且随着俄罗斯人到中国打工的增多，尤其是许多夜场出现的俄罗斯小姐，更让人感觉俄罗斯人民确实生活在水深火热之中，内心深处滋生些许怜悯的同时，对她的敬仰挚情也随之掉了几个档次。即便是到俄罗斯留学，也似乎被看作不入流。想当年，“苏联留学回来”那是何等的荣耀啊。但在俄罗斯短短十来天的漫游中发现，其实，虽然强大的苏联已随 15 个加盟国的分崩离析而成过往，经济、社会发展受到重创，但百足之虫死而不僵，无论是在莫斯科还是在圣彼得堡，仍处处让人感知得到它的强盛和曾经的荣耀。

晃眼看上去，俄罗斯和我们看到的有关报道中经济崩溃、卢布贬值、商品匮乏、百姓生活困苦的说法似乎不同。它不如我们想象得那么繁华，但也不像有关报道中说得那么悲苦。这个有着悠久历史和深厚文化底蕴的国家，地铁、电车、艺术画廊、博物馆、纪念碑、大型公园、图书馆等基础设施完备，而且几乎都是非常棒的建筑艺术；国民教育程度和文化素质比较高，民众生活安逸稳定。据说，这里医疗免费，实行全民医保，只要是俄罗斯国籍，所有的病，全部的人统统由国家买单；上学免费，即使是做清洁工的大妈，几乎也都受过高等教育；城里的住房多是当年分配，大部分家庭都在郊外建有别墅……

与其他欧洲国家相比，无论是古老的圣彼得堡还是稍微现代的莫斯科，什么都大，国家面积大、城市大、公园大，展览馆、博物馆、教堂，多而大，尤其是老建筑，用古典豪华、气势恢宏来形容一点都不夸张。许多古老的建筑、街道，虽历经百年，但雄风犹在，让人想象得出她昔日的辉煌。大气、浪漫、文艺、厚重，是我对俄罗斯的总体感觉。

近年，到俄罗斯的中国游客逐渐增多，但和其他欧美国家以及日本、韩国到处是中国导购的情况不同，在俄罗斯的各种商场里，很难看到中国导购。有人说，孤傲的俄罗斯人根本不屑于降低尊贵的身份来吸引乌泱乌泱的中国游客。无论这种说法是否准确，但这个世界上国土面积最大、历史悠久、强盛厚重的国度，虽地跨欧亚，却真的孤傲得几乎没朋友。

难道，优秀是她的原罪？

“闷骚”的圣彼得堡

我们是从圣彼德堡进入俄罗斯的。

俄罗斯有这样一种说法：“没到过圣彼得堡就不算真正去过俄罗斯。”

圣彼得堡几度易名，先是彼得格勒，之后是列宁格勒，接着再回到圣彼得堡。中国人比较熟悉的名字是列宁格勒。这座俄罗斯的第二大城市，历史上是俄罗斯政治、经济和文化中心，曾作为俄罗斯首都长达两个世纪，是世界上唯一一座整个城市都被列为世界文化遗产的城市，十月革命的第一声炮火也是从这里打响的。由于地处北纬 60 度，日照近 20 个小时，短暂黄昏后又出现晨曦朝霞，晚上黑得晚，早上天亮早，每年六七月间出现的“白夜”景观，闻名于世。遗憾我们去得不是时候，没能看到。

最早知道这个城市，源于高中时候读过的托尔斯泰的小说《安娜·卡列尼娜》，从圣彼得堡出发的火车，驶过茫茫雪野到达莫斯科，身穿裘皮大衣的安娜·卡列尼娜，为调停出轨的哥哥和嫂子的婚姻矛盾，来到莫斯科。在火车站，她和沃伦斯基相遇。

一早从成都出发，折腾了一天，到达圣彼得堡机场时，夜已深，天空下着大雨。走出机场大门，寒风携裹着细雨，直往人身上扑，出发时穿着热裤、薄裙的我们，冷得寒战。立刻打开行李箱，套上了早已准备好的毛衣、羽绒服。由于语言障碍，又折腾了大半个小时，终于打上了出租车。从机场抵达市区，半个多小时的车程。笼罩在雨雾中的圣彼得堡，街道两边昏黄的灯光影影绰绰，街道上车很少，人也很少，和国内深夜还是车水马龙的一二线城市相比，很是清冷。

疲惫的一群人到达住处，匆忙洗漱之后便睡下了。第二天一早醒来，拉开窗帘，发现晴空万里，阳光灿烂。我们居住的民宿位于涅瓦大街的边上，周边各种生活服务的小商店应有尽有，很是方便。而且牛奶、鱼子酱等都比国内便宜，一盒上好的鱼子酱仅合人民币 10 元左右。厨艺好、人勤快的团长许仙，一大早出门买了一堆食材，给大家准备了一大桌丰盛的早餐，让一行人吃得不亦乐乎。吃过早餐，大家舍不得耽搁，便兴致勃勃地出门了。

有位哲人说过，如果在圣彼得堡住上两天，你会觉得自己知道了很多东西；如果住上两个星期，你会觉得自己知道的并不多；若是住上两年，你会发现，原

来你什么也不知道……这座被誉为“北方威尼斯”的城市，处处充满了诗一般的美丽。整座城市由 40 多个岛屿组成，360 多座桥梁将各个岛屿连接起来，河流纵横，桥梁众多。在这里，桥梁不仅是连接岛屿的大型建筑，也是浪漫的约会地点。许多桥梁设计别致、独特，拥有动听的名字和动人的故事，成为这个城市的一景。桥梁或是装饰着古老的灯饰，或是雕塑着美丽的童话故事。每一座桥都有自己的特色，它们是圣彼得堡艺术魅力中不可或缺的一部分。桥梁中有数座的设计非常科学实用，白天开启通行，午夜时分会像巨大的手臂一样，向两边缓缓伸展开，让大型船只通过。白天拥抱，夜晚分离，有人把它们称为“情人桥”。

横跨涅瓦河的冬宫桥就是情人桥的典范，它是圣彼得堡的象征之一。在每张圣彼得堡的明信片上，几乎都可以见到它的身影。不过我们白天去往冬宫航线码头路过时，并没有看出它有什么特别。走在桥上，如果不是有人提起，我觉得它和一般的桥也没有什么区别。倒是阿尼奇科夫桥，也叫驷马桥，给我留下了深刻印象。阿尼奇科夫桥横跨丰坦卡河，将涅瓦大街划为南北两段。据说，早在1716年，丰坦卡河上就修筑了木桥，当时这里是城市的边界线。目前的石桥，是在1841年至1842年建成的，1906年至1908年重建。圣彼得堡创建时期，阿尼奇科夫大校曾驻扎过此地，桥因此而得名。阿尼奇科夫桥拥有华丽的铁艺栏杆，桥头分立的四组由雕刻家彼得·克洛特设计的雕像，特别引人注目。雕像展现了驯马师驯服野马的不同瞬间，兼具力量与动感，让人过目不忘。普希金、果戈理、陀思妥耶夫斯基等好几个文学大师都在作品中提到过这座桥。

圣彼得堡无疑是俄罗斯历史文化的殿堂，处处体现出俄罗斯文化与俄罗斯历史的厚重。行走在圣彼得堡，仿佛穿行在厚重的历史风云中。整个城市全是两三百年前巴罗克式、洛可可式风格的建筑，很少超过五层高。既讲究对称，又破坏平衡，既追求宏伟气势，又注重雕塑细节。一幢幢古老的建筑排列整齐，墙体敦厚，结构坚实，设计精巧，装饰考究，气势恢宏，排场大气。在市中心，见不到一幢现代建筑。有人说仅凭这一点，圣彼得堡就足够称雄于世界古典城市之林。随便漫步大街小巷，随处都能感受和体验到这座城市悠久灿烂的历史、高端大气的艺术氛围，那种低调的奢华，让你的内心随时都可能充满惬意、敬仰与震颤。圣彼得堡人似乎习惯捍卫古典，拒绝时尚，或者他们压根不把某些时尚放在眼里。

在他们眼里，过去时代遗留下来的艺术，包括建筑、雕塑、文学、美术等等，才最值得他们骄傲。他们坚定、坦然的眼神，似乎总在宣示：什么叫时尚？我们，就是时尚！

涅瓦河是这个城市最中心的河，因1917年参加俄国十月社会主义革命而闻名于世的“阿芙乐尔号巡洋舰”，作为苏联中央海军博物馆的一部分，就停泊在涅瓦河畔。古老、繁华的涅瓦大街就是沿着涅瓦河两边延伸修葺而成的。果戈理、莱蒙托夫、屠格涅夫、陀思妥耶夫斯基、托尔斯泰、契诃夫等俄罗斯文学巨人，都在涅瓦大街上留下过足迹。据说，一生与疾病、贫穷和苦难抗争的陀思妥耶夫斯基，由于负债累累，在圣彼得堡居无定所，搬迁频繁，在这条街上租过多个住处。他小说里有许多人物，常常会出没在涅瓦大街的干草市场和附近狭窄的小巷里。陀思妥耶夫斯基直到去世前，才偿还完所有债务，而他为人类留下的，却是无价、不朽的艺术，《白痴》《被侮辱与被损害的》《罪与罚》……每一部都是灿烂的作品。陀思妥耶夫斯基去世的时候，圣彼得堡只有80万人口，而为他送葬的足足有8万人，足见这个一生为人民鼓与呼的作家，是多么受人民爱戴。

果戈理在小说《涅瓦大街》中说：“最好的地方莫过于涅瓦大街了，至少在彼得堡是如此；对于彼得堡来说，涅瓦大街就代表了一切。”涅瓦大街全长4.5公里，两边多是十八世纪沙俄时期的古典建筑，很有俄罗斯风情。涅瓦大街上商业中心、餐馆、店铺林立，有现代气息的百货公司，有当地最豪华的酒店；但几乎见不到顶天立地的广告牌，也见不到商场门口喧闹的商品叫卖，商店大门的装饰大多小巧低调。还有许多露天酒吧，各种酒水、饮料应有尽有，而且价格便宜。逛累了，你可以随时坐下来喝上一杯，呼吸着从波罗的海吹来的海风，一边啜饮，一边欣赏周边的建筑，畅想当年陀思妥耶夫斯基“像泥鳅一样，以一种最不优雅的方式，曲折穿行在行人中间，不停地给人让路”的场景；看长腿的帅哥美女悠然自得地来来往往……

街道周边，名胜遗迹众多。著名的俄式教堂——喀山大教堂，就位于涅瓦大

街中心地段。东西两端，一端是普希金的最后“驿站”——著名的“文学咖啡馆”，另一端是涅夫斯基修道院名人墓，陀思妥耶夫斯基在这里长眠。由西向东走，有普希金故居、果戈理故居、左琴科故居纪念馆、勃洛克纪念馆、谢德林图书馆、普希金话剧院、陀思妥耶夫斯基故居、阿赫玛托娃故居、普希金广场、古米廖夫故居……随便推开一扇门，就是一座博物馆，不经意间，你就可能和一段显赫的历史或一个如雷贯耳的名人“相遇”。只遗憾时间有限，我们没来得及一一拜谒。

据有关资料，圣彼得堡有 137 个艺术园林、50 多个博物馆，还有大量纪念碑和无所不在的雕塑、雕刻。许多博物馆，历史悠久、馆藏丰富。在博物馆里，随时都能遇到小到幼儿园大到中学生的孩子，他们像一群欢快的鱼儿，在馆里四处游动。

据说，俄罗斯的博物馆一律对孩子免费开放，免费接待和讲解。很多中小学，也就经常把一些教学活动放在这里进行。看着那些孩子，无论大小，都熟门熟路得如同回到自己家里一样随性。他们或围成圆圈，或独自一人，或躺或坐，或行或止，或听老师讲解，或与同伴议论，细品慢看，一张张脸，都沉浸在历史、艺术的氛围里……除了博物馆，各种纪念碑遍布圣彼得堡全城，比较著名的有32座。如建于1975年的二战胜利纪念碑、位于瓦西里岛上的鲁缅采夫胜利纪念碑、为纪念俄国航海家、海军上将伊万·费奥多罗维奇·克鲁森施滕而建的克鲁森施滕纪念碑、冬宫广场上的亚历山大纪念柱、尼古拉一世纪念碑等等。纪念碑普遍设计精妙、造型各异、寓意深刻，是游客俄罗斯之旅的必去之处。

无论博物馆、纪念碑，还是普通民用建筑，雕塑、雕刻是无所不在的存在，举目皆是。整个圣彼得堡就仿若一个博大的建筑、雕塑艺术馆，有沙俄时期的，有苏联时期的，也有当今俄罗斯联邦时期的。三个时期的建筑风格迥异。苏联时期的大多在新城区，以规模宏大、古典与现代相结合的风格为主，与老城内建筑的艺术性相比，要逊色很多。而俄联邦时期的，就几乎全是简约的砖混结构的“火柴盒”了，没多少看头。老城区的建筑则内涵丰富，无论公共设施还是民居，雕塑无处不在。每件作品无论古典还是现代，虽然风格各异，规格不一，材质不同，但几乎都是造型别致、设计精美。尤其是建筑物外部的装饰雕塑，精致细腻，惟妙惟肖，成为一种特殊语言，诉说着这座城市浪漫又典雅的过去。“闷骚”“文艺”的圣彼得堡，这是我最喜欢、感觉最“俄罗斯”的地方。置身于那些古老的建筑和街巷中，瞬间便会让你安静下来，安静得让人恍惚，恍惚活在历史里，恍惚听到那些装饰豪华的马车摇着响铃，从你身旁走过；恍惚看到安娜·卡列尼娜穿着华贵的丝绒长裙，戴着漂亮的帽子，优雅地坐在马车上，冲你微笑，她帽饰上漂亮的羽毛，在微风中轻轻摇曳。

在俄罗斯，城市广场上，公园中，甚至不起眼的一块草坪里，都会看到一尊尊青铜像，那古香古色的雕塑，静静地伫立在广场、街宇，甚至门店前，无言地述说着一个事迹，一段历史，一个平凡或伟大的人或事件。在众多雕塑中，彼得大帝青铜骑士像当属首屈一指。这尊雕像位于涅瓦河南岸的参政院广场，是圣彼得堡的象征。雕像被安置在一块天然巨石之上，头戴桂冠的彼得大帝，稳骑在前蹄腾起的骏马上，炯炯有神的眼睛，目视前方，左边腰间挂着佩剑，右手向前方伸出，与眼同高，直指涅瓦河，显示出他傲视群雄、所向披靡的风采。据说雕像是叶卡捷林娜二世以武力夺取沙皇宝座后，为证明她才是彼得大

帝正统的继承人而修建的，也是法国著名雕塑家法尔科耐花了 12 年时间打造的最完美的杰作。夏宫堪称圣彼得堡雕塑的大观园，据说仅镀金的金色雕塑就有 37 尊，浮雕 29 幅，微型雕像 150 个。欣赏了这里的雕塑，你才能够对何为雕塑艺术有更加深刻、精准的理解。

我们住的民宿大楼，有近百年的历史，墙面上有精美的雕花，楼顶矗立有神话故事里的人物雕塑。走进厚重的石雕拱形大门，墙壁有些剥落，楼道台阶有些残缺。但让人惊诧的是，五层的小楼，居然有电梯。这是我见过最小的电梯了，只能容纳两个人。虽然上下启动时“嘎吱嘎吱”的响声让人有点心慌，感觉它随时有可能会往下掉，但从电梯的材质仍可见，当年电梯的质量是很好的，从中也可以窥见这幢建筑主人当年的实力。如此之类有上百年历史的建筑这里比比皆是。从大大小小的雕塑可以看出，俄罗斯人有太多偶像牵绊，动辄赋有偶像意义的建筑群，各种神像、偶像人物以及繁复的饰纹，无所不在，极目可见，远的几百年，近的几十年。他们用心雕琢每一扇门、每一扇窗，似乎要把所有

的情感和期许永远糅杂在里面，世代传承。古老和历史就是他们的日常，是他们生活的一部分。在这里，家，永远都在那里。

许久以来，我们总是沉醉于自己的悠久历史、古老文明，却又欣然于自己的日新月异、高楼大厦。近些年，疯狂的改造、拆迁，已将我们拽入一个混沌迷失没有记忆的世界……常常听远行的人感慨，故乡变化太大，几年以后就无法找到回家的路。我有些困惑，不知道这究竟是好还是不好。如今，我们的许多历史，早已在日新月异中灰飞烟灭，找不到来处。仅存的点滴，成了我们炫耀的装饰品和道具。

或许，无论是物质还是情感，我们都太急于求成，太急于往前跑，太急于抛弃，太急于占有。许多的破旧不堪确只存在教科书里，现实中确该更新换代，但没有痕迹沉淀和记忆的历史，是否太过苍白？

邂逅普希金

对于许多中国人来说，“普希金”这个名字是再熟悉不过了。读过普希金书籍的人，谁不曾被他那梦幻般的情诗陶醉呢？那张印在他的许多诗集上、鼻子尖尖的素描画像，是任何一个普希金诗歌爱好者都不会陌生的。

到达圣彼得堡的第一天，我们顺着导航指引的方向，前往夏宫的涅瓦河码头，不经意间，在路边邂逅了这张画像。虽然上面的俄文对于我们来说犹如天书，但凭这张画像，我们就猜出，这里一定和普希金有关。一搜索，果然，这里就是著名的普希金文学咖啡馆。仿若意外邂逅一位久违的故友，所有人都一致意愿要前往咖啡馆拜谒。

咖啡馆位于宽阔的涅瓦大街一角，比邻莫伊卡运河。这是一幢经典的欧式建筑，二层小楼，至今仍保留着19世纪30年代的原貌，有些陈旧，外表毫不起眼，走过路过却极易错过。晃眼看上去，就是一般的酒吧或咖啡吧。只有咖啡馆门前黄墙上贴着的普希金素描画像，显得特别。

走进一道铁门，是一个几米见方的入户小庭院，进门一楼右边是不大的前厅，临窗，有张约一平方米的小方桌，方桌后面坐着普希金蜡像。蜡像如同真人，手里拿着一支羽毛笔，目光偏向一方，一副凝神思考的样子，似乎在构思着美丽的诗句。大概是放置的时间长久了，蜡像上落了一些灰尘。看蜡像，老普同志有些邋遢，也不帅，但据说无数慕名而来的文青都要与他合影一张。我虽非文青，但也不能免俗，啪啪啪，合了好几张。潜意识里大约是想沾惹些文气吧。蜡像面前放一杯咖啡，还有一个台历，时间为 1837 年 1 月 27 日。我想，大概是俄历，那就是他从咖啡馆里出去迈向不归路那一天的日期。1837 年 1 月 27 日，普希金正是从这家当时还是售卖甜食名叫“伍尔夫甜品店”的小店喝完最后一杯咖啡，直接奔赴决斗地点“小黑河”的。

据说，普希金是为了他美貌、聪明的妻子跟情敌丹特士决斗，重伤不治而死的。决斗起因是普希金收到一封《绿帽称号证书》的匿名信。这封信暗示他的妻子和他人私通，并封他为“绿帽团”

副团长。谁写的这封匿名信？迄今未能调查清楚。

被誉为“俄国文学之父”“俄国诗歌的太阳”的亚历山大·谢尔盖耶维奇·普希金，1799年6月6日出生于莫斯科一个家道中落的贵族家庭。年仅12岁就开始文学创作。在37年的短暂生涯中，他一共写下了800多首抒情诗、十几首叙事诗和为数不少的优秀小说、戏剧。《自由颂》《致大海》《致恰达耶夫》《假如生活欺骗了你》《叶甫盖尼·奥涅金》《上尉的女儿》《黑桃皇后》等等作品，其崇高的思想性、艺术性，成为19世纪世界文坛的高峰。有人说，如果俄罗斯在政治和军事上的强大，是彼得大帝谋取的，那在文化艺术上的自觉、自立，则是普希金完成的。

普希金的妻子名叫娜塔丽娅，是莫斯科贵族冈察洛夫的女儿。娜塔丽娅受过很好的教育，不仅能用俄文写作，同时还精通法文、英文和德文，极其聪明，并惊人地漂亮。据普希金的密友索洛古布伯爵回忆说：“我见过许多美女，许多美女比她还有魅力，可是我没有见过一个女人能把古典式端庄容貌和体态那么完美结合在自己身上。高高的身材、纤细的腰配着发育极好的肩和胸，小脑瓜儿在细脖颈上优雅地转动着，像一朵百合在茎上摆动 。”娜塔丽娅在圣彼得堡宫廷舞会上一露面，她的美貌立即引起骚动。许多人肆无忌惮地追逐她，连沙皇也怦然心动。她自己也很开心，跟许多人打情骂俏，追她的人越多她越喜欢。

据说，在当时的俄国上流社会，自己的妻子跟他人调情或追逐他人的妻子，是十分流行的做派，甚至暗地里还是件很有面子的事。普希金自己也是情场老手，不仅婚前追逐过许多女人，婚后也不消停。但这次却和以往不同，这封《绿帽称号证书》公开发遍他的朋友圈，闹得沸沸扬扬，路人皆知，使他成为整个上流社会的笑料。他私下认定，这个给他带来巨大羞辱的人，可能是皇室近卫军中尉丹特士。丹特士是个浪荡公子，常常挑逗娜塔莉亚。在尊严和荣誉的碾压下，他别无选择，只能用当时最流行的方式——决斗，来洗刷自己的耻辱，捍卫自己的尊严。

1837年1月27日，大雪飘飘，天气寒冷。在一片铺满了厚厚白雪的树林里，在裁判荷兰公使的监督下，普希金和丹特士开始决斗。规定每人可射两枪。丹特士先打，第一枪打偏，第二枪打中了普希金的腹部。轮到普希金，第一枪，丹特士应声倒地，普希金很开心地宣布放弃第二枪，荷兰公使当即宣布决斗结束。哪知丹特士突然从地上站了起来，原来那一枪他是倒地装死，普希金要求补上第二枪，但被公使断然拒绝。普希金中枪后弥留了两天，医生在他的肚子上放了 25 条蚂蟥，想用这个方法治愈他发烂的腹膜。普希金身体中一半血液已经流失，再让蚂蟥吸血，无异雪上加霜。他病危的那两天，一大群俄国人伫立门外，手擎烛光，日夜为他祈祷，但这位“俄罗斯诗歌的太阳”，还是坠落了。

那年，娜塔莉亚 24 岁，普希金 38 岁。

一位天才的诗人，就这样倒在了这样一场毫无意义、愚蠢至极的决斗之中，着实让人难以接受。善意的人们不断试图将伟大诗人的决斗做出一个具有重大政治意义背景的说明。有人说，这是沙皇的旨意：沙皇认为普希金是一个在政治上相当危险的人物，必欲除掉而后快，因而策划了这一阴谋，让他倒在了他情敌的肮脏枪口之下。

不知说法孰真孰假。但无论如何，普希金短暂的一生，曲折，壮丽，明媚，灿烂。他反对农奴制，反对沙皇，支持十二月党人起义，曾经被幽禁……他倒下了，但他的诗歌却像俄罗斯白桦林上空的云雀一样，一直在尘世的各个角落动情歌唱。而关于普希金那段为了爱情不惜牺牲生命的往事，更是被人们津津乐道。

普希金逝世后，“伍尔夫甜品店”这个他和众多热爱文学、诗歌的朋友曾经经常聚会的地方，成了人们凭吊他的热门处所。深受他影响的莱蒙托夫、舍夫琴科、果戈理、陀思妥耶夫斯基等作家，经常来到这里谈诗论赋、针砭时弊，店铺的名气因而越来越大，最后更名为“文学咖啡馆”……因为和普希金以及那些文学巨匠的特殊关联，200 年后，这座外表看起来并无太多特色的咖啡馆，依旧广受追捧，成为诸多游客在圣彼得堡的热门打卡地。

靠墙边，一道楼梯顺墙往上，通到二楼。二楼梯道靠墙一面，暗绿色的墙面上挂了一排当年经常光顾咖啡馆的名人肖像。我一眼能认出的，只有留着唇髭的果戈理。二楼是文学咖啡馆的正体，面积不大，光线有些幽暗，时光的脚步，似乎在老房子的昏暗里走得很慢。暗红色的墙面，部分贴着咖色的书籍纹理壁纸，各个角落里陈列有名人的石膏像、壁画和小雕像，整个空间在暖黄的灯光和烛光映照下，复古，文艺，浪漫，优雅，温馨。一位帅气的先生坐在一架黑色三角钢琴前面弹奏，一位有点富态的女士在给他伴唱。

咖啡馆里除了经典的咖啡以外，还可以品尝到结合了俄罗斯和欧洲特色的菜肴。我们到达的时候正是晚餐时间，已有不少客人，看样貌、听说话有不少是华人。服务生将我们带到一个靠窗的位置，每个座位都标明某某名人曾在此坐过，我们坐的是舍夫琴科、果戈理、陀思妥耶夫斯基都坐过的位置。坐在这些原本普通的凳子上，想象着这些名人当时坐在这里的情景，内心莫名激动。

“假如生活欺骗了你，不要忧郁，也不要愤慨！不顺心的时候暂且容忍：相信吧！快乐的日子就会到来。”一边喝咖啡，一边听音乐，脑子里不时想起普希金的诗句，古典、优美的钢琴旋律，携裹着咖啡的淡香和经年岁月的诸多往事，在咖啡馆里轻柔回旋。

窗外，悠幽流淌的涅瓦河，碧波荡漾。

夕阳绚烂，时间，在不经意间，惬意流逝。

莫斯科，雕栏玉砌应犹在

离开圣彼得堡，我们租了辆奔施斯宾特，一路参观完叶卡捷宁娜宫，在俄罗斯的发祥地——古城大罗夫哥洛德游逛了一天，住了一晚，之后，坐着夜班火车，来到了莫斯科。

到达莫斯科的时候，是早晨。莫斯科刚刚从睡梦中醒来，天光放亮，天空高远碧蓝，空气清新，携着一丝丝凉意。太阳从地平线上冉冉探出头，温暖，柔和，弥散着金色的光芒，温柔地把整座城市笼罩在怀抱之中。干净整洁的大街，在晨

曦中微微泛着青光，很安静，除了一辆全自动的清洁车在有条不紊安静地洒扫，没看见一辆车子。操作清洁车的是一男一女，两个帅气、美丽的年轻人，穿着干净、整洁、时尚，长相堪比明星。零星的几个行人，脚步从容、舒缓，悠然地与我们擦肩而过。

初来乍到，苏联“外婆”也已经去世，内心有点点说清道不明的失落，但因了“俄罗斯情结”，对这座城市仍有一种别样的亲切与好感。

——莫斯科，我们血液里流淌的红色基因，许多部分都和这座城市有关。

在我脚踏实地站在莫斯科红场，用一种审视的眼光看着这座城市的那一瞬，目力所及似乎都是史诗和故事。这个曾经闻名世界的红色之都，虽然卸下“红妆”，改头换面已近 30 年，那抹曾经令无数马列主义者热血沸腾的红色，已渐次淡出乃至消弭，但朱颜虽改，雕栏玉砌仍犹在。

走在这方曾经的红色圣地上，一幕幕的红色经典，宛如黎明时分的星斗，在脑海里若隐若现。回想着电影电视、文学作品中有关莫斯科的种种过往，哼唱着

“莫斯科郊外的晚上”，让人从心底里感到惬意和愉快。我忍不住轻轻呼喊了一句：莫斯科，我来了。

据有关资料，莫斯科因莫斯科河而得名，作为居民点最早见诸史册，是在公元1147年。1156年，尤里·多尔哥鲁基大公在莫斯科修筑泥木结构的克里姆林城堡。后来在克里姆林城堡及其周围逐渐形成若干商业、手工业和农业村落。13世纪初，成为莫斯科公国的都城。

14世纪俄国人以莫斯科为中心，集合周围力量进行反对贵族统治的斗争，从而统一俄国，建立了一个中央集权的封建国家。15世纪中期莫斯科已成为统一的俄罗斯国家的都城，一直到18世纪初。

1712年，彼得大帝迁都圣彼得堡，但莫斯科仍是俄罗斯最大的经济、政治和文化中心，发挥着俄国第二都城的作用。1812年拿破仑率领的法军占领莫斯科，这个城市在大火中被焚毁，但很快又重新建设起来。1917年十月社会主义革命期间，莫斯科紧随彼得格勒之后，也举行了武装起义，建立了苏维埃政权。苏维埃政府和共产党中央委员会于1918年3月从彼得格勒（后改名圣彼得堡）迁到莫斯科。1922

年 12 月莫斯科正式成为苏联首都。1991 年 12 月 21 日苏联解体，莫斯科成为俄罗斯联邦的首都。

初秋的莫斯科，碧空如洗，微风吹拂，空气清新，气候宜人。据有关资料，莫斯科市区森林面积 1.16 万公顷，市内建有 96 座公园，14 座花园，400 个街心花园，160 条林荫道，绿化总面积约占总面积的 1/3，是世界上绿化最好的城市之一。不论是城区还是郊外，除一望无际的森林和绿地外，几乎看不到裸露的地面，是个名副其实的“森林中的城市”。广场上、绿地中，除了闲暇的人，到处可见鸽子悠闲自在地踱步、觅食。各具特色的东正教教堂，以其亦庄亦谐的优雅身姿，点缀在大街小巷之中。清波荡漾的莫斯科河像一条闪亮的丝带，安详地穿行于城市中央，串联起一个个属于莫斯科城市的文化政治中心，直达远方的伏尔加河。绿树成荫、全开放式的高尔基公园依偎在河岸边，成为莫斯科人休闲娱乐的好去处。公园里有各种文化娱乐设施和风格、内容多样的文艺表演。看表演的、晒太阳的、锻炼身体的、骑自行车的、溜滑板车的、带孩子遛弯的……和美，欢乐，祥和。莫斯科河上随时有大小不一的游船，价格实惠，折合人民币就几十元一个人。我们在高尔基公园兜兜转转，累了，便买了船票，坐在船上一边休息，一边看景。河岸两边的景色很是漂亮，尤其是夜景，恍若仙境。

莫斯科城中心的老城区，街道狭窄，建筑陈旧，但干净整洁。两三百年历史的房舍，随处可见。大部分建筑间，都有大片空地，各种树木杂然相陈。徜徉在街头，不经意间，你便会偶遇某个名人故居，或某个历史事件发生地。街道，广场，公园，博物馆，大都为纪念那些重大历史事件和对国家有过贡献的人而建。他们似乎为拥有这样的历史而骄傲、自豪。许多文化历史遗迹、名人故居，历经百年风雨沧桑，至今依然保存完好。它们除了每天供人参观瞻仰，还经常用来举办座谈会、研讨会、音乐会、文化沙龙，成为孕育、滋养这个民族的土壤和丰富源泉，在沉默和高调中，昂扬昭示着这座城市、这个国家的风骨和灵魂。

和“闷骚”“文艺”“古典”的圣彼得堡相比，莫斯科看上去要“现代”“硬

朗”许多。如果圣彼得堡是美貌无比的叶卡捷琳娜的话，那莫斯科便是英勇善战的彼得大帝了。“现代”的莫斯科极为壮阔，无拘无束，不过没有北京、上海的林立高楼、纵横立交，整个城市古朴、典雅。市区道路宽阔，动辄八车道、十车道，甚至十几车道，路中间还不时有大片树林。公共汽车、电车、地铁组成四通八达的交通网。因此，尽管是千万人的大都会，却并不觉得拥挤、堵塞，也看不到人山人海的景象、熙来攘往的喧哗，一切都那么安静、坦然。

莫斯科的建筑以宏伟壮观、气势磅礴而享誉世界。建筑色彩典雅、庄重。许多建筑，虽不高峻，但非常庞大，让人无法忽视。在这里，斯大林时期的建筑最有特色，这类大楼风格近似，外墙都贴有大理石，明快大方。门厅设计富丽堂皇，中央主楼高耸，两侧或四角配楼较矮，顶部是细细的塔尖，充分体现集权思想，被人们称为“斯大林楼”。最能体现这种特色的是 7 栋尖顶高层塔楼式的“七姐妹”建筑：莫斯科大学、外交部、交通部、乌克兰饭店、列宁格勒饭店、高知楼和艺术家楼。其中最宏伟的要数莫斯科大学主楼。

莫斯科大学矗立在麻雀山上，比邻莫斯科河。1953 年竣工的莫斯科大学主楼，33 层高 240 米、有 3 万多间房，是斯大林式霸气侧漏的摩天大楼“七姐妹”之首，至今仍是世界大学里最高的大

楼！这所俄国最早、最著名的综合性大学，其科学教育上独特的学派早已名满世界，来自这所学府的教授及毕业生不乏诺贝尔奖获得者和世界著名科学家。上世纪五六十年代，中国许多优秀的学子都被送到这里留学，莫斯科大学因此与中国结下了深厚的情缘。

整个大学校园，仿若一个公园。漫步其中，看着一个个背着双肩包、拿着书本资料的学子，意气风发，在高大、雄伟的大楼间来来往往，我突然有些恍惚，耳边仿佛传来毛泽东当年在莫斯科大学演讲的声音："世界是你们的，也是我们的……"

大学主楼前面的喷泉非常壮观，有一对新人在那里拍照，很是欢喜，还热情地把我们也拉入他们的镜头，与他们分享喜悦。告别新郎、新娘，我们在喷泉那流连了好长时间，才不舍地离开。

在莫斯科，还有一座大学和中国有着血脉联系，那就是位于莫斯科沃尔洪卡大街 16 号，成立于 1925 年 10 月的莫斯科中山大学。在波澜壮阔的中国现代史上，这所由俄国人出资创办并冠以"中华民国国父"孙中山之名的异国学校，在 20 世纪 20 年代后期，聚集了一大批中国精英，中国政界要员也在这里频频亮相。从这里走出的骄子，好几个成为国共两大政党的风云人物，曾任国共两党要职的王明 、博古、张闻天、邓小平和蒋经国，都是从这个学校里走出来的。只可惜我们在莫斯科的时间紧张，来不及去拜谒。

离莫斯科大学不远，就是麻雀山（又名列宁山）观景台。麻雀山不高，却是市内著名风景区。不过，这里除了一个半圆形的观景台，没有任何特色。我想，它之所以“著名”，应该就是站在观景台上，可俯瞰全莫斯科城吧？放眼望去，城市中的楼房、街道静静掩映在绿树丛中，莫斯科河波光粼粼，蜿蜒迂回成一个大大的“S”，贯穿城中，给城市增添了几分妩媚、几分婀娜。据说，河边一片树林密集的地方，就是几乎中国人都会唱的《莫斯科郊外的晚上》那首歌所描述的地方。当年，莫斯科的少男少女都喜欢到那里谈情说爱。不过，随着城区面积的扩大，那里早已不再是当年歌中所唱的郊外，而成了市区的一部分。

莫斯科的苏维埃宫是人类历史上最著名的未完成建筑之一。这座本来设计为世界共产主义的中心，新苏维埃国家和新莫斯科的象征，也是当时世界上最大、最高的建筑。随着苏联的解体，带着最终的遗憾，它泯灭于历史长河中……

有人说，莫斯科是“一座英雄的城市”。历史记载，莫斯科经历过无数次战争洗礼。比较著名的有1238年的蒙古入侵，统治其近300年；1621年的芬兰入侵；还有1812年的法国拿破仑入侵；再有就是著名的第二次世界大战。

游逛在莫斯科，无论是建筑、教堂还是广场，都充满着俄罗斯人的豪气和战斗民族的英雄气概。从许多地方都建有的无名烈士墓、英雄雕像，一个个到红场上游动的从幼儿园到大学生的穿着军装的英姿飒爽的身影，在莫斯科的空气中，似乎处处飘荡着这个民族血性、阳刚的英雄气息。红场一侧无名烈士墓前经久不熄的火焰，昭示着为保卫这座城市而牺牲的无数不灭灵魂。红场旁边的军事博物馆前面，塑立着在一战、二战中亲自指挥无数硬仗的朱可夫像。朱可夫骑在战马上，英武矫健，深邃的目光注视前方……那股叱咤风云的豪放之气，完美诠释了俄罗斯民族强悍的战斗精神。

对中国人来说，莫斯科最有名的莫过于红场和克里姆林宫了。我们住的酒店位于红场旁边，走路到红场不到十分钟。到达莫斯科的一大早，放下行李我们就前往拜谒。到了一看，平时敞开的通道因为要准备纪念日活动，设置了栅栏、安检。许多旅行团在排队等待。

红场是我概念中俄罗斯的象征，从电视里看到的红场阔大、霸气。可让我意外的是，它没有冬宫广场的规整雄浑，也没有天安门广场的阔大霸气，面积大约只有天安门广场的五分之一，放眼看去，长长的，窄窄的，有些乱，有些拥挤，不管站在哪个角度，似乎都难以看到一个完好的红场。站在红场中央四下环顾，西面是红场检阅台，也就是克里姆林宫城墙，南面为莫斯科红场代表性建筑——圣瓦西里大教堂，东面是俄罗斯最负盛名的古姆大商城。

红场并不红，地面全部由二十厘米见方的青黛色条石铺成，青光发亮，古拙，凝重，悠远。但石面有些凸凹不平，缝隙一两厘米宽，若穿着细高跟鞋，稍不注意便很容易被绊倒。整个红场只有旁边克里姆林宫的高墙是红色的。我猜想，“红场”大约就是因此而得名吧？可红墙的红，是属于克里姆林宫的呀！

红场中央正在紧张地准备着即将到来的卫国战争胜利纪念日活动。许多士兵正在为纪念日活动彩排；穿着军装的大中小学学生，男男女女精神、帅气，正在进行军事表演；周围里三层外三层围着许多观众，有许多是幼儿园的孩子，部分也穿着军装。一个用于纪念活动大型演唱会的舞台正在搭建。稍边一些，围了个场地，马术表演正在进行，观众很多。我们挤进去，坐在临时搭建的阶梯式座位上看了一会儿。表演的骑手都是年轻人，骑在彪悍的骏马上，英姿飒爽，骑术精湛。广场周边则有无数商家、摊贩在摆摊设点，吃的、用的、穿的、玩的，应有尽有，我买了个贝壳挂件做纪念。整个红场就像国内的大型展销、游乐会场馆。

在我们这一代人心目中，红场是神圣、革命的象征。提到红场，便会想到那种带有革命者激情的红色。没想到竟是如此模样！

徜徉红场，融于血色黄昏中，仰头看见早已更换的双头鹰国徽和随风高高飘扬的“白蓝红”三色国旗，心中若有所失。

不过，红场的杂乱，似乎还是难以影响它在我心目中早已建立起来的高大上的地位。站在那些清亮的石砖上，置身于嘈杂的人群中，遥想卫国战争时数十万红军官兵集聚红场，脚踏皑皑白雪，神情决然，目光如炬，迈着坚定的步伐，伴随着进行曲《神圣的战争》那凝重悲壮、激昂铿锵的旋律，声势浩大走过主席台，接受斯大林等苏联党政领导人检阅，随后直接奔赴前线抗击入侵德军的场景，我还是禁不住热血沸腾。

列宁墓也在红场边上，本想瞻仰一下这位对中国影响至深的伟人的遗容，但参观的游人排起长长的队伍，没有一两个小时根本别想轮到。时间有限，只好作罢。

红场旁边保存了俄罗斯最优秀的古典建筑和文化遗产，二十座塔楼、圣母升天教堂、伊凡大帝钟楼、捷列姆诺依宫、大克里姆林宫、兵器库、大会堂、古兵工厂、苏联部长会议大厦、苏联最高苏维埃主席团办公大厦、特洛伊茨克桥、无名烈士墓等等。我一直以为克里姆林宫是一座宫殿。其实，克里姆林是一个建筑师，克里姆林宫是红场周边的一组建筑群。这组建筑群中的部分建筑物，建成于16世纪至20世纪之间，有的精美绝伦，有的古典庄严，有的质朴典雅，整体风格与莫斯科其他地方的苏式风格和现代风格形成鲜明对照。克里姆林宫里划有禁行区，如果有人越过，哨兵会开枪，因为那座楼就是普京的办公楼。想到我们距普京总统工作的地点如此之近，内心不免有点激动。广场的另一边，有一个小型直升机停机坪，据说普京常常在这里坐直升机出访、回归。

克里姆林宫城墙外的无名烈士纪念碑，是红遍世界的打卡地。虽有卫兵日夜守卫，却并不阻止人们走近。每天都有许多人前去拜谒，敬献鲜花、拍照留念。纪念碑没有高耸的碑塔，而是平躺着。碑上有军旗，有钢盔状的雕塑，还有常年不灭的长明火，简单朴素，却又肃穆、庄严。站在碑前，无须仰视，内心便自然充满敬仰。卫兵定时举行换岗仪式，每到换岗时刻，便有无数人观看。那不灭的火焰，仿佛这座城市的激情，永不停歇地在燃烧。

据说，在俄罗斯的许多城市、乡村和莫斯科的其他地方，凡是经历过战火浩劫的地方，都有这样的烈士墓、纪念馆和英雄雕像，也总有日夜燃烧、熊熊不熄的长明火，让世人永不忘怀那些为国捐躯的英雄。确实，在圣彼得堡市区，在诺夫哥罗德，我们都看到了那一簇簇永不熄灭的火焰。

莫斯科，一座写满故事、激情燃烧的城市，无论沉浸于它的哪个角落，你都可能在无数的遐想里，体味到属于这座城市特有的晦暗与荣光。

世界上最漂亮的地铁！

地铁是莫斯科客运最大的交通工具。在莫斯科的几天，我们每天乘坐地铁，在各个景点之间来来往往、穿梭行走，在感觉方便的同时，也被深深震撼。

莫斯科地铁是始建于80多年前的巨大工程，至今仍被誉为“世界上最漂亮的地铁”。据有关资料，莫斯科地铁主要结构为中心向四周辐射，12条线路、171个车站、56个换乘站，触角遍及莫斯科各个角落，每天客流量高达900万人次。地面公共交通的主要作用是把各个地铁站连接起来。1935年5月，莫斯科第一条地铁线投入使用。由于兼有战争防空避险的功能，地铁都深埋地下几十米，可供400多万居民掩蔽。在机械自动化仍不发达的20世纪30年代，能够修建如此巨大的地下工程，而且修得如此扎实、漂亮，可见苏联老大哥当时国力的强盛，更透视出这个民族唯美、扎实、厚重、有品位的精神品格和气魄。

离我们住的酒店最近的地铁站是红场革命广场站。俄罗斯地铁标识“M”，是取自俄文“地铁”的第一个字母。革命广场站口是一座小房子，进出口有几扇推拉门，作为公共场所，感觉不够宽敞，估计是考虑到冬天抵御西伯利亚严寒的缘故。推门进去，便是验票口，光线有点暗。经过一次检票进站后，途中便可以自由换乘。不像国内按距离远近收费，这里不论远近一律一个票价，8个卢布，折合人民币大约2元。过了验票口，便是长长的电动扶梯，深不见底。深度有50多米。据说，这还不算深的，最深的胜利广场站有102米，搭扶梯下去就要2分多钟！

革命广场站站台两侧各有十多个拱门，每座拱门用棕色大理石装饰，拱门两

边各有一尊古铜色战士雕像，有男兵，也有女兵，形态各异，表现的是保家卫国的战士、民兵雄姿。整个基调以棕色为主，严肃庄重，相应的灯饰也简单、质朴。车厢虽不崭新，但干净整洁。车速很快，客流量大，但很安静，许多人在看书、看报、看手机。

每天，我们在新庄站、共青团站、基辅站、胜利广场站之间穿梭，仿佛在一个地下艺术宫殿里浏览。据说，在近200个地铁站中，绝找不出两个相同的。每个站台都由著名建筑师设计，一座座堪称建筑艺术精品。造型有雕塑、有壁画、有拱门。建材多采用五颜六色的大理石、花岗岩、五彩玻璃等，运用陶瓷镶嵌、浮雕雕塑、壁画装饰，再配以华丽别致的灯具。内容多以名人、民族风情、历史题材、政治事件为主线，或华丽典雅，或质朴庄重，每个站都有各自独特的风格。站台大多对应主题而冠名，比如普希金站、基辅站、胜利广场站等等。好些站台几乎都仿如富丽堂皇的宫殿。

新庄站的特色是五颜六色的彩色玻璃。站台两侧几十块彩色窗花，多为各种花卉植物造型，还间有劳作休闲的人们，象征在共产主义理想世界里的新生活；基辅站展现的是乌克兰的民族风情。基辅是乌克兰的首都，原是苏联的第三大城市。乌克兰是保尔·柯察金的家乡，少年时读《钢铁

是怎样炼成的》，印象最深刻就是保尔·柯察金在冰天雪地的基辅修铁路、邂逅冬妮娅的情景。基辅站的特色是以多幅壁画附加豪华的画框，还有瓷砖浮雕等形式，展现乌克兰的历史风情以及俄乌两族人民的友谊。灯饰是复古奢华的古铜色和乳白的水晶玻璃，美轮美奂；共青团站是莫斯科地铁最知名的标志。作为1935年竣工的第一条线路，是莫斯科地铁最繁忙的交通枢纽，连接到俄罗斯其他地区的中转，它也是莫斯科地下艺术宫殿最早的颜值担当。据说后来建造的马雅可夫斯基站更为漂亮，遗憾我们没有路过。共青团站的主题是展示爱国史，激发民族的荣耀感和对共产主义美好未来的向往。站台两边一排排精美的大理石柱面相对应，顶部是富丽堂皇的灯饰，还有大量表现苏维埃建设者风采的精美壁画，置身于地铁站，让人恍如隔世。

新圣女公墓，沉睡着俄罗斯最伟大的灵魂

陵墓，是安放故人尸体、祭奠故人场所的总称。根据汉代刘熙著类书《释名·释丧制》定义陵墓为："墓，慕也，孝子思慕之处也。"说明陵墓的基本意境，是子孙后代缅怀自己的祖先功德、与祖先先贤对话的一个精神场所。

中国人基于崇信灵魂不灭的观念，相信人死之

后在阴间仍然过着类似阳间的生活，所以普遍重视丧葬，对待死者都是“事死如事生”，无论任何阶层对陵墓都精心构筑，形成了十分深厚的陵墓文化。中国陵墓是建筑、雕刻、绘画、自然环境融于一体的综合性艺术，深受中国传统文化的影响，其文化艺术含量，与任何一个国家相比都毫不逊色。中国的陵墓文化资源分布区域广，跨越时间长，几乎每一个大的朝代都留下了自己的帝王墓群。除此之外，还有大量官吏陵墓、名人陵墓、家族陵墓……

其实，世界上所有民族都有自己的陵墓文化。各种陵墓，各美其美，美美与共，共同构筑成了丰富多元、包罗万象的艺术、文化宝库。比如埃及的金字塔，建筑巨大而沉重，威严而神秘，显现了古埃及人阳刚、崇高、追求永恒信念之美的精神品格。马克思在论说西方陵墓、宗教建筑时说：“巨大的形象震撼人心，使人吃惊……这些庞然大物，以宛若天然生成的体量，物质地影响着人的精神，精神在物质的重量下感到压抑，而压抑之感正是崇拜的起始点。”阿蒙神庙、金字塔等等，正是这种旨在引起人们惊愕和震撼的纯物质重压观感的陵墓。

也许有人会疑惑：陵墓有什么看头？是领略墓地荒草枯叶的凄凉，还是感受花岗石墓碑萧瑟冰冷的悲怆？现代社会，陵墓，经过现代人经天纬地的运作，早已成为旅人参观游览的重要内容。从中国的黄帝陵、秦始皇陵、中山陵，到埃及的金字塔、印度的泰姬陵……透过陵墓神秘的表象，人们可以从中找寻到不同民族对天地、人生的不同思考、对来世的不同设想，释读出蕴藏在其中多元的文化心理特征。

俄罗斯不愧是一个古老、浑厚的文化艺术之邦。且不谈其在文学、音乐、美术、科技等方面的累累硕果，就是其墓园文化，也是非同凡响。在莫斯科有一座公墓，它是欧洲三大公墓之一，墓园里雕像林立，游人众多，你很难想象，这里竟是一个墓园。但就是在这里，沉睡着俄罗斯最伟大的灵魂。它就是新圣女公墓。

始建于1524年的新圣女公墓，位于莫斯科城的西南部。起初是教会上层人物、新圣女修道院修女们的墓地。据说，当时彼得大帝的姐姐索菲娅公主在这里被囚，

并葬身于此，因此，有些中国人干脆就把它叫作“俄罗斯公主坟”。

1898 年这里被划为公墓。墓园占地 7.5 公顷。苏联时期，经过改造，一些社会名流、名人的墓也迁到这里，成为俄罗斯著名学者和各界名流的最后归宿。公墓有严格的评定、审核制度，只有在俄罗斯历史发展进程中起过推动作用、对国家有贡献、被人民认可的知名人士，才有资格长眠于此。如果人民不认可，评审通不过，哪怕你有再多的钱、再高的地位，这里也没有你的位置。俄罗斯上层人士死后想进入这个墓地，也需要履行评定、审批手续。叶利钦作为俄罗斯首任总统，去世后也经过评定、审核，才被葬入墓园。据说，苏联解体后国家拨款急剧减少，新圣女公墓土地已将近饱和，没有更多墓地，生存面临巨大的危机。许多富有的俄罗斯新贵，想通过捐助巨款，使自己也能埋在新圣女公墓。这种想法遭到了几乎全体国民的反对，俄罗斯人不允许金钱玷污这块圣地。

这片文化艺术传承和诗意的灵魂栖息地，安葬有著名文学家、作家普希金、托尔斯泰、果戈理、契诃夫、马雅可夫斯基、法捷耶夫；作曲家肖斯塔科维奇、杜那耶夫；歌唱家夏里亚宾；戏剧理论家斯坦尼斯拉夫斯基；天才电影导演和演员邦达丘克；舞蹈家乌兰诺娃；画家列维坦；科学家图波列夫、瓦维洛夫；苏联总统赫鲁晓夫……据说，普京总统已在他的恩师——叶利钦总统的旁边，预定了自己的墓地。至今，公墓已经安葬有两万六千多位俄罗斯各个历史时期的名人。

如今，新圣女公墓已不仅仅是一个公墓了，它集社会、历史、艺术、情感之大成，浓缩了俄罗斯的历史，饱含浓厚的俄罗斯文化韵味，为世界、为后人留下一座座耀眼丰碑的同时，也是一幅展示俄罗斯民族历史和文化的立体画卷，是代表着俄罗斯(乃至世界)雕塑艺术巅峰作品的博物馆。与我国的陵墓截然不同，这些陵墓不带有“入土为安”的阴柔之美，也没有富庶华丽的奢靡装饰，更与许多西方陵墓建筑以巨大的体量和超然的尺度来强调建筑艺术的永恒与崇高不同。公墓里每个墓地占地面积都很小，大多五六平米见方。

墓地分几大区，有不同的雕塑和设计，或全身，或半身，或头像，或浮雕，个个造型独特，栩栩如生，都堪称艺术品。许多墓碑上没有太多文字，只镌刻着人名和生卒日期，没有对墓主进行任何评价，也没有太多颜色，几乎都是黑白两色的灰暗色调。所有墓碑简洁明了，含意丰蕴，艺术家巧妙地抓住细节，生动传神地概括出墓主的性格、思想乃至传奇的一生，以最简明有力的雕塑形式，用凝固的雕塑语言，生动演示人物的生命轨迹，反映墓主人的生平事迹，诉说主人的功勋与业绩。每一座坟茔都以其个性、单纯、简洁的造型，庄严、崇高、浪漫、自然之美，将墓主的灵魂与墓碑艺术巧妙结合，集中表现逝者与世长存的永恒主题。

女英雄卓娅的墓碑形象，根据她被德国法西斯绞死时的照片姿势雕塑而成，她双手被紧缚在背后，衣衫破碎，挺着裸露的胸膛，双腿微曲，不屈头颅高高地向后昂起，向天发出了最后的呐喊；普希金墓碑上的那把竖

琴似乎还在鸣响；陀思妥耶夫斯基墓碑上的荆棘花环，好像在诉说着苦难的同时，也在呼唤美好；柴可夫斯基身旁的两个天使还沉醉在《悲怆》的旋律中；叶利钦的墓地很特别，墓碑前有一面白蓝红的俄罗斯国旗。据资料记载，这面俄罗斯国旗雕像是用三种不同石头雕刻的。白色选用的是中国的大理石，中间蓝色的选用意大利蓝色威尼斯马赛克，红色则是巴西产的红色斑岩。在三色国旗上，白色部分刻有叶利钦的全名，只是不仔细看，很难看到。这种隐晦的做法，是否告诉后人，叶利钦的功绩留待后人评说？戈尔巴乔夫的夫人赖莎的墓，是 1 米多高的雕塑，她的墓前有很多鲜花，陪伴着这位总统夫人的芳魂。斯大林的夫人娜杰日达，死时只有 31 岁，雪白的大理石墓碑，上面是她的头像，端庄而柔顺，深思而忧伤。图 154 等飞机的设计师图波列夫的墓碑，则是一个飞机模型。机翼上，镌刻着他对苏联航空事业的贡献；果戈理的墓碑上方，是一尊白色胸像。他双肩披雪，目光安详地望向远方，仿佛依旧沉浸在自己营造的艺术世界中。契诃夫小屋状的墓碑上，除作家的名号和生卒时间外，没有任何装饰。的确，他那些深入人心的不朽作品，早已经将一切诠释得淋漓尽致，无须再多赘言。马雅可夫斯基的墓碑设计独特，黑色大理石底座上，镶嵌着深红色大理石，中间又用黑色大理石雕了诗人头像。瘦削的脸庞、蓬松的头发、圆睁的怒目，敏感焦躁、充满矛盾。俄罗斯“芭蕾舞后”乌兰诺娃的墓碑是一块纯白的大理石，大理石上雕刻着她年轻时的芭蕾舞姿。奥斯特洛夫斯基的墓碑，镌刻着作家斜卧病榻的浮雕。那瘦削的脸庞，深沉的眼光，洋溢着与命运搏斗的坚韧。浮雕下方是他的签名，墓碑前的台子上，则雕刻着一顶军帽、一把军刀，军刀手柄上系着一条几经风吹日晒已经褪了色的红领巾……凝望他深沉的目光，不禁想起那段许多人耳熟能详的名言：人的一生应当这样度过，当他回首往事的时候，不因虚度年华而悔恨，也不因碌碌无为而羞愧。

赫鲁晓夫的墓碑，造型别致，还有故事。那是用四块黑白大理石相向交叉堆接成的。他那著名的大脑袋，从石块空隙中探出来，看上去显得执拗、倔强。显

然，雕塑家是用这样的抽象手法，来表现这个个性独特的政治人物，总结他毁誉参半的一生：有黑有白，有功有过，黑白交织，难分多少。墓碑设计者是苏联抽象派雕塑家涅伊兹维斯内。据说，赫鲁晓夫掌权时参观画展，看到涅的作品时曾臭骂过他，说他的作品是大便！涅忍无可忍，当场反击。赫鲁晓夫下台后，希望与涅和解，但三次邀请皆被拒。1971年赫鲁晓夫去世，他留下遗愿，要涅为他雕塑墓碑。涅摒弃前嫌，答应了。于是，就有了这座构思奇特、寓意无穷的雕塑。赫鲁晓夫为什么会请自己辱骂过的雕塑家为自己设计墓碑？是表示他已认同了对方的艺术主张？还是要表明他的宽容与和解？这一切都无人能够准确解读，只有地下的赫鲁晓夫自己明白。一个人，无论活着时多么显贵，或者多么平庸，当生命结束时，墓地都是最终归宿。只不过，墓地所承载的，并不仅仅是死者的尸骨，而是他的整个生命，乃至活着的人的希望与梦想。

陵墓建筑是建筑艺术的一部分，可自20世纪以后，具有悠久的陵墓建筑历史和深厚陵墓文化的中国，在这一领域却几乎成了空白。殡葬改革非常必要，但陵墓文化不该消失。曾去过一些公共墓地，清一色土堆或水泥、砖石砌筑的长方墓室，外加一木制或石刻的仅有姓名和生卒年月的墓碑，毫无文化内涵可言。也有一些名人墓园，虽然名头不小，但从形式到内涵，都很肤浅、草率。不过，看看我们身边，无数建筑设施都还停留在“建筑工程”的层面上，远未达到“建筑艺术”的水平。活人的住宅建筑都无艺术可言，何况是故人的墓园呢？

公墓里还安葬着三个中国人，分别是王明和他的妻子、女儿。对于有点年纪的中国人来说，“王明”这个名字并不陌生。中国革命历史上，有他的一页。王明出身于大地主家庭，为了革命变卖家产，曾留学苏联，被称为斯大林的学生。曾担任中共的高级领导，但在担任中共领导期间，曾经犯过“左”倾机会主义和冒险主义的错误。王明的黑色半身像，隐在几棵松树间，树叶掩住了半边脸，但他目光炯炯。尽管有夫人和女儿从旁做伴，但中国人讲究叶落归根，客居他乡，不知他们的灵魂安否？

在墓园中时常能看到民众在墓前献的花。据说，那并非都是逝者的家人所献，热爱艺术的俄罗斯百姓，总是在休息的时候来到这里，为他们心中的偶像打扫墓碑、敬送鲜花。俄罗斯人用这种静默的方式，表达着他们对伟人的尊敬、对艺术的痴迷。在俄罗斯人的心中，新圣女公墓似乎不是告别生命的地方，而是净化灵魂的圣地。因此，每天都会有大批莫斯科市民来到这里走一走，坐一坐，在凭吊先人、欣赏那些雕塑的同时，放飞心灵，和那些不朽的灵魂来一次跨越时空、自由畅想的对话。

漫步公墓，在那肃穆、宁静的气氛包围、熏染中，不知不觉，那忧伤已然飘逝，死亡的恐惧早已荡然无存，你会感到生命的高贵和伟大，死亡的庄严和神圣。你无意拍照合影，觉得那是对他们的不敬；你会不自觉地压低声音，调整呼吸，放轻脚步，生怕稍稍的声响和造次，会搅扰了他们的思考、创作的思路……游逛在那些伟大的灵魂之间，周围的一切，仿佛都有了灵光，敬仰挚情汇成滔滔江水，冲击你的每一根神经，再浮躁、再桀骜的内心，也会瞬即谦卑、安静下来，低到尘埃里。

我忍不住畅想，这些杰出的灵魂聚在一起，在另一个时空里，他们一定不会寂寞的，但不知道，他们会打造出怎样一个多彩的世界？会碰撞出怎样的思想火花？

宫殿，俄罗斯最奢华的名片

宫殿，是一座城市历史的缩影。对俄罗斯来说，宫殿，还是最奢华、最抢眼的名片。

从“闷骚”“浪漫”的圣彼得堡，到激情环绕的“红色之都”莫斯科，那些有着悠久历史、承载着俄罗斯厚重文化，浓缩俄式建筑精华、或奢华或庄重的宫殿建筑，都是最引人注目的存在。那些宫殿早期大部分是皇室和贵族的府邸，随着时代变迁，它们有些变成了举世闻名的博物馆，有些变成了政府办公楼，有些变成了国际盛会举办地。但无论变成什么，对到俄罗斯游逛的人来说，都是必到的打卡地。

反映 18 世纪末建筑艺术特色的斯莫尔尼宫；18 世纪中叶俄罗斯新古典主义建筑的杰出典范冬宫；有“喷泉之都”“喷泉王国”美称的夏宫；由巴洛克风格向古典主义风格转变时期代表的大理石宫；堪称“俄罗斯凡尔赛”的沙皇离宫——彼得宫；叶卡捷琳娜宫、康斯坦丁宫、克里姆林宫，等等，都誉满全球。据有关资料，仅在圣彼得堡和莫斯科，比较著名的大型宫殿就有十几个，这在全世界也实属罕见。让人意外的是，经历了几百年的历史变迁、战争和政权更迭，这些奢华的宫殿，竟然没有被“革命”？而是被保留了下来，而且如此完好？可见，这是一个不肯忘怀历史的民族，这是一个胸怀博大、记住一切的民族，他们对待自己的历史和文化，是多么包容、眷念和理性。

众多的宫殿一一逛完，需要花很多时间，我们仅仅游览了几个最具代表性的。随便走进一座宫殿，其规模和奢华美艳程度，都让你震惊得目瞪口呆，几乎不敢喘气。夏宫幽静雅致，闲适开阔，风景美丽如画；冬宫金光耀眼，豪气奢靡……许多宫殿大同小异，却又各具千秋。你会惊诧，那些曾经在各种童话故事里出现过的奇珍异宝，在这里都能找到，那些如梦如幻、仙境一般的地方，竟然都是现实的存在。

融合了拜占庭、俄罗斯、巴洛克、希腊、罗马不同建筑风格的克里姆林宫，

古朴，典雅，神秘，威严，作为多代统治俄罗斯帝国君王的皇宫、苏联最高权力机关和政府的所在地、俄罗斯的总统府、俄罗斯东正教的活动中心，享有“世界第八奇景”的美誉。这里处处弥漫着皇权与神权不可一世的霸气。

克里姆林宫位于俄罗斯首都莫斯科最中心的博罗维茨基山岗上，南临莫斯科河，西北接亚历山大罗夫斯基花园，东北与红场相连，呈三角形。据有关资料，克里姆林宫始建于1320年，共有4座宫殿、4座大殿堂；保持至今的围墙长2235米，厚6米，高14米；围墙上有塔楼18座，参差错落地分布在三角形宫墙上，其中最壮观、最著名的要数带有鸣钟的救世主塔楼，5座最大的城门塔楼和箭楼装上了红宝石五角星，这就是人们所说的克里姆林宫红星；宫内保存有俄国铸造艺术的杰作：重达40吨的“炮王”和200吨的“钟王”。

大克里姆林宫是历代沙皇的皇宫，现在是俄总统办公的地方，圆顶上插着一面白蓝红三色的俄罗斯国旗。可惜不让参观。宫墙内，林木葱郁，花草繁茂，教堂耸峙，殿宇轩昂。

从公元13世纪起，克里姆林宫就与俄罗斯的所有重大政治事件有关，它见证了俄罗斯从莫斯科大公国发展至今日横跨欧亚大陆的强大国家的全部历史。从远处遥望大克里姆林宫，想象着历代沙皇、列宁、斯大林、普京等人物就在离自己百米之遥的那幢大楼里进进出出、运筹帷幄、挥斥方遒，内心不免感慨万千。世事越千年啊……

典型巴洛克式建筑风格的叶卡捷琳娜宫，是我们游览的几个宫殿中最“妖媚”的。叶卡捷琳娜宫是彼得大帝1917年开始为皇后叶卡琳娜建造的夏日别墅，位于圣彼得堡以南约25公里处，占地达600万平方米。这座西欧经典庭院式宫殿，历经数年才建成。

叶卡捷琳娜宫不算雄伟，宫殿长仅300米，可建筑精巧，色彩清新，优雅豪华。宫殿教堂的五个圆葱头式尖顶，在碧空下金光灿灿，从园内任何地方几乎都远远望得见。白蓝色的外墙，缀满金光闪烁的艺术雕塑，造型丰富的色彩、雕塑和凹凸有致的结构，使整幢建筑弥漫着女性柔美、娇媚的风韵和古典主义情愫。

走进宫殿，叶卡捷琳娜声色犬马、骄奢淫靡的气息扑面而来。据说，馆内所有物品都是女皇叶卡捷琳娜生前所享用的。富丽堂皇的大厅、餐厅、金玉陶瓷水晶制作的餐具、出自国际知名艺术大师之手的画像、包金敷锦缎的墙面、巨大的

青花瓷壁炉、卡梅隆画廊里精美的半身铜像群、玛瑙的俄式浴室……看不全，写不尽。红柱厅、大宴会厅、小宴会厅、白色厅，厅厅不同，各具特色。厅中陈设令人炫目，餐桌、座椅、餐具、门扇、窗户都雕塑彩绘成美轮美奂的艺术品；墙壁、天花板绘有美丽油画；过道、楼梯装成金色走廊……数不胜数的厅堂里，陈列着女皇权利象征的宝座、服装、华贵餐具、高档奢侈品，以及当时上层社会酷爱的艺术品、珍玩，最为耀眼的是西方名家的油画。丰富的展品历经数百年，仍然保存完好，光洁如新，充分反映出叶卡捷琳娜女王执政和生活的历史风貌。

叶卡捷琳娜宫中最豪华最惹眼的是琥珀厅。整个厅堂缀满琥珀和名贵珠宝，五十万颗琥珀镶嵌出各种图案，珠光宝气，极尽奢华，闪耀着从柠檬黄到金红色，人类可以想象的黄色系中一切的色彩，辉煌得令人窒息。整座厅堂价值连城。据说，珠宝、琥珀有 6 吨多重。二战中，所有琥珀被德军掠走，并神秘失踪，成为永世之谜。现今的琥珀厅是由德国出资三百五十万美元，依照历史档案、资料、图片，从 1979 年开始重建的。2003 年为庆祝圣彼得堡建城三百周年，经普京总统批准，琥珀屋才对外开放。虽然是重建，可是她依然美丽、豪气，绽放出霸气的光芒。

叶卡捷琳娜宫的庭院，则清新怡然，美妙程度绝不逊色法国凡尔赛宫。徜徉在飘逸轻柔的绿草花坛中，到处飘动着令人心醉的诗画旋律，弥漫着花草的芬芳和女性柔美、妩媚的风采。

记得上高中的时候，读叶卡捷琳娜的传记小说，不谙世事的我，便被这个女人深深震撼了。那时，实在不敢想象有一天我会走进她生活过的豪华宫殿。

叶卡捷琳娜 1729 年 4 月 21 日出生于普鲁士斯特丁，是德国安哈尔特－采尔布斯特公爵的女儿。1744 年被挑选为皇位继承人彼得三世的未婚妻。1745 年与彼得结婚并皈依东正教，改名叶卡捷琳娜。1762 年率领禁卫军发动政变而即位成为女皇。在世界帝王史上，出现过数十位女性当权者。很多女性的帝位只是权力的象征，并不是依靠个人能力成为实际统治者。而叶卡捷琳娜却是扎扎实实有成就记录的女汉子。从一个普鲁士败落贵族的普通女儿，到远嫁俄罗斯深宫、不被待见的小媳妇，再到雄视欧洲大陆、引得无数启蒙运动思想家竞折腰的一代女皇。叶卡捷琳娜，凭着自己的智慧和胆识，成为俄罗斯帝国历史上获得“大帝”名号的两个皇帝之一，和帝国奠基人彼得一世“相提并论”，实在让人唏嘘。“假如我能够活到二百岁，全欧洲都将匍匐在我的脚下；如果我们不同意减少残酷性和改善人们不可忍受的生活状况，那么尽管我们反对，他们自己迟早也会这么做的；治理俄罗斯这样幅员辽阔的国家，只能用专制君主制，舍此皆为下策。”

叶卡捷琳娜没有美丽倾城的外貌，也没有赫然的家世背景，虽然 1745 年 8 月 21 日俄罗斯宫廷为她和皇储彼得举行了盛大的婚礼，但婚后却是备受丈夫嫌弃的小媳妇，丈夫彼得根本不爱她，另有新欢，两人结婚五年，实际处于分居状态。但在她幽处深宫的日子里，她没有自怨自艾，而是博览群书，大量的俄文书籍、四卷本哲学史、晦涩的十卷本德国史……广泛阅读的知识深度，竟然让她读懂了孟德斯鸠的《论法的精神》。读书让她拥有了智慧，使她谈吐得体，秀外慧中，招人喜欢，更为她日后取得辉煌成就打下了坚实基础。夺取政权后的叶卡捷琳娜二世，推行了一系列改革措施，强化了国家政权，将农奴制推上了发展顶峰。在她在位近 35 年的时间里，整个俄罗斯就是她的活动舞台，18 世纪后半期的叶卡捷琳娜时代，俄罗斯跨进了世界列强行列，并因积极干预欧洲事务被称作“欧洲宪兵”。叶卡捷琳娜也成为俄国人心目中仅次于彼得大帝的一代英主，被尊称为“叶卡捷琳娜大帝”。

许多个男人成为她辉煌事业的背景。据研究叶卡捷琳娜生平的学者巴尔杰涅夫统计，她一生有 23 个情人，这也是叶卡捷琳娜在被世人诟病的同时也让人们津津乐道的地方。

不过，读过叶卡捷琳娜的传记，却觉得她并不仅仅是为了满足肉体的欲望，而是渴望得到爱情，但这对于一个女皇来说，却是一种奢望。很有意思的是，叶卡捷琳娜和他的情人间有许多书信往来，这些信件竟然没有被当成秘密销毁，而是保存下来了。在这些信中，叶卡捷琳娜俨然是一个恋爱中的少女，会思念爱人、

渴望拥吻，会争吵不休，也会为了得到爱人的谅解，而对自己过去的情感生活做出陈述、诚挚的道歉，并渴求得到理解。这哪里像是一个女皇做的事情嘛！从这一点来看，真心觉得叶卡捷琳娜是一个非常明智的人，她没有将皇权强加到爱情中，虽然这不可避免地会影响到爱情。不过，遗憾的是，他们即便深爱着彼此，也很难做到和正常的情侣一般，得到平等的爱情。爱情一旦不平等就失去了味道。有味道的爱情都可能破碎，失去味道的爱情能维持多久呢？

曾经是沙皇官邸、目前是世界上最大、最古老的博物馆之一的冬宫，规模宏大，装饰豪华，美轮美奂，给我的印象是金光耀眼，豪气，奢靡；奢靡得不敢喘气，惊艳得吐出舌头缩不回去。冬宫三层建筑长长地几乎占据了一条街区，薄荷绿的外墙配以金色浮雕装饰的白柱，是涅瓦河畔一道亮丽的风景。冬宫收藏藏品 270 余万件，囊括四千年众多国家的宝贵文物和艺术品。来自世界各国的油画、雕像、地毯、家具、工艺品等等，一应俱全，简直就是几个世纪的世界艺术大师合力打造成的艺术精品宝库。其中，包括中国的丝绸、壁雕、仕女图、瓷器和三千多幅中国年画。艺术品大多为世界名人作品，件件栩栩如生，价值连城。天花板上豪华的水晶吊灯、纯金的孔雀开屏报时钟、雕栏金砌的装饰……金碧辉煌、气势磅礴，令人惊叹；丰富的藏品，底蕴醇厚，令人眼花缭乱。走进去就是进入一座艺术迷宫，让你找不着北。眼看墙上一幅幅真迹名画，脚踩两百多年历史的拼花木地板，近在咫尺地凝视琳琅满目的稀世珍宝，这种不加拦阻、亲临其境的感觉，着实令人由衷地敬佩斯拉夫民族的自信、大气和不凡。1000多个展厅，据说，要把里面的藏品全部看完，要走22公里，按每天看8小时，每件展品看一分钟计算，要看18年之久。在宫里转悠了五六个小时，转得我头昏脑涨，信息量太大，有点暴饮暴食似的，审美疲劳，感觉麻木。或许，许多事物，往往多即是少吧。

坐落在芬兰湾森林中的夏宫，距圣彼得堡市区29公里，占地800公顷，分上、下花园，是历代俄国沙皇的郊外离宫，幽静雅致，闲适开阔，风景美丽如画。据说，当时许多大型舞会、宫廷庆典活动都在这里举行。香鬓丽影、衣袂飘飘、觥筹交错……那些我们在影视剧里看到的宫廷舞会之类的各种场景，就是经常在这里上演？！在游人聚集的地方，晃动着几个身着华丽传统宫廷王宫、贵妇服饰的帅哥、美女，游客排着队付费与他们合影。他们的装扮应该是比较到位的，但假的就是假的，无论如何也成不了真。时过境迁，置身于现代人群中，这些装扮高贵的贵胄，却失去了公爵、贵妇的贵气，成了有些滑稽的道具，那气氛看上去有些怪诞。

彼得大帝战胜瑞士后，1714年，开始在芬兰湾南岸建造夏宫，并开挖水池、建造水道，直通芬兰湾。工程于1723竣工，从此，彼得大帝坐拥夏宫，傲视芬兰湾，开疆拓土。大宫殿、下花园、玛尔丽宫、奇珍阁、亚利山大花园、茅舍宫……夏宫的宫殿建筑群，宏伟华丽，宫舍雕梁画栋，金碧辉煌，珍奇罗列，喷泉众多。喷泉都由雕塑组成。每一组雕塑都匠心独具，惟妙惟肖，各具特色：爱神曲线优美，线条流畅，曲婉动人；英雄体魄伟岸，筋骨健硕；战神面目狰狞，神态勇猛……雕塑整体镀黄金，远看近观金光闪耀，豪放大气，极尽奢华。据说，仅下花园就有150多个喷泉，2000多个喷柱。每天11点，大宫殿前面的喷泉准时在俄罗斯国歌声中呼之欲出，由各种雕像、浮雕组成的喷泉群，随着音乐次第冲向碧空，晶莹的水花在阳光照射和蓝天映衬下，幻化出多彩、美妙的光芒，蔚为壮观。

夏宫花园很大，邻近海湾，空气湿润，气温不高。园林布局精巧细腻，每一处花坛、草坪，都修剪得规规整整，花坛绿地、人造湖泊，赏心悦目；参天大树，林木森森，巍巍壮观；造型迥异的雕塑，散落在树林、花草之间……

游逛一天，累了。来到夏宫外围，独自沿着波罗的海粗硕的沙滩漫步，夕阳的余晖铺洒在初秋的漫漫沧海上，几只白色海鸥在海面上悠然翻飞，有时甚至飞落到游人身边觅食，叫人有种心旷神怡的舒爽。海面的波涛虽不张狂，但仍然有些扑面而来的凛冽……眼前的这片海域，到了冰冷的严冬，该是怎样一个恐怖的景象啊？可是，彼得大帝历经磨难，硬是在这片低洼的沼泽地上垒砌起了一座石头城。从此，贫瘠的俄罗斯打开了通往世界的出口……

从彼得大帝到叶卡捷琳娜，再到普京大帝，如果没有比石头还坚硬的意志，没有远见卓识的开阔视野，历史怎会为斯拉夫民族谱写曾经的荣光？又怎会有如今仍然耀世的辉煌宫殿？

教堂，俄罗斯人的精神栖所

红色苏联给我的概念是无神论的，似乎离宗教很远。

然而，从圣彼得堡到莫斯科，在俄罗斯广袤的大地上，教堂林立，无论是大小城镇，还是偏远乡村、莽莽原野，造型各异、色彩斑斓的教堂，都点缀着那里的风景。最醒目、最耀眼的建筑，除了各种各样的博物馆、宫殿，就是恢宏大气、庄严肃穆、装饰精美的教堂了。

这些教堂风格近似，又各具特色，极具魅力和艺术感染力，是俄罗斯一道亮丽的风景线。洋葱头顶是教堂的共同特点。许多教堂高耸入云，金箔覆顶，色彩斑斓。在阳光明媚的日子里，蓝天白云下，装饰华美的洋葱头顶，金光闪闪，熠熠生辉。

据有关资料，在十世纪以前，俄罗斯人的主要宗教是本土的多神教，直到988年，基辅大公弗拉基米尔才把基督教（其时基督教尚未彻底分裂为天主教和东正教）定为国教。俄罗斯的基督教化经历了数百年时间，其间一度与多神教并存，而后相互融合，渐渐成为俄罗斯最主要的宗教。尔后，基督教分裂为天主教、东正教和基督新教。沙皇时期，东正教成为俄罗斯的国教，莫斯科是东正教五大教区之一。如今，俄罗斯约 60% 的居民信奉东正教。

东正教，又称正教会或正统教会，是指依循由东罗马帝国所流传下来的基督教传统的教会，它是与天主教、基督新教并立的基督教三大分支之一。东正教具有几大特性：保守性，坚守古教义和古礼仪，基本不做什么调整；依附性，历史上一直强烈地依附于世俗政权，受其严格的控制，不像天主教那样一直政教分离和教俗二元结构；神秘性，强调通过祷告时的沉思默想来达到与上帝的直接交流，很注重个体性的不可重复的信仰体验。教徒相信，神确实存在，一个人自身的信仰，首先与自身的自觉选择或努力意志无关，而全部来自神的预定；相信神的慈爱，愿意接受神的召唤、将自身托付给神；清楚信仰的根本意义，愿意与信仰同行，透过社会来实践和完成自身的信仰，起到照亮周围的模范作用。

俄罗斯人或许是最具宗教品格的一个民族。虽然只是短暂游走，但无处不在的教堂，让你随处都能感触到东正教对俄罗斯文化的深远影响。其宗教思想已经渗透进俄罗斯人的日常生活，成为他们思想传统的重要组成部分。宗教文化的痕迹在他们的建筑、雕塑、现实生活、语言文字和文学作品中随处可见。据说，现

代俄文字母，就是由 9 世纪希腊传教士西里尔兄弟翻译和编撰宗教文献时，编制的一套字母发展而来的，所以，又称西里尔字母。

作为宗教活动的重要载体，教堂，是俄罗斯人的精神栖所，在俄罗斯人的精神世界里，享有神圣崇高的地位。从出生洗礼、日常祷告到纪念活动、礼仪庆典，俄罗斯人的生活几乎都与教堂有关。据说，公元 988 年“罗斯受洗”引入东正教，教堂和克里姆林宫就是各公国的标配，所以无论大小城市乡村都有教堂。在这些教堂中，有的以建筑外形奇特而受人喜爱，有的以沉重珍贵的历史背景而为人纪念，有的因为规模大、建筑壮观而受海内外人士追捧，也有的因为享誉“世界最高东正教教堂”而让人深深铭记。

其实，到俄罗斯之前，我没有意识到曾经是唯物主义的“红色”世界，会有这么多的教堂。俄罗斯的政教分离是十月革命以后的事。苏联成立后，第一是通过学校、新闻媒体以及由无神论宣传者举行专门集会开展生动活泼的活动，让人民认识到宗教信仰的愚昧；第二是立法限制，禁止出版宗教书籍，禁止教会为慈善活动提供帮助等。同时，在《苏俄刑法典》中规定，如有吸引未成年人参加宗教团体，对其首要分子和积极参加者应判处五年以下自由刑；第三是拆毁教

堂和神学院，控制神职人员。当时，两万多个东正教堂大约有一万个遭到关闭。同时，8 所神学院校被关掉了 5 所；布道受到严格控制。而在斯大林时代，约有四万二千个东正教神父被迫害致死，百分之九十八的东正教会被关闭。与此同时，大批没有信仰却大表忠诚的投机分子掌握实权，苏联日渐腐败，沉疴难返，直至崩溃解体。

但根植于俄罗斯人骨髓里宗教信仰的传统，似乎不是一纸政令就可以轻易改变的。结果，“基督教不仅从打击中挺了过来，而且还从中得以净化”。越来越多的年轻人和学生信奉了基督教。据公开资料显示，截至 2019 年 1 月，俄罗斯拥有 1.46 亿人口，194 个民族，其中俄罗斯族占 77.7%。东正教作为与天主教、新教并立的基督教三大派别之一，在俄罗斯是名副其实的“正教”，拥有 7000 余万东正教徒。有这么庞大的教徒，怎能没有教堂？找不到莫斯科具体的教堂数据，但感觉教堂林立；圣彼得堡有大小教堂 200 多座，彼得保罗大教堂、喀山大教堂、伊萨基耶大教堂等等，都蜚声海内外；在偏僻的乡村，也常常看见漂亮的教堂。

据说，俄罗斯的教堂最早源于罗马拜占庭的石造建筑技术及洋葱头圆顶式的教堂技法。“洋葱头”设计，一方面是因为俄罗斯气候寒冷，冬季较长，陡峭的尖塔可以避免建筑上的积雪；另外，“洋葱头”象征着一支支燃烧的蜡烛，从人间虔诚地向上帝举起。在欧洲，一座教堂原本只有一个“洋葱头”，到了俄罗斯之后，受俄罗斯传统多神教的影响，进而转变为一座教堂上可以有多个“洋葱头”。不同数量的“洋葱头”，分别代表着不同的含义，两个代表天人合一的耶稣基督；3 个代表圣父、圣子、圣灵；5 个代表耶稣和《福音书》的四位撰写者；13 个则代表耶稣和十二使徒；25 圆顶还包括了旧约中的十二先知；33 圆顶象征着耶稣在世上度过的 33 个春秋……总之，“洋葱头”的数目或许和神话或传奇事迹里的圣人数目相当，或是和圣经故事里的相关记载、耶稣的事迹相关。洋葱头的颜色有的是金色的，有的是绿色的。据说，这与 1917 年的十月革命有关。革命前是金色的，革命后是绿色；后来又变成了金色。

许多教堂内部汇集了大量精美的宗教题材的圣像画、壁画、镶嵌画和雕塑等艺术作品。美不胜收。走进这些庄严肃穆、内涵丰富的教堂，即便你不信教，你的心灵也会被深深震撼，被那神秘、庄严、虔诚的气氛感染，被那些美妙神奇、

美轮美奂的绘画俘虏。不知不觉,你会屏声静气,内心瞬间沉入谦卑与沉静。

红场克里姆林宫的教堂群和救世主基督大教堂，个个宏伟壮丽、气度不凡，是到俄罗斯无法错过的教堂圣地。圣瓦西里大教堂是教堂群众多教堂中最著名的教堂之一，整座教堂由九座塔楼巧妙地组合为一体。在高高的底座上耸立着八个色彩艳丽、各不相同的塔楼，簇拥着中心塔。富于创意的形式、色彩与精妙绝伦的结构完美结合，令人叹为观止！传说伊凡雷帝为了不再有比这座教堂还要精美的建筑出现，下令戳瞎了当时建造这座教堂的所有建筑师和工人，由此，圣瓦西里大教堂成为俄国教堂的遗世明珠。

巍峨壮观的圣母升天大教堂，建于15世纪后期，其山字形拱门和金色圆塔，带有俄罗斯东北部的风格，是俄罗斯早期白石建筑艺术的典范，一直是俄皇举行加冕大礼的地方。这里可以看到俄罗斯画家安德烈·鲁布廖夫著名的壁画作品《三位一体》。著名导演塔尔科夫斯基被评论家视为他一生最伟大杰作的电影《安德烈·鲁布廖夫》,就是以他为原型拍摄而成的。走进教堂的时候，我们有幸听到了可能是最高水平唱诗班的吟唱,没有任何伴奏和音响设备，那自然纯净的声音以五声部形式，和谐地组合在一起，余音绕梁，在高大的教堂穹顶下，久久回荡，音效赛过任何高保真音响，犹如天籁。稍晚于圣母升天大教堂建成的报考教堂，造型美观，顶端有 9 个金色圆顶，是皇族子孙洗礼与结婚之地。

被称为文化之都的圣彼得堡，数百年的历史，给这座城市留下了许多引以为自豪的建筑，教堂就是其中之一。位于圣彼得堡涅瓦大街不远处格里博耶多夫运河旁的圣彼得堡滴血大教堂，也被称为复活教堂，是众多教堂中的典范。它是为在俄国历史上对俄罗斯的社会发展做出很大贡献、被称为“农奴解救者”的亚历山大二世建造起来的。亚历山大二世是尼古拉一世的儿子，他即位的时候，民不聊生，农奴造反，于是他开始了改革，宣布了解放农奴等一系列大政，开始了俄罗斯的资本主义。但遭到方方面面的不满，先后 5 次遭遇刺杀，成为欧洲历史上遭到刺杀最多的帝王之一。据说，1881 年 3 月 1 日，亚历山大二世乘着马车准备去签署法令，宣布改组国家委员会，启动俄罗斯君主立宪的政改进程。当他的马车经过格里博耶多夫运河河堤时，“民意党”极端分子的刺客投掷的第一枚炸弹炸伤了他的卫兵和车夫。他不顾左右劝阻，执意下车查看卫兵伤势，结果，第二枚炸弹在他脚下爆炸，亚历山大二世双腿被炸断，第三名刺客改变了主意，救护了他。但是，受伤的沙皇被送回冬宫几小时后，医治无效而死亡。第三名刺客被发配西伯利亚，其余的刺客均被判了死刑。1883 年，为了怀念这位为人民而牺牲的仁君，在其出事地点，开始兴建这座有特别历史纪念意义的大教堂。1907 年，历经 24 年的修建后，尼古拉二世为教堂举行了开幕仪式。遗憾的是，若干年后尼古拉二世自己也被后人用另一座滴血大教堂来纪念，那就是位于叶卡捷琳堡的滴血大教堂。

教堂外观娇艳秀丽，上面有九个葱头式圆顶，墙面使用丰富的彩色图案瓷砖、搪瓷青铜板装饰面，几何形窗孔饰框、盾形装饰、各种脚线和瓷砖以及彩色瓦块和马赛克壁画，装饰色彩丰富，富有层次，使教堂看上去像个积木搭起的漂亮玩具，造型奇特、色彩亮丽而优雅。特别是最高的五个圆顶，铺有大量珐琅，五光十色，与古老俄罗斯风格和附近的古典式建筑物成鲜明对比。教堂内部整体嵌满了以旧约圣经故事为体裁的镶嵌画，每一处细节，都无比精致。抬头仰望高高的穹顶和那些美妙无比的画作，让人恍惚以为置身天堂。

彼得堡罗大教堂，是彼得堡罗要塞建筑群中最著名的建筑，建于 1703 年，是一座早期俄罗斯巴洛克风格大教堂。教堂的钟楼高度为 122 米，在城市中心地带属最高建筑。

诺夫哥罗德圣索菲亚教堂，高 30 米，是俄罗斯最古老的教堂，始建于 1045 年，建成于 1060 年，是东正教在俄罗斯取得崇高宗教地位的最早见证者。整座教堂外观是传统俄罗斯建筑风格，由五个圆形的拱顶构成，中间一个是金黄色的，其他是蓝色，非常艳丽，而教堂外墙则是雪白色，显得非常庄严神圣。教堂外表给人古老、年迈的感觉，内部有精美的壁画。

诺夫哥罗德圣索菲亚教堂，我在教堂周围徘徊了好一阵，才找到进入教堂的那扇狭小、古老的木门。进门后在没有光的暗道里拐了几个弯，才来到教堂中心。一束天光从天窗里照射下来，四周有暗淡的烛光在摇曳，墙壁和大柱上画有大大小小的圣像画或镶嵌的马赛克画，在光影里时明时暗。大约是年代久远的缘故，许多圣像画的颜色变浅了，显然已失去原有的光彩。但时光似乎赋予了这些圣像某种魔性，光彩暗淡的圣像更有一种圆融、澄净的温暖与亲和力，让人不自觉地贴近。偶然闯入，正巧遇见祷告。时值午后，祷告的约有二三十人，有男有女，有老有少，有大大小小的孩子。每个人都含胸叩首，虔诚、安静，偶尔交流，也只是窃窃私语。一个身着漂亮裙子、蹒跚学步的孩子，在高大教堂光影恍惚的一角晃晃悠悠，东摸摸，西看看，没有喧哗，也没有吵闹，偶尔见她停留在高高在上的圣像面前仰望，不知她稚幼的内心在想些什么，但那画面好美。不敢搅扰，我站在角落里静静感受，那静穆的气氛瞬间让敬畏之心油然而生。庄严、肃穆的气势，不适合拍照，但教堂太美，那个氛围太美，那个孩子的样子太美。实在忍不住，调到静音，我还是悄悄拍了几张。

沉浸于那些宗教氛围极为浓厚的教堂里，我似乎稍稍理解了著名导演塔尔科夫斯基，作家列夫·托尔斯泰、陀思妥耶夫斯基、果戈理的作品中，为什么都充满了种种宗教哲理和诘问，都对宗教有深入思考，宗教甚至成了他们作品的重要组成部分。

托尔斯泰作品中的宗教思想，按照俄罗斯宗教传统来说，是离经叛道的。1901 年他被革出俄罗斯东正教会，最主要的原因就是说他对东正教神职人员怀有敌意，尤其是在小说《复活》中，他以滑稽的笔调描写神职人员和祈祷仪式，这是对神职人员和圣餐仪式的嘲弄和玷污。托尔斯泰一生都在寻求真理，他试图用自己对上帝的理解去诠释基督教，去建构自己的基督教理念，他的基督教思想被称为托尔斯泰主义。但是，他并没有认为自己所建构的托尔斯泰主义是完美的，解决了自己关于人生意义的疑问，他依然生活在怀疑的痛苦之中，从信神到不信神，再到信神。他一生生活在寻找上帝的路上。

在陀思妥耶夫斯基的小说中，宗教是不可或缺的主题之一，特别是《卡拉马佐夫兄弟》，里面的“宗教大法官”的故事，受到了批评家们的高度重视。美国学者乔治·斯坦纳在《托尔斯泰或陀思妥耶夫斯基》一书中总结说：“托尔斯泰跻身质疑上帝的人士的行列，陀思妥耶夫斯基是上帝的杰出信徒。”

著名导演塔尔科夫斯基，出生于苏联时期，在当时的意识形态下，虽然信奉宗教被禁止，但是，受笃信东正教的双亲影响，自小便浸润于浓厚的文学艺术和传统宗教氛围中，最终还是成为一名坚定的东正教信仰者。这位电影诗人，一生拍片不多，但每一部都倾注了常人难以置信的救赎精神。塔氏作品以如诗如梦的意境著称，主题宏大，流连于对生命或宗教的沉思和探索，在镜头里深刻地寻找灵魂，并赋予人类以特别的关怀。他终其一生，踯躅独行于艺术与人生之路，苦苦思索如何利用宗教实现道德完满，以求拯救自我、拯救饱经苦难的俄罗斯、拯救整个人类的问题。他用自己的电影作品进行着对宗教的探索、对人性的拷问，探讨着有关生与死、善与恶、人与上帝等永恒的人生命题。

和塔尔科夫斯基一样，古往今来，多少仁人智者，皓首穷经，劳筋骨，苦心志，苦苦追寻、探求这些困扰人类命题的终极答案，但结果又有几人通透过呢？

俄罗斯，在“忧郁与悲怆”中诗意地栖息

在我的“俄罗斯情结”中，有很大一部分源于俄罗斯的文学、艺术。

文学、艺术无疑是照亮我生命的最强光芒。那些至纯至美的感人篇章，那些广博深邃的伟大作品，使我在不知不觉中，完成了一次次超越时空的精神之旅，看到了真实的人生、隐秘的人性、或美好或丑陋的灵魂……在那儿，有无数我熟悉的大师、作品。那些名字、那些作品，每一个，都灿若星辰；每一部，都让我的心怀禁不住为之震荡。因了这种震颤，我平凡枯苦的生命、平庸燥粝的生活，方才充满了滋味，有了美好和光亮。虽说不清这种光芒是在何时、以何种方式，照亮我的生命和灵魂以强烈震撼和感动的，也无法确知，让我心之神往俄罗斯的最初缘系和动因究竟是什么。

青春年少时，在我有限的文学作品阅读中，俄罗斯的文学作品占据了绝大部分。《自由颂》《致大海》《欧根奥涅金》《父与子》《白痴》《彼得大帝传》《叶卡捷宁娜》《德伯家的苔丝》《战争与和平》《安娜·卡列尼娜》《复活》《变色龙》《装在套子里的人》《钢铁是怎样炼成的》《静静的顿河》……能记住的文学作品中，许多都是俄罗斯作家或关于俄罗斯的，普希金、列夫·托尔斯泰、陀思妥耶夫斯基、屠格涅夫、果戈理、契诃夫、肖洛霍夫、高尔基等等。这些恐怕也是许多中国人耳熟能详的著名作家的名字。

有人说，因为当年的中国人只有苏联小说可看。这或许是原因之一。另外，更重要的，我想，这大约源于我灵魂深处潜藏的悲伤与忧郁吧。我一直偏爱俄罗斯文学、艺术家身上和作品中蕴涵的那种“忧郁与悲怆”情怀，那仿佛永远也拂逆不去的忧郁、感伤，那以带伤的手指，抚慰另一颗带伤心灵的悲悯、温慈。不知是不是源于俄罗斯民族生活的特殊自然地理条件、根深蒂固的宗教情结、苦难

体验和忧患意识？我总觉得，俄罗斯的文学、音乐、绘画等艺术，在题材选择、主题意蕴、形象刻画、表现形式等方面，都呈现出“忧郁与悲怆”的美学风格。无论是叶赛宁“马车在辽阔的雪原上徜徉／雪，像块大披肩铺在地上／一条无尽无休的大道／绦子一般伸向更远的地方”的《初雪》，普希金“看你们这样欢乐无忧／我只有含着眼泪微笑”的诗句，托尔斯泰《安娜·卡列尼娜》中的列文，陀思妥耶夫斯基《白痴》中的梅什金公爵，还是“冰雪覆盖着伏尔加河……有人在唱着忧郁的歌”的《三套车》，或者列宾的名画《伏尔加河上的纤夫》……这种“忧郁与悲怆”情绪无所不在。即使像《致大海》这样激情的诗，《喀秋莎》《红梅花儿开》《山楂树》《莫斯科郊外的晚上》这样洋溢的歌，也几乎都有着一股深沉、绵缠的忧郁。尤其是诗人普希金，可以说是这种忧郁悲怆气质的代表。无论是在莫斯科，还是在圣彼得堡，我所看到的普希金雕像，几乎都是忧郁的，一如他的诗歌。

不过，在这种“忧郁与悲怆”中，总蕴涵着一种不屈服、不顺从、不放弃的坚韧与倔强。

俄罗斯民族的这种坚韧与倔强，是令人震撼的。无论是在沙皇时代、彼得大帝时代，还是在拿破仑、希特勒入侵、斯大林大清洗等各个不同的历史阶段，他们都体现出一种其他任何民族无法比拟的强大力量。在世界民族文化逐渐丧失其本源、传统文化逐渐失去其根基的一体化进程中，在20世纪摒弃传统与民族的所谓现代文化的潮流中，这种力量同时造就了他们独特的民族文化，使他们无论是文学、绘画，还是音乐，甚至包括政治，都仍然坚守着本民族文化强大的整体个性。

或许，正是这种始终如一的坚守，造就了俄罗斯文学、艺术的卓尔不凡。无论是以普希金、托尔斯泰为代表的文学，还是以柴可夫斯基为代表的音乐、以乌兰诺娃为代表的芭蕾、以塔可夫斯基为代表的电影、以列宾为代表的绘画，都在世界舞台上占有举足轻重的地位，他们的无数文学、艺术大家，都享誉世界。

对文学、艺术的热爱是俄罗斯人的一大特点。无论是在圣彼得堡，还是在莫斯科，文学、艺术气息，犹如空气，无处不在，弥漫在城市的每个角落，荡漾在每个人的气质中，让你随时随地都能深切感受。俄罗斯各地有许多俱乐部、文化宫、文化馆、影剧院、博物馆、美术馆、艺术院校等文化设施。从小学开始，儿童就可以在少年宫接受各种艺术熏陶。仅在圣彼得堡，国立艺术院校就有八所。这些艺术院校使圣彼得堡成为世界当之无愧的艺术之都，它们不仅是俄罗斯最优秀的，在世界也名列前茅——列宾美术学院是世界四大美术学院之一；音乐学院与奥地利维也纳的音乐学院齐名；芭蕾舞更是位居世界首位。

俄罗斯人似乎将文学、艺术当成他们生活的基本底色，从城市建筑到生活方式，都游动有文学、艺术的影子。那些著名文学家、艺术家的雕像或纪念物，随处可见。城市雕塑，也多以历史画面、英雄人物为题材。坦克、战车、大炮，甚至报废的飞机，都成了他们纪念和感怀历史的凭证。他们以树碑立传、传送作品等方式，沉淀在城市的各个角落里，深深缅怀那些给整个民族带来荣光的名字，将他们的作品、他们的思想、他们的灵魂，融入生活的日常，灌注在孩子从小的教育中。甚至将那些原本可以有很高商业开发价值的繁华地段，慷慨地交给一些早已逝去的诗人、作家、艺术家，比如著名的高尔基广场、马雅可夫斯基广场、

普希金广场，都位于城市中心醒目位置。以“普希金”为名的广场、街道、建筑、纪念馆和博物馆，难以数计，连普希金当年读书的皇村，都被改成了“普希金城”。

在浓厚的文学艺术氛围熏染中，俄罗斯人的血管里，似乎世代流淌着浪漫、诗意的血液，讲起民族的历史、祖国的诗人、作家、画家、音乐家，无论大人小孩，都能如数家珍、头头是道，语气、眼角、眉梢，都写满了无限的崇敬和自豪。许多人可以随口说出果戈理或托尔斯泰曾经在某个地方悠闲散步；可以指着以前的作家大楼，絮叨哪些作家在那里住过、写出了哪部伟大作品……从官方到民间，他们似乎早已达成共识，一代代永续不断地以这种方式，铭记那些光辉的过往，祭奠那些杰出的灵魂，传颂那些不朽的作品，锤炼自己民族的品格，积淀自己民族的文化。

游逛在莫斯科、圣彼得堡的街巷里，文学、艺术作品中那些熟悉的身影、场景，时不时会苏醒在记忆里，或明或暗，或远或近。我恍然明白，在俄罗斯，有我那么多血液和灵魂中的朋友、情人、偶像，还有许多说不清、道不明的情愫、牵念与哀伤。

作为文明古国，从古至今，我们也有

许多伟大的诗人和作家，屈原、李白、杜甫、曹雪芹、鲁迅、巴金……数不胜数。他们的诗篇、作品，虽然也如普希金那样脍炙人口、流传广远，成为贯穿中华民族文化心理的血液。但在北京、上海或相关城市的繁华地段，很难找得到这些诗人、作家的塑像，更难见到以他们的名字命名的广场、街道或建筑，甚至连他们的故居，许多也在城市改造的洪流中，被拆除、被毁弃。

在俄罗斯，作为文化传承的另一个重要载体——博物馆，其数量之多，也叫人咋舌。他们甚至还有情色博物馆。据统计，仅莫斯科市内就有 65 座博物馆。每年参观博物馆的人数超过 7500 万，占全国人口的一半以上。参观博物馆已成为很多俄罗斯人的一种生活方式。

在博物馆里，经常看到在老师带领下成群结队的孩子。博物馆有专门人员为他们讲解，讲解者有时甚至会打扮成童话故事里的人物形象，时不时给孩子们一些惊喜。通过参观形形色色的博物馆，用曾经的历史、文明、辉煌，去感染、熏陶、激励后代，让他们自小就被温暖，被包裹，被充实，从小就开始了解并热爱这个国家和它的历史。据说，很多学校都把参观博物馆当作学业内容之一，这应该是他们素质教育的重要内容吧。博物馆里情侣也不少，相约去逛博物馆，是很多俄罗斯年轻人的一种生活习惯。

大多数博物馆都有语音导览机，在游览过程中，只要游客在上面输入感兴趣的展品的编号，相关信息就会通过耳机传出。博物馆内随处可见长长的座椅，参观累了，可以在上面休憩。

从众多的博物馆可以看出，俄罗斯人确实是一个喜欢和善于储存历史的民族。从莫斯科城的创立者尤里·多尔戈鲁基大公，到圣彼得堡的创建者彼得大帝，再到叶卡捷琳娜二世、尼古拉一世、列宁、斯大宁……无论在历史书中是正面还是反面人物，在博物馆里，历史就是历史，无论好坏，都有自己的位置。他们似乎总是从历史中学习经验、吸取教训，而不是去评价、去批评，更没有去否定、去摧毁。

列宁说："忘记过去就意味着背叛。"一个不肯忘怀过去的民族，是有底蕴的民族。一个珍视自身荣誉的民族，是有尊严的民族。而一个看重历史和文化的民族，则是能够创造未来的民族。将民族的荣誉感建筑在历史之上，建筑在过往的文化和文明之上，对历史的回忆和怀念、浓郁的文化氛围、深广的精神积淀，以及由此而形成的向心力、向上力和凝聚力，或许便是俄罗斯不断前进的动力。是否正因如此，无论处于怎样的境地，俄罗斯都能显得沉稳淡定、气度雍容?

俄罗斯人似乎还酷爱读书。汽车上、地铁里，随处可见看报、读书的人。据有关调查，俄罗斯约三分之二的城市居民长期坚持阅读文艺作品，一部分人每天的阅读时间约一小时，只有极少数人几乎常年不摸书本。读书位居俄罗斯人体育、打猎、钓鱼、旅游等五大业余爱好之首。俄罗斯人认为，阅读艺术作品和到剧院看演出，都是积极的、质量更高的文化生活，能使生活更美好。但由于图书价格昂贵，许多人买不起，于是人们往往去图书馆借阅，每天到图书馆去学习、读书、看报、准备功课的人很多。莫斯科国家图书馆，每天大约就有5000人光顾。据说，俄罗斯全国各地各个居民区都有自己的图书馆，仅莫斯科就有400多个。

俄罗斯人不仅喜欢读书，而且喜欢藏书，几乎每家都有或多或少的作家全集、选集、丛书、词典等，有的甚至有自己的家庭图书馆。邻居、同事，尤其是孩子，会常向这些藏书多的人家借阅图书。他们读普希金，读托尔斯泰，读陀思妥耶夫斯基……普希金是俄罗斯孩子识字后从书本上认识的第一个人，诗人的作品、思想、典雅纯粹的语言，伴随着他们成长、生活，直到死亡。诗人的名字，自小成为他们灵魂的一部分，就像他们用以维生的黑面包和红菜汤。有人说，若与俄罗斯的小孩交谈，问他家里有几口人，他就会回答：爸爸、妈妈、我，还有普希金。甚至俄罗斯的农民在田地里干活干累了，歇息的时候，几个人讨论的话题也都是普希金的诗歌……这些说法或许有些夸张，但却足以说明文学、艺术对这个民族的影响是多么广泛和深远。而一个善用文学、艺术打造自己的民族，骨子里应该是有某种高贵的，一个高贵的民族应该是不容忽视的。

作为艺术重要组成部分的绘画，是俄罗斯人生活乃至精神世界里不可或缺的装饰品。据说，许多俄罗斯人家里，多少都会有一两幅绘画作品作装饰。且不说冬宫、夏宫、特列恰科夫美术博物馆里那无数价值连城的世界名画，会让你在艺术海洋里瞬间沉没，在城市里闲逛，你也随时会邂逅各种画廊、美术馆。

莫斯科河畔的艺术公园，规模不小，十几排简易建筑，分隔成大小不等的展位，有的专门出售别人的画作，有的一边画一边卖自己的作品。油画、水彩、版画、大幅风景、小幅静物……琳琅满目，风格多样。这里的画作良莠不齐，当然无法和冬宫之类的博物馆里的相提并论，但据说也有一些画家名气不小，只是为了挣钱养家糊口，才把作品拿来出售。

许多作品价格都不贵，大多数普通人都能承受，搞不好碰巧还能捡漏，买到有名气的画家的画。夕阳西下，徜徉在美妙无限的绘画世界里，偶尔会有“买一幅带回家”的冲动，但我是外行，不识货，再加上路途遥远，携带不便，犹犹豫豫，最终还是抱定了“欣赏便好”

的态度。

各种跳蚤市场里几乎都少不了画廊，虽然规模不大，和国内许多日常的小画廊差不多，但作品都很丰富，在里面泡一天，都不会让人烦闷。

还有随处可见但不是给人画肖像的街头画家，他们沉醉在自己的世界里，涂涂抹抹、恣意挥毫，任凭周围的世界熙攘喧嚣。

对俄罗斯人来说，音乐犹如伏特加。街头音乐家，也是俄罗斯的一景。从冬宫出来，看见宽敞的广场上，有街头艺人在表演，引来无数围观者。大家随意就地或坐或躺，享受着和煦的阳光、迷人的空气、带感的音乐，很是惬意。走累了的我们，也放下矜持，入乡随俗，汇成其中的一员，在那闲坐到太阳西沉。

俄罗斯人对艺术的热爱和尊崇是举世公认的，特别是戏剧，在俄罗斯人的精神世界里，可谓根深蒂固。据说，在莫斯科，有上百家大小剧院，但最难购到的票还是音乐会的演出票。如果演奏会的曲目比较有名，如贝多芬、柴可夫斯基、拉赫玛尼诺夫等名家的曲目，那么门票肯定是一早售罄。一到冬季，剧场每晚都有精彩演出，几乎每场都座无虚席。周末约会，一起去剧院听场音乐会、看场剧，在剧院中欣赏演出，作为夜生活的重要内容，这种浪漫已经沁入俄罗斯人的日常生活之中。这并非附庸风雅，或追赶潮流，而是因为音乐、舞蹈、戏剧，早已进入寻常百姓家，成了每个家庭的必修课，每个人生活的必需品。虽然年轻人更加喜欢流行音乐，但古典音乐仍然是大多数人的最爱。随便问一个莫斯科人，无论大学教授，还是普通工人，都能如数家珍地说出一串艺术大师的名字和作品。俄罗斯人这种对艺术的挚爱和高雅的品位，大概是任何国家的人都无法企及的。

确实，这片土地并不缺少音乐的滋养，它的国民有多爱音乐，它的音乐就有多优秀。他们在艺术方面表现出来的天赋和创造力，非常惊人。俄罗斯人对音乐热爱的原因之一，或许就源于这个国家这些优秀的作曲大师。作为19世纪世界古典乐坛的大师，柴可夫斯基是我比较喜欢的俄罗斯作曲家之一，他的经典芭蕾舞剧《天鹅湖》《睡美人》《胡桃夹子》，歌剧《叶甫盖尼·奥涅金》交响曲《悲怆》等名曲，每一部都让人念念不忘。三十多年前，我攒了一年工资买到一台红灯牌收录机以后，买的第一盒磁带就是“老柴”的《世界十大音乐大师经典名曲》。他陪伴我度过了青春年少时无数忧郁时光……如今，收录机已经不能放了，但“老柴”的磁带还在。

除了音乐，说起芭蕾舞，恐怕许多人第一时间想到的就是俄罗斯。据有关资料，芭蕾舞 17 世纪才传入俄罗斯，到 19 世纪下半叶，俄罗斯人创造出用脚尖保持平稳的现代舞技法、双人舞技法，并融入高加索和俄罗斯传统舞蹈技巧，使芭蕾具有和谐、秀美而优雅独特的神韵和风格。伴随着《天鹅湖》《睡美人》《胡桃夹子》这些不朽巨作问世，俄罗斯逐渐成为全欧洲芭蕾舞的中心。特别是《天鹅湖》，至今仍被看作不可逾越的典范，俄罗斯也因此被誉为“天鹅的故乡”。游历俄罗斯，芭蕾舞是无法错过的。出国前，领队就预定了亚历山大剧院《天鹅湖》的票，并让我们每个人都带上礼服。看芭蕾要身着盛装，以显高雅、体面，也表明对艺术的挚爱和对艺术家的尊重。

到达圣彼得堡的第三天晚上，吃过晚饭，我们一行便换好礼服，早早来到了亚历山大剧院。亚历山大剧院又名普希金俄罗斯国家话剧院，位于圣彼得堡奥斯特洛夫斯基广场中心，是俄罗斯最古老的剧院之一，与马林斯基剧院、米哈伊洛夫斯基剧院并称“三大帝国剧院”。《天鹅湖》是剧院著名的保留剧目之一。剧院广场上矗立着叶卡捷琳娜二世的全身雕像。雕像的基座上雕刻着女皇在位时的重要大臣。剧院始建于 1756 年伊丽莎白女王时期，当时的名字叫“俄罗斯悲喜大剧院”。1832 年，沙皇尼古拉二世聘请意大利建筑师罗西重新设计改建了这座剧院，并以他心爱的皇后亚历山德里娜命名，剧院的外墙也漆成了皇后最喜爱的车矢菊的颜色。剧院建筑是气势磅礴的古典式建筑，正面由 6 根柯林特圆柱作为装饰，柱廊上部有驾驭战马车辆的音乐之神阿波罗的塑像，可同时容纳多达 1700 人。苏联时期，剧院更名为“普希金戏剧院”，后来又恢复了沙俄时期的名称。

剧院前厅其实并不大，甚至略显逼仄。但迈进大厅后，我不由吃了一惊，整个内部装饰纯然宫廷式的：烛形的吊灯，红色的地毯，天鹅绒的幔帐……剧场呈椭圆形，正面是大舞台，台前是深深的乐池，中间是观众席。其他三面，贴墙而起、呈圆弧形的五层包厢，托起高高的剧院穹顶。金色的艺术品和浮雕装饰，在灯光照耀下，金碧辉煌，豪华庄重，令人恍若置身宫殿。260多年过去，历经朝代更迭、世事变迁，剧院仿佛从未改变，现在还保留着当年皇家贵族的专用包厢，也是圣彼得堡唯一为游客提供沙皇包厢预订的剧院。维持秩序的工作人员，蓄着修剪整齐的浓密胡须，身着燕尾服，优雅地在剧场四周悠悠晃荡，看见不合适的行为，就走过去轻声制止。观众中，有不少是游客，许多人着装随便，高声喧哗、流动拍照，和剧场的氛围很不协调，甚至不听工作人员劝导，让人很不舒服。

开演前十几分钟，剧院里已经坐满了观众，大家像过节一般，老人面带笑容，儿童神情雀跃……乐队一上台，整个剧院便瞬间安静下来，就连开场前还走来动去的小孩子，全程都是非常安静，整个大厅只有飘扬的乐声和台上天鹅优美的舞姿。一个章节结束，大厅里便瞬间爆发出热烈的掌声，日常大街上面色淡静、很少大声喧哗的俄罗斯人，在剧院里却毫不吝惜自己的热情，掌声一浪高过一浪。演出的高潮是终场时的谢幕。观众全体起立，鼓掌致谢，有人献花，有人叫好，但没有人争先恐后退场。演员一次次鞠躬谢幕，满脸真诚、一丝不苟。大幕一次次落下，但观众仍依依不舍，依然在那里鼓掌，演员们只好再次出来谢幕。在那仪式中，演员和观众都从对方那里，感受到了对自己的尊重和谢意。置身其中，你会自然地沉浸在那浓厚的艺术氛围里，从华贵、高雅的芭蕾艺术中，从真诚而热烈的掌声里，仿佛能看到这个民族的精神支撑，触摸到这个民族的心跳，感知到这个民族的灵魂、内蕴和底气。

走出风雨沧桑的剧院大门，我恍然想起卡嘉。

卡嘉是女儿上中学时学芭蕾跟过的俄罗斯老师。她曾经是俄罗斯的芭蕾舞演员，后来因为爱情来到昆明，开办了芭蕾培训班，当起了老师。当时推荐这位老师的专业人士评论说，在俄罗斯芭蕾舞蹈家举手移步间，形体的和谐总是和一种与众不同的精神联系在一起。这种精神源于普希金诗歌所描绘的景色、陀思妥耶夫斯基作品中的忧郁和浪漫、白夜光芒的独特魔力，以及其他一些难以洞察的东西。长相美丽、身材高挑的卡嘉，专业、严谨、优雅、高贵、和善，举手投足间，的确有一种独特的气质。只遗憾后来因为签证到期，她回国了，女儿也因学习紧张不再学芭蕾。

不知道后来卡嘉是否再回昆明，但她独特的俄罗斯气质，却一直留存在我脑海里。

俄罗斯，一个让人无法忽视的国度

俄国著名哲学家尼·别尔嘉耶夫曾说："俄罗斯可能使人神魂颠倒，也可能使人大失所望。它最能激起对其热烈的爱，也最能激起对其强烈的恨。"

有人说，俄罗斯人勇猛剽悍，气度恢宏，不善于微笑，也不轻易相信微笑；不爱哭，也不相信眼泪，遇到决定国家命运的危急关头，他们都能挺身而出，同仇敌忾，坚强不屈，英勇无比，表现出强大的凝聚力。

有人说，俄罗斯人性格古怪，若是对你好，一高兴，办事可以不讲原则；发起脾气来，则翻脸不认人，一旦认真，则苛求规矩。

还有人说，俄罗斯人性格温顺驯服，不拘小节，举止幽默，感性浪漫，但又缺乏理性，行事冲动草率，爱走极端；看问题主观偏激，喜欢感情用事。"决斗"便是这种性格特征的产物。19 世纪以来有相当一批俄罗斯作家都是由于一时激动，走上了极端的决斗场。普希金死于决斗，莱蒙托夫、赫尔岑、屠格涅夫、托尔斯泰等都曾参与决斗或走到了决斗的边缘。

和"一百个人心中有一百个哈姆雷特"一样，其实俄罗斯人给人的印象，也是多面的。而且，不同地方的俄罗斯人，气质还有差别。莫斯科人大气豪爽、富有经济头脑，擅长经商致富，过着富裕的生活，因而看不起清贫寒酸的圣彼得堡人。而圣彼得堡人喜欢艺术，文化素养高，虽然清贫，但清高，因此，也看不起

土豪的莫斯科人。

圣彼得堡人的表情，没有莫斯科人的张扬、放肆、喧哗，那种仿如普希金、托尔斯泰等文化巨人笔下古典、深邃又冷峻的表情，聚蕴了好几个世纪，自然移植到了圣彼得堡人身上，弥漫在每一个人的气质里，说不清，道不明，却又无处不在。这种浸蕴于浓厚文化艺术氛围里养成的气质，代代传承，久而久之，成了圣彼得堡人区别于其他城市人的重要标识。

游逛在俄罗斯的大街小巷， 无论是老年人还是年轻人，很难看见中国城市里常见的男女老少背着包，小碎步，气喘吁吁，咬一口大煎饼，小跑着追赶汽车、奔向地铁站的场景。擦肩而过的俄罗斯人，有友好与你微笑的，有匆匆前行的，偶尔也有从容嬉笑的，无论哪一种状态，他们的言谈举止里都共同透露出一股优雅的气质，仿佛天生就自信踏实、舒缓从容、气定神闲。

那天晚上，在从诺夫哥罗德到莫斯科的火车上，他们的这种优雅严谨、气定神闲，给我留下了深刻印象。从诺夫哥罗德到莫斯科的火车，一天只有一趟，而且是普通火车，相当于中国的绿皮火车。上下卧铺的车厢，陈旧但干净整洁。每个卧铺上都放好了洗得干干净净、叠得整整齐齐的雪白被套和床单。车厢虽有些狭小、拥挤，但设施齐全，卧铺一侧，装有结实的挂钩和置物架。每个车厢有上下四个床位，我们车厢的两个下铺都是俄罗斯人，一位六十多岁的女士和一个三十多岁的小伙子。女士在我的下铺，看我在她面前上上下下，每次都报以礼貌的微笑。由于有些嘈杂，上下床和取拿衣物也不方便，还有点恐高的我，爬上上铺便和衣而眠了，想着对付几个小时得了。可下铺的女士和小伙子，却都到卫生间换好了睡衣、洗漱完毕才上床睡觉，并把换下来的衣服规矩地叠好，放在置物架上。车到站，下车时，他们都把床单叠好，送到指定位置……看着他们认真叠放衣物、一丝不苟、舒缓从容的样子，让原本在家还算讲究的我，突然觉得自己是那么粗糙。

车厢里虽然人多，但没有吵吵嚷嚷，大家都很安静，上车、下车都很有秩序。其实，无论是在地铁上、商店里，还是在博物馆、公园中，任何公共场合，这里都没有其他许多地方惯有的那种高声喧哗、大呼小叫、吵吵嚷嚷、挤挤攘攘。人们总是静静的，大多面无表情。偶尔笑笑，也是无声的微笑。即便是几岁到十几岁正该闹腾的孩子，在公共场合似乎也不大吵闹。在博物馆，他们在老师的带领下安静地参观、听讲解。在红场，遇到上百个穿着军装参加军事表演的十几岁孩子，也非常安静。所以，在许多公共场合，稍微尖厉的声音，便显得极为突兀和聒噪，极不协调。

那天，在冬宫的咖啡吧里，逛累了的游客都在那安静坐着，吃东西、喝饮品。我走进去的时候，咖啡吧里几乎都已坐满了人，只有一对中国母女旁边还空着两个座位，旁边还有插座可以给手机充电。问过她们没有人坐之后，在艺术画廊里走逛了好几个小时、早已累得快虚脱的我，便感觉中彩票一般幸运地歇了下来。

可没过一会儿，便有些郁闷了。母女俩带着个一岁多的男孩，不知什么原因，孩子一直在叽叽歪歪地哭闹，哭声忽大忽小，几乎整个咖啡吧都能听到。可母女俩却像没事人一样的，自己在那聊天，任由孩子在一旁哭闹。有人不时把诧异的目光望向我们这边。我想提醒母女俩哄哄孩子，但看她们旁若无人、习以为常的样子，又觉得多管闲事似乎不合适。想离开，其他又没有地方可坐，而且没有插座充电，只好忍着。一个坐在四五米开外、四十岁左右的外国男士，大概是实在忍不住了，走过来，冲着母女俩比手画脚地说了一通，意思大概是让她们哄哄孩子，否则就离开。突然看见过来个陌生人，孩子惊愕地瞪大眼睛，停止了哭闹。母女俩也张口结舌地看着他比画。男子说完离开了，母女俩愣了一瞬又热火朝天地聊了起来。没过两分钟，孩子回过神来似的，又哭闹起来。过了一会，男子忍不住又过来比画了一通。母女俩还是同样有些诧异、有些蒙的样子。孩子似乎不再害怕，还是叽叽歪歪地哭闹。男子比画完离开后，孩子母亲不疼不痒地说了一句“再哭！再哭就不要你了！”又自顾自地聊天。孩子一如既往，甚至哭声越来越大，男子大概是个执着的人，再次过来一边叽里咕噜地说着一边比画，语气和脸上的表情显然比先前愤怒了许多……

坐在旁边的我，看着眼前的一切，感觉丢脸又生气，内心里真怕别人把我也当成她们一伙的。我忍不住说，孩子是不是困了闹瞌睡？你们好好哄哄他，或者给他个玩具，转移一下他的注意力吧。母女俩嘴里吱应着，但还是一脸无所谓的样子。这时，大概是孩子父亲的男人带着一个五六岁的女孩回来了，咋咋呼呼的，他们一家终于离开，咖啡厅方才安静下来。

在国内，许多公共场合，诸如这个孩子一般哭闹的事情时常发生，有的父母管，有的就如这母女俩一样，根本懒得管，仿佛孩子哭闹、调皮是天经地义、理所当然的事。周围的人如果实在看不惯管一管，家长还可能会不高兴：“那是小孩子，你大人怎么和一个孩子计较？”似乎只要是孩子，就可以为所欲为、没有教养。爷爷奶奶是这么过来的，爸爸妈妈也是这么过来的，一代又一代，习惯成自然，小时候没教养，长大后也可能没教养。

从小没被教育好，许多人灵魂深处似乎根本就没有“公德”一类的东西。有的人自己也喜欢安静，讨厌别人吵，可是他们熟人一见面，无论在什么场合，还总要制造噪音。从小养成的习惯，似乎只有放大音量，才能表达内心的喜悦和热情。有的人习惯把自家收拾得一尘不染，脏东西却随意往外扔；有的人开个门都要用张纸垫着，嫌门把手脏，可开完门就随手把纸丢在地上；有的人把自己的宠物洗得干干净净，却让它在公共场合随地大小便；有的人开汽车，有水塘也不减速，溅你一身没商量；有的孩子，放学一上公交，简直如鸭群下河，喧哗起来让你根本没办法不受刺激……

其实，作为文明古国，中华传统有关个人言谈举止和礼仪修养的文化，历史悠久，博大精深，比如食不语，寝不言。虽疏食菜羹，瓜祭，必齐如也。席不正，不坐。乡人饮酒，杖者出，斯出矣……从孔子时代算起，距今已有两千多年的历史。但传承到今天，许多东西却似乎渐行渐远了。在一些传统文化习俗保留得好的地区，或一些教养好的家庭，口口相传，这些传统教养还有一些影子，但许多地方的许多人身上却是没有痕迹了。学校教科书里没有相关的教学内容，而许多家长，自己没有受过这方面的教养，更不可能教授给孩子。虽然许多地方贴有“五讲四美三热爱”的标语，但对许多人来说，就是个“标语”而已，难以落到实处。说话大声嚷嚷、吃饭吧唧声响等等，这些原本不雅、缺乏教养的行为，甚至一度被当作劳动者的光荣特质，大加褒扬。这些年虽有了一些进步，公共场合大呼小叫的人少了许多，公众整体的文明素养好了许多，但差距还是比较大。放任小孩嬉戏打闹、乘车时大声聊天、打电话、放音乐、看视频的还大有人在，由此引发的纠纷还不少。据说，在俄罗斯等国家，在公共场合是以不打扰他人作为共处原则的。所以交谈总是轻声细语，或是安静地看书。对小孩从小也是如此培养。

不过，也并非所有俄罗斯人在任何场合都那么严肃、拘谨。作为热爱喝酒的战斗民族，表面矜持、严肃的俄罗斯人，灵魂深处其实潜藏着一颗躁动不安的心。从热爱喝酒到城市各个角落散布的英雄人物雕像、江河里停泊的战舰、穿着军装非常自豪的孩子，你处处都能感受到这个民族的激情澎湃以及对英雄、军人的由衷热爱。热情洋溢、激情浪漫似乎是流淌在他们血液里任何时代都无法消弭的基因，碰上燃点就迸发，给点酒精就灿烂。

在诺夫哥罗德的一个小饭馆里，遇到几个过生日的俄罗斯年轻人，还有几个英美澳游客。原本正襟危坐、有些拘谨的我们，喝了几口伏特加之后，血液似乎也沸腾起来了,听见他们唱生日歌,被感染似的也禁不住唱起歌来,《小河淌水》《茉莉花》《梨花颂》《我爱你中国》……越唱越起劲。没一会儿，俄罗斯人、英美澳人都被我们的歌声吸引了过来，大家互相问候，互相敬酒，喝在一堆，唱成一片。这边的人唱一首，那边的人再唱一首，部队战士拉歌似的，从中国歌曲唱到欧美歌曲、俄罗斯歌曲，《喀秋莎》《莫斯科郊外的晚上》《三套车》《红梅花儿开》《山楂树》《小路》……一首又一首俄罗斯歌曲，从我们嘴里唱出来，把俄罗斯人和英美澳人都惊呆了，有些歌曲甚至俄罗斯人都不会唱。他们既诧异又兴奋，无以表达，只有对着我们频频举杯，大家边喝边唱，边唱边跳。不到一百平方米的小饭馆，被我们的欢乐和歌声塞得满满当当，变成了嗨厅酒吧。最后连开始有些严肃的饭馆老板，也加入了我们欢唱乱跳的队伍，嗨得不亦乐乎。

俄罗斯人酷爱饮酒举世皆知,他们的文化里其实潜藏着酒神崇拜的狂欢文化。酒神崇拜源于希腊，同希腊人相似，俄罗斯人也有狂欢文化，这种狂欢文化不仅表现在各种节日和庆典之中，而且表现在日常生活的饮酒文化中。据说，俄罗斯人经常在朋友间举办的宴饮、聚会上边饮酒边载歌载舞，尽情享受美酒带来的灵感和迷醉,释放东正教教堂金顶压抑下的激情,以及蕴藏在生命中的潜在冲动……

他们的这种热情，有时甚至会让你措手不及。走在大街上，有少数人会突然主动上来搭讪。在红场，就遇到一个男士主动上来用不太标准的中文对我说“我爱你”。我想，他可能不明白中文“我爱你”的意思，只是想表达他的友好而已。看着他一脸真诚、开心的样子，我由衷地回了他一句“谢谢”，一旁的同伴连忙给我们留下了开心一刻的影像。在莫斯科大学，偶遇一对穿着婚纱拍照的新人，看见我们，新郎、新娘便热情地邀请我们加入他们的队伍，和他们合影，分享他们的幸福。在跳蚤市场和游船上，也遇到主动邀请我们拍照合影的人。在回国去往莫斯科机场的路上，出租车司机热情地用比我还蹩脚的英语，磕磕绊绊和我交流了一路。问我是什么地方人、来俄罗斯干什么、喜不喜欢俄罗斯等等。快到机场的时候，他突然说时间还早，要请我去附近的咖啡吧喝一杯。听见邀约，我的神经一下紧张起来，不假思索立马“NO, NO, NO”地拒绝了。看他有点被拒绝的尴尬，我又快速补上“Thank you!Thank you!”并向他解释“怕误机”。到机场付车费的时候，我只剩最后一张面值 5000 卢布的钞票，可他说身上没有这么多钱，不够找补我 3800 卢布。我感到很意外，3800 卢布折合人民币也就 300 多块啊！他问了几个司机，身上也没带这么多零钱。无奈，我们只好又开车出机场，来到附近的超市，买了一瓶水，才终于把钱换开。最后，我多给了他 300 卢布做小费，他有点不好意思地笑笑，收下了。

不过，猖獗的小偷还是让俄罗斯人留给我的完美印象打了个大大的折扣。出国前曾听说俄罗斯小偷多，治安不大

好，但我不大在意。许多年前看过一部名叫《小偷》的俄罗斯电影，这部拍摄于1997年的电影，以一个渴望“父亲”的男孩的回忆，展开了在苏联解体后的现实背景下对曾经历史的重新审视与反思。尽管影片所呈现的是苏联社会主义体制下，底层小人物贫困交加、流离不定的生活，但影片中草木枯黄的荒原、冰雪飘零的大地、灰蒙蒙的主色调、手风琴演奏的寄托战争哀伤的歌曲《道路》……都带着我喜欢的强烈的俄罗斯风情和现实主义的美学风格，加之帅气的男主角，让我对俄罗斯“小偷”多了那么点矫情的幻想。但到了俄罗斯才发现，小偷还真是不少，而且一旦被偷，就无法矫情了。

那天在冬宫，就听一个中国大妈和安保人员哭诉，她的钱包和护照都被小偷偷了。冬宫里人比较多，而且出门后再进去很麻烦，小偷得手后立即离开，你根本抓不到。最后大妈只好打电话向大使馆求助。看着大妈绝望的样子，大大咧咧的我才警觉起来，连忙打开包看看自己的护照还在不在。

心有余悸地走出冬宫，没想到来在涅瓦大街的公交车上，我们也遭遇上了小偷。刚上车，一个30岁左右的小伙子就拉开了一个同伴背在身后的挎包，还好，他刚刚把拉链拉开一点点，就被我们发现了。一个同伴一边说“小心你的包！”，一边一把过去捂住挎包。被发现的小偷淡定地缩回手，微笑了一下，立马冲出了即将启动关闭的公交车门。后来，无论走在大街上还是乘坐公交、地铁，我们都会把包紧紧捂在胸前。

在圣彼得堡，被小偷“光顾”的人确实不少。那些小偷技术娴熟，可以做到神不知鬼不觉。有两次在公交车站等车，我就看见刚刚停靠站台的车上有小偷在拉开别人的包包偷东西，偷的几乎都是亚洲面孔的人。眼睁睁看着车上的小偷在为所欲为，站在站台上的我们很是着急，但又无能为力，只能暗暗祈祷被偷的人能够早点发现，挽回损失。

据有关资料，俄罗斯小偷较多，源于他们背景复杂、历史久远的黑帮集团。这些年，在普京总统的铁腕整治和打压下，许多黑帮集团已经土崩瓦解，但不少残渣余孽仍然在社会上作恶，小偷就是其中之一。

不过，从各种各样的博物馆的建立、历史遗迹的完整保护和传承，到2017年10月31日普京总统亲自揭幕的纪念苏联政治迫害时期遇难者的“悲伤之墙”，你随处都可以深切感受到，俄罗斯人又是一个极度包容、善于反思、不断自我批判、自我完善、自我治愈的民族。或许有一天到俄罗斯，你再也不用紧紧捂着包包防小偷。

有研究认为，俄罗斯民族的性格，是在其政治、经济、地理、历史、宗教等诸多条件的综合作用下，在漫长的岁月里逐渐形成的，而宗教因素却是根本。

俄罗斯发源于欧洲的诺夫哥罗德一带。蛮荒的草地、严峻的自然环境，使得他们的性格中总带有悲情、压抑、抗争，企图以武力为自己获取一个理想的家园。他们不断四处扩张，终于扩展为一个地跨欧亚两大洲的大国。如今，国土面积17,075,400平方公里的俄罗斯，是世界上面积最大的国家。边境与多个国家接壤，绵延的海岸线从北冰洋一直伸展到北太平洋，还包括内陆海黑海和里海。但气候寒冷，长冬的灰蒙阴霾，一直笼罩着天空，一望无际的大雪坚冰、广大肥沃的土地、恢宏的生存空间……造就了他们豪放粗犷、嗜酒无度、缺乏纪律的性格。

同时，俄罗斯人从最早出现在历史舞台上起，民族血统里就具有明显的混合性。起源于游牧民族东斯拉夫人的俄罗斯民族，原本属于欧罗巴人种，社会发展起点很低。历经苦难，终于于公元9世纪末在诺夫哥罗德建立了罗斯国。之后，从拜占庭接受东正教，确立了自己“第三罗马”论的宗教使命感和“弥赛亚”精神。到13世纪，被蒙古人征服，并被统治240年，无论是人种还是文化，深受东方文化影响，并产生了具有蒙古人血统的鞑靼人。1480年，俄罗斯摆脱蒙古人统治，再次独立。之后，在彼得一世的统领下，开疆拓土，锐意改革，向西方学习……经过几代人努力，使愚昧落后、因循守旧的俄罗斯，逐渐矗立于世界民族之林，跃升成为欧洲强国。

地跨欧亚的特有地理环境，加上起伏跌宕、徘徊于东西方文明之间的历史，使俄罗斯民族从它产生之日起，就置身于东西方文化的交界处。这种“交界”，养成了俄罗斯民族既奔放又忧郁、既懒散又吃苦耐劳的性格，决定了俄罗斯民族特有的心理意识，造就了俄罗斯民族精神的矛盾性、多疑性、神秘性和保守性。而受宗教信仰影响形成的“第三罗马”论与“弥赛亚”观，又深深浸透于俄罗斯人的意识之中，铸就了他们强烈的“救世”使命感。历史以来，这种强烈的宗教使命感和普世主义理念，为俄罗斯曾经的大规模向外扩张提供了思想基础和心理依据。后来俄国军队打败拿破仑拯救了欧洲，苏联红军打败法西斯德国，拯救了世界，这些历史功勋更强化了俄罗斯民族的宗教使命感。或许在他们心目中，俄罗斯不仅是一个地理意义上的大国，而且还肩负着拯救人类的神圣使命。他们坚信自己是上帝意志的真正信仰者和捍卫者，负有拯救一切受难基督臣民的“历史责任”。

综述种种，透过历史的棱镜和照进现实的光亮，你会发现，俄罗斯，无论是过去、现在，还是未来，这个热爱文艺、内心复杂的民族，都是不容忽视的。

2019 年 10 月写于昆明

带着灵魂的“闲逛”中之所观所察所感所触所思所意用任何语言表达都是词不达意的